KNAUR

*Über die Autorin:*
Sally McGrane, geboren 1975 in Berkeley, Kalifornien und aufgewachsen in San Francisco, lebt seit über zehn Jahren in Berlin. Als freie Journalistin schreibt sie für *The New York Times*, *The New Yorker Magazine*, *The Wall Street Journal*, *TIME*, *Wired* und andere. Ihr Romandebüt *Moskau um Mitternacht* hat die begeisterte Osteuropa-Reisende in Moskau und Odessa geschrieben.

SALLY McGRANE

# MOSKAU UM MITTERNACHT

SPIONAGEROMAN

Aus dem amerikanischen Englisch
von Marieke Heimburger

KNAUR

**Besuchen Sie uns im Internet:**
**www.knaur.de**

FSC
www.fsc.org
MIX
Papier aus verantwortungsvollen Quellen
FSC® C083411

Vollständige Taschenbuchausgabe April 2018
Knaur Taschenbuch

Ein Imprint der Verlagsgruppe
Droemer Knaur GmbH & Co. KG, München

Covergestaltung: ZERO Werbeagentur, München
nach einem Entwurf von Hauptmann & Kompanie, Zürich
Coverabbildung: FinePic / shutterstock
Satz: Adobe InDesign im Verlag
Druck und Bindung: CPI books GmbH, Leck
ISBN 978-3-426-52117-5

2 4 5 3 1

*Für Helge*

# DRAMATIS PERSONAE – WICHTIGSTE HANDELNDE PERSONEN

*Max Rushmore:* Ein Mittvierziger, US-Amerikaner, hat sein gesamtes Erwachsenenleben dem Auslandsgeheimdienst CIA gewidmet, meist in Russland eingesetzt, jetzt heruntergestuft zu einem Probemitarbeiter vom CIA-Subunternehmen Nightshade. Verheiratet mit Rose.

*Jim Dunkirk:* Ist ca. 15 Jahre älter als Max und ebenfalls US-amerikanischer CIA-Mitarbeiter, Vorgesetzter von Max und einer der leitenden CIA-Beamten in Moskau.

*Sonja Ostranowa:* Expertin für nuklearen Abfall, ist in Russland aufgewachsen und hat den Abbau sowie die zivile Nutzung von radioaktiven Substanzen überwacht. Sie taucht unter und nimmt die Identität einer »Dascha« an. Max besucht ihre Stiefmutter Agata Ostranowa, um mehr über Sonja zu erfahren.

*Gerárd Dupres:* Vizepräsident des französischen Energiekonzerns Dynacorp. Überwacht den Bau einer Nuklearanlage im Baltikum, war verlobt mit Sonja Ostranowa.

*Prof. Wolkow:* Dozent in St. Petersburg, ehemaliger Freund von Sonja Ostranowa und Kenner der sibirischen Landeskunde. Ihn besucht Max, um mehr über das Verschwinden von Sonja zu erfahren.

*Pascha:* Dramatiker (Stückeschreiber) aus St. Petersburg, guter Bekannter von Max, der sich sowohl in der Szene der Künstler als auch in der russischen Unterwelt auskennt.

*Constantin Fuks:* Ein König der Ober- und Unterwelt, neureicher russischer Gastronom, Besitzer etlicher Moskauer Restaurants und Clubs, mit Hang zum Dramatischen.

*Heinz Müller:* Deutscher BND-Agent. Max und Heinz kooperieren in Sibirien.

*Anton Samodelkin:* Professor in Sibirien, forscht an übernatürlichen Phänomenen wie der Kommunikation von Diamanten und Eigenschaften von Raum und Zeit.

*Goldzahn:* Ein Mitarbeiter von Prof. Samodelkin, Mitglied des sibirischen Stammes der »Zeitreisenden«. Spezialgebiet: Diamantenbeschaffung.

*Bob Dominion:* US-Amerikaner, angeblich Hühnerverkäufer, jedoch in Wirklichkeit Diamantenhändler, der weltweit und mit allen Mitteln agiert.

# 1. TEIL

# KAPITEL 1

Max sah sich in der hellen Ankunftshalle des Flughafens um. Sah die in sechs vorbildlichen Reihen anstehenden Menschen. Die neuen Schalter, die glänzten und irgendwie billig wirkten. Wie Zeugenstände. Er stöhnte. Er könnte überall sein: Frankfurt, Bangkok. Nur nicht zu Hause, dachte er. Nur nicht in Washington-Dulles. Der schmutzige Teppichboden dort, der schale Geruch von Fast Food und die defekten Rollsteige waren unverwechselbar.

Max spielte mit seinem marineblauen Pass. Ein alter Trick. So konnten die Umstehenden den goldenen Adler auf der Vorderseite sehen, wenn sie wollten – so konnte er ihre Neugier befriedigen. Er verlagerte das Gewicht der ledernen Aktentasche in seiner linken Hand. Ganz lässig. Sein Anzug war genauso aussagekräftig wie eine Visitenkarte. Max hatte ihn in Berlin anfertigen lassen, von einem buckligen deutschen Schneider ganz in der Nähe vom Ku'damm, in einem kleinen, dunklen, altmodisch eingerichteten Laden. Ein auf Hochglanz polierter Verkaufstresen, schummrig leuchtende Glaslampen, Samtvorhänge. Mitten in der Anprobe verkündete die kleine Messingglocke an der Tür die Ankunft eines neuen Kunden, und Max konnte von der Ankleide einen Blick auf den Mann erhaschen. Korpulent. Aufgrund seiner Körperhaltung tippte Max, dass er Amerikaner war. Die Schultern nach vorne, den Kopf gesenkt, bereit für die Katzbuckelei des Verkäufers. Bauch raus: Dieser Mann schämte sich nicht für seinen Appetit. Der Fremde holte drei in Plastik gehüllte Anzüge ab und marschierte zurück hinaus in den Sommerregen, bevor der Schneider Max wieder zu sich rief, um weiter abzustecken. Der Dicke war Max irgendwie bekannt vorgekommen, aber er wusste nicht, woher.

Max reichte der Mitarbeiterin hinter dem Schalter seinen Pass. Sie war jung und unter dem strengen, dunkelblauen Käppi wirklich schön. Eine unter der Kopfbedeckung hervorgerutschte Strähne legte sich an ihre Schläfe. Ihre dunkelblaue Uniform mit dem Gürtel wirkte militärisch. An ihrer Brust klemmte ein in Braun und Beige gehaltenes, graviertes Namensschild. Sie sah Max kaum an.

»Den Pass«, sagte sie knapp.

»Elena Viktorowna!«, sagte Max. Keine Reaktion. Er lehnte sich auf den Schaltertresen und flüsterte: »Musst du mir schon wieder das Herz brechen?«

»Grund Ihrer Reise?« Elena Viktorownas Blick war starr auf den Pass in ihrer Hand gerichtet.

»Geschäftlich«, seufzte Max.

»Wann sind Sie zuletzt in die Russische Föderation eingereist?«

»Vor dreizehn Monaten, Lenotschka. Wenn ich gekonnt hätte, wäre ich früher zurückgekommen.«

»Geplante Dauer Ihres Aufenthalts?«

»An deiner Seite würde ich für immer bleiben.« Die junge Frau hustete und runzelte die Stirn. »Aber wahrscheinlich drei Wochen«, beeilte sich Max hinzuzufügen. »Kommt drauf an, wie die Geschäfte laufen.«

Die junge Frau blätterte in seinem Pass, bis sie das in der Mitte klebende Geschäftsvisum fand. Sie nickte einmal und griff nach dem Stempel auf ihrem Tresen. Mit Nachdruck rammte sie ihn in das Stempelkissen und dann auf das Visum, zack-rumms. Erst dann sah Elena Viktorowna Krasnowajeva, Moskaus hübscheste Grenzbeamtin, zu ihm auf.

Sie hatte Augen wie eine Katze, groß und umwerfend, hellbraun. Sie reichte Max seinen Pass und sagte dann mit einem bezaubernden Lächeln: »Wir haben Sie vermisst, Mr. Rushmore.«

Geschafft. Max war drin. Er bemerkte, dass er schwitzte. Reiß dich zusammen, Maxiboy, ermahnte er sich selbst. Du bist wieder im Rennen, also gib Gas. Max straffte die Schultern, durchbrach die Mauer von Männern in Bestatteranzügen mit handgeschriebenen Schildern in der Hand und erreichte die Vorhalle. Pyramiden aus Gepäck, kariert und mit Leopardenmuster, mit Klebeband und Bindfäden zusammengehalten, wippende, prekäre Königreiche. Mehrere Geldautomaten, aufgereiht wie Spielautomaten. Durch die Glastüren hindurch, an den mürrischen Männern in grauen Lederjacken und den mageren, neben ihren glänzenden koreanischen Autos lauernden Fahrern vorbei, erkannte Max jenseits der grauen, klapprigen Marschrutka-Kleinbusse mit ihren handgeschriebenen Fahrtzielzetteln in der Windschutzscheibe, dass es noch Sommer war. Der Himmel war grau, aber die Luft warm und schwer und von einem milden, leicht schwefeligen Geruch. Ein Hauch von Diesel, angenehm bio. Max winkte einen verbeulten Lada zu sich heran und bat den Fahrer, in die Stadt zu fahren.

Sie fuhren schnell. Ein unerwartetes Gefühl von Freiheit durchflutete Max. Als könne der Fahrer es auch spüren, fing er an zu reden. Ein Hüne von einem Mann. Plapperte los. Er sei aus Georgien. Vom Land. Nach Moskau gekommen, weil es zu Hause keine Arbeit gab. Hier gebe es zwar auch nicht immer Arbeit, aber dort gebe es nie welche. Mit seiner Pranke fasste er plötzlich zwischen Max' Knie. Max zuckte zusammen. »Keine Sorge, Jungchen«, sagte der Georgier und öffnete das Handschuhfach. »Was hast du denn gedacht?« Er holte das Foto einer Frau hervor, deren dunkles Haar mit einem roten Tuch zurückgebunden war. Tiefe Falten durchzogen ihr Gesicht, sie lächelte nicht. Auf ihrem Schoß saß ein kleiner Junge. Der Georgier hielt das glänzende Bild ziemlich lange zwischen seinen gewaltigen Fingern und betrachtete es, während die andere Hand auf dem Steuer ruhte. Sie rauschten an einem im Graben liegenden Lkw vorbei; die Räder drehten sich noch in der Luft. Der Georgier ging nicht vom Gas. »Meine Familie«, sagte er und reichte Max das Foto. Frau, Sohn. »Schön«, sagte Max. »Sehr schön.«

Die Felder links und rechts der Autobahn waren sattgrün. An den Rändern etwas ausgefranst, voller Unkraut, aber voller Leben. Hier und da reckte sich ein Birkenhain in den Himmel, die dünnen weißen Stämme glichen göttlichen Kreidestrichen. Max fing an, sich zu entspannen. Das konnte er in seiner Kehle spüren, wo sich nur eine halbe Stunde zuvor ein dicker Kloß gebildet hatte, der hartnäckig seine Atmung behinderte, ganz gleich, wie oft er versuchte, ihn herunterzuschlucken. Jetzt konnte er wieder durchatmen. Er schwitzte nicht mehr. Seine Nackenmuskeln lockerten sich. Er gab dem Fahrer das Foto zurück; der steckte es an die Sonnenblende. Max lehnte sich zurück und sah hinaus zu den Feldern, bis sie endeten. Auf einer Reklametafel mitten auf einem der letzten unbebauten Grundstücke stand »Hier entstehen neue Luxusresidenzen«. Max zuckte die Achseln. Nach diesem Schild erreichten sie die ersten Ausläufer der Stadt: Wohnblöcke, Betonhochhäuser, verlassen wirkende Supermärkte mittendrin. Sputnik Palast, ein ehemaliges Filmtheater. Die Stadt begann. Betonklotz neben Betonklotz. Max wurde ein bisschen leicht ums Herz. Er war drin. Er war zurück. Er war wieder obenauf.

»Europa?«, fragte der Georgier. »Amerika?«

Max nickte. »Amerika.«

»Magst du Russland?«

»Ja«, sagte Max. Unwillkürlich umfasste er den Griff seines Lederkoffers etwas fester.

»Dachte ich.« Der Georgier lächelte, dass seine Zahnlücken sichtbar wurden. Dann runzelte er die Stirn. »Für jemanden, der reich ist wie du, ist es sicher toll. Die Weiber reißen sich doch bestimmt um dich, so gut, wie du aussiehst. Aber für uns … ist es hier nicht so gut. Gefährlich.« Er lachte. »Aber wenn du zu reich wirst, wird es auch für dich gefährlich. Richtig gefährlich.«

Max nickte. »Ich bin nicht besonders reich«, sagte er.

Der Fahrer sah ihn aus dem Augenwinkel an, abschätzend. Reicher als der Georgier je werden würde – ja. So reich, dass er Ärger bekommen würde – nein. An einer roten Ampel nickte der Georgier drei an der Ecke stehenden Frauen zu.

»Die Mädchen sind im Dienst«, erklärte er und gluckste – ob aus Anerkennung oder Kameradschaft, erschloss sich Max nicht. Max brummte: »Kein Interesse.« Es wurde grün, der Georgier gab Gas. Sie überquerten den Fluss, und plötzlich wurde die rissige Windschutzscheibe des Lada zum Rahmen gespenstisch leuchtender Kirchenkuppeln. Hinter ihnen kamen die roten Sterne des Kreml zum Vorschein. Die Wolken waren aufgerissen, die goldenen Kuppeln strahlten vor dem blassblauen, frühen Abendhimmel. Max' Herz machte unwillkürlich einen Sprung.

Als wäre ihm gerade etwas eingeschossen, sagte Max: »Lassen Sie mich am Roten Platz raus.«

Der Georgier zuckte die Achseln. Ihm war das gleich.

# KAPITEL 2

Als Nächstes sollte Max dem Plan folgen, der inoffiziell »Die Jagd nach dem Gestohlenen Brief« hieß. Er war Max vor etwa zwanzig Jahren in einer schlecht besuchten Bar an der Pennsylvania Avenue in Washington, D.C. von Jim Dunkirk erklärt worden. Aus unerfindlichen Gründen hatte sich genau dieser Abend besonders detailliert in Max' Gedächtnis eingeprägt.

Die Bar war das Letzte: Über dem Tresen hing ein geschmackloser Hirschkopf, und es roch nach Flohpulver. Max war noch Anfänger, und Dunkirk sollte ihn vor seiner ersten Reise in die ganz frische »ehemalige Sowjetunion« instruieren. Doch stattdessen war der hochgewachsene, ergrauende Jim Dunkirk – der in direkter Linie von den Siedlern der Mayflower abstammte und sich ein beachtliches Humpeln eingehandelt hatte, als er in den Achtzigerjahren russische Geheimnisse an afghanische Rebellen weitergab – mit Max auf Sauftour gegangen. Sie waren beide »sternhagelvoll«, wie Dunkirk sich ausdrückte, als der ältere Mann plötzlich einen ganz neuen, freundlicheren und Max irritierenden Ton anschlug. Er klopfte dem Anfänger auf den Rücken und erklärte ihm seine Theorie.

»Verstecken ist passé«, knurrte Dunkirk. Er lehnte sich vertraulich zu Max herüber. »Sobald man anfängt, sich zu verstecken, sondert man einen bestimmten Geruch ab. Kann dir jeder Jäger bestätigen. Wie verscheucht man jede Beute? Durch seinen Geruch. Dazu braucht man schon eine sehr feine Nase, aber die haben wir. Und die auch. Also? Keinen

Geruch ablassen. Nicht verstecken. Sich direkt vor ihrer Nase bewegen – da gucken sie am wenigsten hin.« Am nächsten Tag hatte Max rasende Kopfschmerzen.

Max stieg aus dem Wagen, trat auf den Roten Platz und verbannte Dunkirk aus seinem Kopf. Schließlich war er, Max, wieder da. Das war das Einzige, was zählte. Er war wieder da – wenn auch nur in Teilzeit. Wenn auch nur in privatem Auftrag. Wenn auch die CIA, seine gute alte »Agentur«, der er sein ganzes Erwachsenenleben geopfert hatte, ihn wegrationalisiert hatte – ihn! Max Rushmore, dessen Kontakte in Russland dreimal hintereinander als »höchst eklektisch« prämiert worden waren. Ihn! Maxiboy Rushmore, der binnen neun Monaten Chinesisch gelernt hatte! Mit achtunddreißig! In einem Alter, in dem das Gehirn gar keine neuen grammatischen Formen mehr annehmen kann. Wegrationalisiert! Ihn! Den schmucken Maxi-Million Rushmore, zu dessen unübertragbaren Kompetenzen es gehörte, dass er bis jetzt noch jeden Russen unter den Tisch getrunken hatte.

Max schloss die Augen und atmete tief durch. Ein, zwei-drei-vier, aus, zwei-drei. Die Nachricht hatte ihm zu schaffen gemacht, das musste er zugeben. Unter anderem, weil er es überhaupt nicht hatte kommen sehen. Der Vormittag, als die Nachricht ihn erreichte, war wie jeder andere Vormittag auch gewesen – abgesehen davon, dass er die Nacht in seiner kleinen, beigefarbenen Ausweichwohnung in Bethesda verbracht hatte, um seiner Frau Rose ein bisschen Ruhe zu gönnen. Oder um endlich mal wegzukommen von ihren ewigen Renovierungsprojekten und ihrer offenbar fruchtlosen Suche nach der perfekten Kücheninsel (insgesamt drei waren bereits geliefert, installiert, nicht für gut befunden und zurückgeschickt worden und hatten mitten in der Küche eine klaffende Lücke hinterlassen). Rose hatte ihn dazu ermuntert, eine kleine Bude zu mieten, da sie beide eine Pause gebrauchen könnten. Außerdem müsste er dann unter der Woche nicht immer so weit pendeln. Dann hatte sie – seine Rose! – sich von ihm abgewandt, mit diesem geistesabwesenden Zug in ihrem runden, rosa, dänischen Gesicht (ihr Vater war Amerikaner), der sich dort breitgemacht hatte, seit sie den Versuch, Kinder zu bekommen, offiziell aufgegeben hatten. Es war weder seine Schuld noch ihre: Die Ärzte hatten herausgefunden, dass sie aufgrund einer höchst ungewöhnlichen Laune des Schicksals beide unfruchtbar waren.

Rose hatte gelächelt und »Ah« gesagt, als ihnen das mitgeteilt wurde – ein Lächeln, das Max noch nie zuvor gesehen hatte. Brüchig und herzzerreißend. Und sie hatte mit ihrer Patschehand seine Männerhand getätschelt, auf ihre leicht fremdländische Weise, die sich manchmal zeigte, weil sie viele prägende Jahre in der Heimat ihrer Mutter verbracht hatte. Dann hatte das mit dem Renovieren angefangen.

Die Hypothek an sich war schon belastend genug. Manchmal hatte Max das Gefühl, sie würde wie ein Gewicht um seinen Hals hängen, aber gleichzeitig meinte er, seiner Rose eine neue Küche zu schulden, wenn sie schon kein neues Leben hervorbringen konnte. Er dachte sich, später, wenn sie die Nachricht verdaut hätten, könnten sie über Alternativen reden. Adoption, Babysitten, was auch immer. Aber jedes Mal, wenn Max glaubte, Rose sei fertig mit Renovieren, fand sie etwas Neues, das ihr nicht mehr recht gefiel – die Schränke, die Schneidbretter –, und fing wieder von vorne an. Er entwickelte eine neue Taktik: Wenn er nach Hause kam und eine Rechnung auf dem Küchentisch liegen sah, ließ er den

Umschlag ungeöffnet in der oberen Schreibtischschublade verschwinden. Rose wurde immer schmaler. Monatelang aßen sie nur Mikrowellenessen. Der Staub, der Lärm, die Plastikplanen – all das nagte an ihm. Besonders der Anblick des »Spritzschutzes«. Dieses Wort hatte er damals von Rose gelernt. Der Anblick des Spritzschutzes alleine verursachte ihm geradezu körperliche Schmerzen. Die kleinen blauen Mosaikfliesen entsprachen farblich exakt Roses Augen und verteilten sich ebenso strahlend und gebrochen an der Wand.

Max hatte bereits vor Anmietung der Wohnung in Bethesda – was einen weiteren Kredit erforderte, mit dem er das Haus heimlich höher belastete – angefangen, Zuflucht in seinem kleinen Büro in der Agentur zu suchen. Er hatte in dem alten Gebäude gearbeitet, das mit seinen ständig verstaubten Fenstern, dem Fünfzigerjahre-Linoleum und seinem erschöpften Optimismus liebevoll »Fliegende Untertasse« genannt wurde. Hier hatte man alle Russland-Männer behalten, zusammen mit den Afrika-Leuten, während die wichtigen Abteilungen (Naher Osten usw.) in das hochmoderne, glasverkleidete Greenhouse zogen. Eines schönen Morgens, einen Monat vor seinem vierundvierzigsten Geburtstag, wurde Max gefeuert.

Max nahm das Ende seiner Karriere mit einer Gelassenheit hin, die selbst ihn überraschte. »Das hat überhaupt nichts mit Ihrer, äh, *Performance* zu tun«, sagte der Personalwichser der Agentur, ein Mann, der so himmelschreiend jeglicher sozialer Kompetenz entbehrte (daher sein Spitzname, den er sich bei einigen Pflichtseminaren zu sexueller Belästigung erworben hatte). »Wir wünschen Ihnen – ich persönlich wünsche Ihnen – für Ihre Zukunft viel Erfolg.« Max hatte genickt, ihm die Hand geschüttelt, sich bedankt.

Dann war er in die beigefarbene Wohnung in Bethesda geschlendert, wo er drei Tage lang ununterbrochen Milch mit Wodka in sich hineinschüttete – eine extrem heftige Mischung, die er in einem langen, trockenen Sommer in Charkow kennengelernt hatte. Am Ende dieser Auszeit erhielt er einen Anruf von einer Truppe namens Nightshade. Max drückte sich den Hörer ans Ohr und dachte zuerst, er würde halluzinieren. Eine seltsam vertraute Stimme versicherte ihm, dass er nicht halluzinierte: Nightshade war ein Privatunternehmen, dem die Agentur während Max' Besäufnis ein Drittel ihrer Arbeitsbelastung zugeschustert hatte. Die Stimme kannte er tatsächlich: Der Personalwichser war wie er wegrationalisiert und von Nightshade aufgenommen worden. Max empfand eine seltsame Solidarität, eine verrückte emotionale Einheit, als der PW ihm mit seiner üblichen quäkenden Stimme erklärte, dass Max, wenn er den neuen Job annehme, weiter mit seinen alten Agentur-Kontakten zusammenarbeiten würde – für weniger Geld, bei null Arbeitsplatzsicherheit und minimalen Sozialleistungen. »Wir bereiten den Weg für den Wechsel zu einem mehrschichtigen Flex-Modell«, quäkte die Stimme. »Im Rahmen dieses Pionierprojekts bietet Nightshade Ihnen die Chance, Ihre Optionen auf dem freien Arbeitsmarkt auszuloten. Damit Sie Ihr Einkommen und Ihre Liquidität steigern können.«

Max nahm den Job natürlich an. Erleichtert, dass er – zumindest vorläufig – Rose nichts erzählen musste. Sie konnte ihre Renovierungen abschließen, und er würde die Rechnungen etwas langsamer abstottern als ursprünglich geplant. Gut. Als er am nächsten Morgen seinen Laptop aufklappte, verriet ihm sein Browserverlauf, dass er während seiner Milch-Wodka-Umnachtung Recherche in Sachen Aufbaustudiengänge betrieben hatte. In einigen Kästchen hatte er sogar schon Häkchen gemacht. Nüchtern und bei Tageslicht betrachtet, hatte Max gesehen, dass er sich im Zustand fortgeschrittenen Vollsuffs offenbar für einen »ziemlich starken« Kandidaten für das Studium Romantischer Poesie gehalten hatte. Dieser Umstand ließ Max ernsthaft an seiner geistigen Gesundheit zweifeln.

Er atmete noch einmal tief durch, die Augen immer noch geschlossen, und versuchte, seinen Körper zu spüren, wie er es in dem israelischen Körper-Achtsamkeitskurs gelernt hatte, zu dem Rose ihn drei-, viermal mitgeschleift hatte. Er spürte in seine breiten Fußsohlen hinein, seine Zehen, seine starken Beine, seinen sich weitenden Bauch, seine nicht mehr ganz jungen, noch nicht ganz alten Lungen.

Er öffnete die Augen. Er ging einen Schritt, dann noch einen. Der Rote Platz lag vor ihm. Lockte. Schimmerte. Die Abendsonne warf warmes Licht auf die glatten, unebenen Kopfsteine, um deren graue Oberflächen sich rötliche Schattenkränze legten und die sich über die gesamte Weite des Platzes wellten. Die Mauern des Kremls erhoben sich hoheitsvoll und uralt. Basilius' spitze Türme, bunt und prächtig. Der Zar war von ihnen so entzückt gewesen, dass er dem Architekten die Augen ausstechen ließ. Max überlegte, ob ihn diese Legende etwas in Sachen Arbeitsplatzsicherheit lehren könnte.

Als er das Lenin-Mausoleum erreichte, fühlte sich Max bereits besser. Er bahnte sich seinen Weg durch die vielen Touristen aus Omsk, Tomsk, Jekaterinburg – die entlegenen Außenposten eines entlegenen Imperiums. Strahlende Farben, die schrillen Muster der Provinzen. Ein Trio kichernder Mädchen lauerte ihm auf. Kaum zückte er die Kamera, hörten sie auf zu lachen. Schoben die Hüften vor und sogen die Wangen ein. Als er ihnen erzählte, er sei ein berühmter Modefotograf und auf den Catwalks in Mailand würde nichts Vernünftiges herumlaufen, kicherten sie wieder. Dann bog er rechts ab und ging direkt auf das berühmte Kaufhaus GUM zu.

Max setzte sich an einen der Außentische eines nagelneuen Cafés mit Blick auf den Kreml und bestellte sich einen Espresso. Ein pickeliger Junge in einer makellos weißen Kellnerkluft brachte ihn, und Max staunte, wie gut er war.

Außer ihm saß praktisch niemand draußen. Max lehnte sich zurück und beobachtete die Sonne dabei, wie sie hinter der schwarzen Wolke hervorkam und das Mausoleum anstrahlte. Wie der schwarze Marmor stumpf glänzte. Vor seinem inneren Auge sah er Lenins Gesicht: wächsern, einbalsamiert. Mit geschlossenen Augen und nicht ganz friedlich. Noch so eine Geschichte – auch sie hatte damit zu tun, unter schwierigen Umständen den Job zu behalten. Oh ja – Lenins Leichnam sollte für die Autopsie aufgeschnitten werden. Aber wenn man eine Leiche einbalsamieren möchte, sollten die Blutbahnen tunlichst intakt bleiben. Die Einbalsamierer reparierten sie also laufend und flickten die Leiche mit Plastik und Alkohol. Die Aufgabe war so schwierig gewesen, dass der Chef-Einbalsamierer seinen Job behalten durfte, obwohl Stalin ihn hatte umbringen lassen wollen. Am Ende ist er kurz vor Stalin gestorben, bei einer der letzten »Säuberungen«.

Max sah auf, als er seinen Namen hörte. »Rush-MORE!« Toby »Bad Boy« Smithers – das am schlechtesten gekleidete und am wenigsten respektierte Immer-mal-wieder-Mitglied der US-amerikanischen Geheimdienstgemeinde in Moskau – marschierte mit seinen kurzen, seinen wulstigen, hobbitartigen Körper tragenden Beinen geradewegs auf ihn zu. Max war überhaupt nicht begeistert, als er hörte, dass Dunkirk sein Hintermann war. Dass Dunkirk einen Boten schickte – das war schon kein gutes Zeichen. Dass es Toby »Bad Boy« Smithers war, dessen Spitzname sich nicht auf seine Heldentaten bezog, sondern auf seine nicht vorhandene Kompetenz – nun ja. Nach seiner »Wiedereinstellung«, wie der agenturinterne Psychologe – der »Gefühlsfresser« – es bei seinem Abschiedsgespräch so feinfühlig genannt hatte, war Max nicht in der Position, sich zu beklagen.

Max grinste. »Rush-MORE!«, wiederholte Toby und wedelte zur Begrüßung mit seinen kurzen Armen.

»Toby«, sagte Max.

»Na, hast es wohl nicht ausgehalten, was?« Smithers setzte sich und zerhämmerte sofort eine kunstvoll zu einem Schwan gefaltete Serviette. »Hast mich vermisst?«

»Dich und einen Gehaltsscheck!«, sagte Max. Seine Stimme kippte ein wenig.

»Klar«, sagte Smithers. »Hab schon von der ›Umstrukturierung‹ gehört. Echt bitter, Alter. Aber du kommst schon wieder auf die Füße. Schließlich bist du Maxiboy Rushmore!« Dann stockte er, als wüsste er nicht, was er sagen sollte. Sorge blitzte in seinen Augen auf, und schon fühlte sich Max nackt. »Der Arbeitsmarkt ist schon echt kacke, oder?«

»Lass es mich so sagen«, entgegnete Max, der Tobys Mitleid nicht wollte. »Ich bin noch nie so froh gewesen, dass ein Vertrag über Holzlieferungen nicht ohne die Zusicherung eines knallpinken, mit rosa Brillant-Zirkonien besetzten iPhones zustande gekommen wäre.«

Toby lachte. Der Wodka Tonic, den er bestellt haben

musste, kaum dass er das Café betreten hatte, wurde von dem pickeligen Jungen gebracht. Toby war so ein Typ, dachte Max, der so oder so in Russland gelandet wäre. Wenn nicht gesetzliche Abenteuer, dann geschäftliche. Wenn nicht Geschäfte, dann Übersetzungen, Presse, an Kinofilmsets aushelfen – und mit einer aus einer Akrobatenfamilie stammenden Schauspielerin leben. Wenn Max sich nicht irrte, war das tatsächlich Mrs. Smithers' Hintergrund. Aus den Tiefen seines Gedächtnisses tauchte eine Geschichte wieder auf. Eine, die Toby ihm erzählt hatte, als alles noch einfacher war und sie beide jünger waren. Während Toby über Joint Ventures und den fallenden Rubel schwadronierte, fiel es Max wieder ein: Toby hatte sich mal aus seiner im fünften Stock liegenden Wohnung ausgeschlossen. Aber wenn die eigene Verlobte – wie Toby es verwegen erklärte – aus einer Akrobatenfamilie stammte, rief man nicht den Schlüsseldienst. Stattdessen rief er seinen zukünftigen Schwager an, der die Fassade hinaufkletterte und ihm öffnete. Sie zogen damit die Aufmerksamkeit einiger Nachbarn auf sich. Die Polizei wiederum freute sich, dass ihnen die Tür von einem Ausländer geöffnet wurde, der nicht belegen konnte, dass die Wohnung ihm gehörte. Letztendlich hatte er zum Bestechen der Beamten – um nicht festgenommen zu werden – das Dreifache aufgewendet, was ihn ein Schlüsseldienst gekostet hätte.

»Also … Holz?!«, sagte Toby. »Wir hatten einen Kunden in der Firma, der anfing, mit Holz zu handeln. Vor ein paar Jahren. Lief echt gut, er hat richtig Kohle gescheffelt damit. Dann wollte die Regierung ihm den Laden abkaufen, aber er wollte nicht. Tja, und dann hat seine Frau ihn auf dem Grund des Swimmingpools bei ihrer Datsche gefunden. Hände und Füße hinter dem Rücken gefesselt. Brandwunden, ziemlich fies, mit Strom, ich sag dir jetzt nicht, wo. Laut Gericht Selbstmord – sämtliches Holz fiel der Regierung zu.« Toby lachte schallend, nervig. »Ja, ja, die gute alte Zeit.«

»Ich hab diesen kanadischen Deal genau im richtigen Augenblick bekommen«, pflichtete Max ihm bei. »Joint Venture in der Taiga. Die Kanadier drücken schon seit fünfzehn Jahren beide Augen zu. Jetzt sinken ihre Erträge, und auf einmal sehen die russischen ›Standortkosten‹ aus wie Veruntreuung. Und zack – tataa, da bin ich wieder.«

»Schön für dich, Alter«, sagte Toby. »Das hätte niemand Netterem passieren können.«

Max zuckte zusammen. Er tat, als würde er sich die Hand vor die Augen halten, um die letzten Sonnenstrahlen abzuwehren. Toby »Bad Boy« Smithers hatte Mitleid mit ihm! Toby »Bad Boy« Smithers, der es mal für eine gute Idee gehalten hatte, sich für die Übermittlung irgendwelcher halb geheimen Dokumente eine blonde Perücke aufzusetzen, die so absurd aussah, dass sie die Aufmerksamkeit der Moskauer Flughafen-Security auf sich zog (was an sich schon eine Leistung war), worauf Toby losrannte, was wiederum dazu führte, dass er überwältigt und festgenommen wurde und sein Foto weltweit durch die Presse ging. »Wenn der Rubel total abschmiert, treten sie den Rückzug an«, sagte Max, um irgendetwas zu sagen. »Dann bin ich arbeitslos.«

»Ach, hier geht doch sowieso alles den Bach runter«, sagte Smithers fröhlich. »Du wirst schon was finden. Wo wohnst du?«

»Im Metropol.« Max nickte zum anderen Ende des Platzes. »Die Kanadier zahlen.«

»Na, das ist doch ein Silberstreif am Horizont.« Smithers

bestellte einen Wodka für Max, er kam zusammen mit Smithers doppeltem. »Haben die da immer noch diese Harfenspielerin beim Frühstück?«

Max zuckte die Achseln. Diese Frage würde er ihm am nächsten Morgen beantworten. Max hörte nur halb zu, als Toby ihm diverse Anekdoten aus dem Leben gut betuchter, in Moskau lebender Ausländer erzählte: Vom Lehrer seiner Kinder, der die Jungs vor lauter Begeisterung darüber, dass das Mutterland einen Teil der Ukraine annektiert hatte, nach Hause geschickt hat. (»Die hättest du mal sehen sollen«, sagte Bad Boy. »›Die Krim gehört uns, Papa! Ist das nicht klasse?‹ Wir waren ausgerechnet an dem Abend zu einer Party in der amerikanischen Botschaft eingeladen – mit unseren Kindern. Ich hab ihnen gesagt, sie sollen die Klappe halten. Aber was soll man sagen? Die Hälfte unserer Freunde war ja genau ihrer Meinung.«) Er redete weiter. Von seiner neuen Geliebten, einer zwanzigjährigen Studentin der Medienkommunikation (»Medienkommunikation! Was soll das denn bitte sein?«), der er neulich einen Jeep geschenkt hatte und die er als »eine Freundin« bezeichnete.

Max nahm das Schnapsglas, das der Pickelknabe vor ihm abgestellt hatte. Es war angefroren. Das Brennen im Hals holte Max ins Leben zurück und setzte seine Sinne in Gang.

»Bist du länger hier?«, fragte Toby. »Komm doch mal zum Abendessen. Marina und die Kinder würden sich tierisch freuen, dich zu sehen …« Irgendwie war es Bad Boy gelungen, noch zwei weitere Wodka zu bestellen, die er und Max sofort hinunterkippten, als Toby wieder anfing, in Erinnerungen an ihre gemeinsame Zeit in Washington zu schwelgen.

Als Max sagte, er müsse los, huschte Enttäuschung über Tobys Gesicht. Er ist einsam, ging es dem überraschten Max durch den Kopf. Toby zahlte, und auf den Kopfsteinen, mit Blick auf das schwarze Mausoleum, schüttelten sie sich die Hände und trennten sich. Nur einem sehr aufmerksamen Beobachter wäre aufgefallen, dass die lederne Aktentasche, die Max Rushmore mitgebracht hatte, nun an Toby »Bad Boy« Smithers' rechter Hand baumelte und dass Max Tobys Aktentasche quer über den Platz und in die dunkler werdenden Schatten der dicken, hohen Kremlmauern trug.

# KAPITEL 3

Gérard Dupres setzte sich den Schutzhelm auf, den der estnische Vorarbeiter ihm reichte. Der Helm roch nach altem Schweiß, und Gérard machte kurz ein angewidertes Gesicht. Falls der Este – ein dünner, drahtiger Mann mit ungesunden, teigigen Gesichtszügen – das gesehen hatte, so ließ er es sich nicht anmerken.

Gérard war ein attraktiver Mann. Geschmeidig, zierlich, aber gut gebaut, mit stahlgrauem Haar und einem handgemachten Leinenanzug, in dem er selbst hier in der baltischen Einöde aussah wie jemand, der gerade eine Runde Tennis gespielt hat. Gérard verzog missmutig den Mund. Er war neulich erst zu einer Entscheidung gelangt. Nämlich, dass Paris der einzige Ort war, an dem er sich wirklich wohlfühlte. In den letzten Jahren hatte er viel Zeit in Käffern weitab der Zivilisation verbracht: Ocotillu, São Paulo, Washington, D.C.

Das letzte Mal war Gérard im Winter hier gewesen. Die gesamte Region lag im Stockfinsteren, nur die Baustelle für die Nuklearanlage war hell erleuchtet: Der grelle Schein der Natriumdampflampen wurde vom sanft fallenden Schnee reflektiert. Die Anlage hätte längst fertig sein sollen. Aber jetzt stand er wieder hier, im Hochsommer, und die Sicherheitsbeleuchtung war überflüssig.

Der Bauplatz selbst sah dagegen auf unheimliche Weise noch genauso aus wie vorher. Rote Kräne vor grauem Beton. Das Fundament teilweise gegossen. Die kreisrunde Basis, von der aus »der Supér« – eigentlich wurde das Ding

»SAEPR« genannt, ein Super-Atomenergie-Druckreaktor – wachsen würde. Irgendwann. Der Supér war Dynacorps Vorzeige-Prototyp. Der erste der nächsten Generation von Kernkraftgeneratoren. Größer und besser als alles, was bisher auf dem Markt war. Falls allerdings das PLUTO-Projekt Erfolg hatte und die Wiederaufbereitung funktionierte, überlegte Gérard, dann würde der Supér ziemlich alt aussehen. Er würde überflüssig. Falls PLUTO funktionierte, würde sich alles ändern. PLUTO – der Name passte. Denn falls PLUTO funktionierte, wäre das der absolute Traum. Selbst die bisher unvorstellbaren Mengen von Atommüll, die PLUTO produzierte, würden das Projekt nicht aufhalten – es war einfach zu groß. Zu gut. Falls. Das war der Knackpunkt.

Vorsichtig kickte Gérard mit seinen handgefertigten Schuhen gegen einen Erdklumpen. Gedankenverloren. Die Ingenieure hatten die Pläne für PLUTO bereits vor fast sieben Jahren entwickelt. Paris. Ein wunderbarer Frühlingsmorgen, an dem alles möglich schien. Nein. Nicht nur möglich. Wahrscheinlich. Die Vögel und die hellgrünen Knospen und Baron Haussmanns kühle, blasse Straßen hatten sich verschworen, um allem den Anschein größter Wahrscheinlichkeit und süßer Hoffnung zu geben. Selbst PLUTOs Achillessehne, welche die Tests so schwierig machte – der extrem giftige Abfall, den es produzierte –, selbst dieses Problem schien lösbar. Wenn sie erst zeigen konnten, dass PLUTO funktionierte, würde sich natürlich keiner um die Kollateralschäden scheren. Alle lieben Sieger. Aber Politiker davon überzeugen, ein Risiko einzugehen? Das war eine ganz andere Sache. Darum war Dynacorp entschlossen, erst zu beweisen, dass PLUTO funktionierte. »Besser um Entschuldigung bitten als um Erlaubnis« – das gehörte zu den wenigen interessanten Dingen, die er an der Harvard Business

School gelernt hatte, und zwar von einem betrunkenen Amerikaner auf einem der üblichen todlangweiligen Biergelage.

Die Frage, was während der Testphasen mit dem Müll passieren sollte, war aber immer noch offen. Entsorgung über die üblichen Kanäle kam nicht infrage. Normalerweise hätte Dynacorp die Abfälle des PLUTO-Experiments zur Aufbereitungsanlage in der Normandie geschickt. Aber die enorme Strahlenbelastung des Mülls würde, wenn man versuchte, ihn zu reinigen, früher oder später irgendwo Alarm auslösen. Erst würden die Umweltschützer auf die Barrikaden gehen, dann Industriespione ihre Arbeit aufnehmen. Siemens würde sich die Finger lecken!

Selbst Gérard fand den Plan, den Dynacorp ausgeheckt hatte, um den Müll während der Testphase zu verstecken, ziemlich unbedarft. Die Idee stammte von einem Rivalen, war aber gut. Um nicht zu sagen brillant. Und als sein Rivale unerwartet starb – welcher normale Mensch erleidet denn bitte mit siebenundvierzig einen Herzinfarkt? –, hatte Gérard gerne die Überwachung der Müllentsorgung übernommen. In letzter Zeit waren ihm allerdings Zweifel gekommen. Er hatte sogar Albträume gehabt. Zwei Mal hatte Gérard geträumt, er sei – gemütlich mit den Armen schlagend – über die vereiste Tundra geflogen, Meile für Meile. Erst war es schön. Dann kam eine Grube. Je näher er kam, desto größer wurde das riesige schwarze Loch unter ihm. Es schien ihn anzuziehen. Gérard schlug immer schneller mit den Armen, um nicht an Höhe zu verlieren – aber vergebens: Die kolossale, trichterförmige Grube zog ihn herunter in die Dunkelheit, immer schneller. Beide Male wachte Gérard schweißgebadet auf. Die Nerven, dachte er. Das PLUTO-Projekt hatte den Kostenplan bereits um das Tausendfache überstiegen. Verdammt viel hing davon ab – zu viel, dachte er. Als Gérard sich jetzt auf der halb fertigen Supér-Baustelle umsah, fragte er sich, ob er damals zu optimistisch gewesen war. Ob es nicht besser gewesen wäre, wenn die Präsentation im Spätherbst stattgefunden hätte, wenn das Licht nachließ und allein das Geräusch des Windes draußen in den Straßen einen drinnen schaudern ließ?

Aber nun war es, wie es war. Der Alte hatte entschieden: Der Supér würde sie über Wasser halten, solange sie PLUTO testeten. »Avec tout discretion«, hatte er gesagt, als die Ingenieure gingen. Seine Stimme bebte in der Stille des holzgetäfelten Büros, seine leichenblassen Hände ruhten auf dem Schreibtisch, der einst Ludwig XIV. gehörte. Die Verhandlungen mit den Russen – die immer noch am besten wussten, was Verschwiegenheit eigentlich war, sie hatten das im Blut, auch wenn sie dafür bezahlt werden mussten – waren praktisch sofort aufgenommen worden.

Der Este rief einem der Schweißer etwas zu und riss Gérard damit aus seinen Gedanken. PLUTO konnte warten. Dynacorp brauchte den Supér. Jetzt. Nach Tschernobyl war Kernenergie umstrittener geworden. Jetzt sah es ganz so aus, als würde sich das Blatt wieder wenden, und Dynacorp hatte die Nase ganz vorn. Sie mussten ihre Gewinne konsolidieren. In Frankreich war noch ein Supér in Arbeit, unter der Bedingung, dass dieser ins Baltikum lieferte. China hatte drei weitere bestellt. Falls PLUTO funktionierte, würden natürlich selbst die deutschen Über-Ökos Dynacorp aus der Hand fressen. Aber jetzt musste er sich erst mal noch auf den Supér konzentrieren. Der Supér war eine sichere Sache. Mehr Energie, billiger, schneller, besser. Und französisch.

Gérard folgte dem Esten, dem die schwere Arbeitskleidung zu groß war. Die Baustelle glich eher einer Ruine als einem aktiven Arbeitsplatz. Metallstäbe ragten überall ins Leere. Plastikplanen über Betonplatten, haufenweise schwere Metallrohre. Der Este sprach und zeigte. »Da und da wäre der Beton in fünfzehn, zwanzig Jahren gerissen«, sagte er, als sie den Holzsteg ins Innere der Baustelle hinuntergingen. »Staunässe. Und da …« Er zeigte nach oben, wo der Reaktorbehälter hinkommen würde. »Da hatten wir ein Problem mit den Schweißungen. Hier.« Sie erreichten die Stelle: schwarz, verkohlt. »Hier war das Feuer.«

»Sie müssen schneller arbeiten«, sagte Gérard. »Durch das Feuer sind wir weitere neun Monate im Rückstand. Die Kosten liegen schon 70 Prozent höher als veranschlagt. Es muss weitergehen.«

Der Vorarbeiter nickte. »Wir tun, was wir können. Aber die letzte Betonlieferung war minderwertig. Und die Einarbeitung der Schweißer haben wir bereits auf zwei Wochen reduziert.«

»Eine muss reichen«, sagte Gérard zum Chef-Ingenieur auf Französisch. »Und beim nächsten Mal – verwenden Sie den Beton!«

# KAPITEL 4

»Oh Mann. Kann mich mal einer treten …«, sagte Max, als er die abgeschmackten Büroräume der Moskauer Niederlassung von McGovern International Consulting Inc. betrat. Wobei »Büroräume« ein bisschen hochtrabend ausgedrückt war. Es handelte sich um zwei benachbarte, schrankgroße Zimmer, von denen eines ein Fenster hatte. Was streng genommen die meiste Zeit des Jahres ohnehin ohne Belang war. Während des langen Winters sorgten einzig Leuchtstoffröhren an der Decke für das nötige Licht. Und völlig unglamourös war das Haus nun auch wieder nicht, dachte Max: Unten im zugigen Glaskasten, der als Lobby diente, kostete ein welker Salat »Mediterran« so viel, wie ein Schullehrer im Monat verdiente. Immerhin.

Erschrocken sah Marie auf. Sie saß am Schreibtisch gleich bei der Tür. Ihr glattes, braunes Haar fiel ihr um das perfekt runde, blasse, mondgleiche Gesicht und über die eckigen Schultern ihrer praktischen Jacke. Sie hatte bis eben vollkommen gebannt auf den Bildschirm ihres Laptops gestarrt. Noch bevor sie aufstehen konnte, hatte Max den Raum bereits durchschritten und sich hinter sie gestellt und er las auf ihrem Bildschirm mit:

*»Eines Tages kam der Versucher: Ein kleiner schwarzer Vogel – es war eine Amsel – fing an, ihn zu belästigen und zudringlich zu werden … Hierauf folgte eine so heftige fleischliche Versuchung, wie er sie niemals verspürt hatte …«*

Max rollte mit den Augen.

»Wie ich es vermutet hatte! Wer ist es denn heute? Ah, ich sehe schon. St. Benedikt.«

Marie errötete und klappte den Laptop zu. Dann breitete sich ein Lächeln auf ihrem schönen, flächigen Gesicht aus. »Max!«, sagte sie. »Hör auf, mich zu triezen.«

»Ich?« Er küsste sie auf die Wange. »Was kann ich denn dafür, dass du so schräge Hobbys hast?«

Ehe er sich versah, sprang sie auf und schlang die Arme um ihn. Dann trat sie einen Schritt zurück und sah ihn belustigt an. »Schön, dass du wieder da bist, Max«, sagte sie leise. Sie waren beide betreten. Marie setzte sich schnell wieder, schlug die Beine übereinander und kratzte sich mit einem sehr roten, sehr langen Fingernagel verlegen die Nase.

»Schöne Nägel«, sagte er in einem Versuch, wieder den Spaßvogel zu spielen.

»Hör bloß auf.« Sie verdrehte die Augen. »Ich kann nicht mal den Aktenschrank aufmachen.«

Max lachte. »Erzähl.«

Marie wurde rot und sah zu Boden. Sie war wirklich richtig nett, dachte Max. Und clever. Die Agentur hatte Glück mit ihr. Zu Max' Zeiten mussten alle Agenten ein intensives Sprachtraining absolvieren: Er selbst hatte zwei Jahre an dem Institut in Monterey verbracht, um seine Intonation einigermaßen hinzubekommen. Jetzt schickten sie meist Muttersprachler ins Rennen – die Kinder ausgewanderter Familien, die spätestens zu deren Einschulung wieder zurückgegangen waren (»Ich konnte beim Morgenrundkreis einfach nicht im Schneidersitz sitzen«, hatte Marie ihm mal erzählt. »Das war echt ein Problem für mich. Die Lehrer in Amerika konnten das nicht kapieren. Und ich immer nur: ›In Russland hatten wir Stühle!‹«). Max' Generation sah dabei zu, wie alles kaputtging. Es gab immer noch ein paar Dinosaurier wie Dunkirk, die für ihre Rente und ihre Wohnung nicht selbst aufkommen mussten und in einer Welt lebten, die es de facto nicht mehr gab, auch wenn man in ihr immer noch abends essen gehen konnte. Maries Generation dagegen war an Unsicherheit gewöhnt: unbezahlte Praktika, die sie auf Jobs in Branchen vorbereiten sollten, die schon nicht mehr existieren würden, wenn sie endlich einen Abschluss hatten. Sie kannten es nicht anders, sie erwarteten nichts Besseres.

Aber Marie war ein toller Mensch. Gut – sie beklagte sich darüber, nur eine glorifizierte Sekretärin zu sein – ihre Generation wolle mehr. Nicht Geld, nicht Sicherheit. Sondern Action und Spannung. Sinn. Moskau, sagte sie, war aber eigentlich nur eine größere Ausgabe vom Brighton Beach bei New York. Wenn sie das gewusst hätte, wäre sie zu Hause geblieben, in der Nähe ihrer Großmutter. Ständig drohte sie damit, wieder an die Uni zu gehen und zu promovieren. Vielleicht in Theologie? Warum kein Dr. in Obdachlosigkeit, entgegnete Max dann immer. Marie zuckte die Achseln. Jetzt senkte sie die sonst klare, laute Stimme zu einem Murmeln. »Der alte Typ vom Kiosk bei mir um die Ecke meint, ich sollte mir mal einen Mann suchen. Bevor es zu spät ist.«

»Der alte Schlawiner«, sagte Max. »Woher will der wissen, dass du keinen Mann hast?«

»Genau das habe ich ihn auch gefragt!« Marie klang ein klein wenig empört.

»Und?«

Marie sah wieder zu Boden. »Er hat auf meine Fingernägel gezeigt. Ich kaue ständig drauf rum. Und er: ›Mit den Händen? Ha!‹« Jetzt musste Marie fast selbst lachen. Sie ertappte sich dabei und runzelte die Stirn. »Jetzt muss ich noch mal einen Termin machen – nur um diese Dinger wieder loszuwerden.«

»Keine Sorge, Marie«, sagte Max. »Manche Männer stehen auf Frauen ohne Krallen.«

»Halt die Klappe. Sag, seit wann bist du denn hier?«

»Gestern Abend.« Er nickte in Richtung Schreibtisch. »Jetzt schieß aber mal los. Was läuft gerade?«

Sie seufzte, klappte den Laptop wieder auf und tippte unter einiger Anstrengung: »Schau! Regen sich alle tierisch über den Ölpreis auf – mit jedem Dollar, den der Preis pro Barrel fällt, verliert Russland hundert Milliarden Dollar oder so. Allein letzte Woche ist er um drei Dollar gefallen.«

Max setzte sich neben sie und pfiff. »Und hier: Brutale Razzia auf sogenannte Ausländische Agenten. Sie haben gerade den Direktor der Ukrainischen Bibliothek wegen antipatriotischer Umtriebe eingeknastet ... Und hier, die letzten Telekommunikationsgesellschaften haben topmoderne Abhöreinrichtungen installiert ... Hey, wusstest du, dass der KGB zu SU-Zeiten gerade mal dreihundert Telefonanschlüsse in Moskau abhören konnte?«

»Im Ernst?«

Sie zeigte ihr bezauberndstes Lächeln und nickte. »Echt mal. Und meine Eltern immer: ›Sprich nicht am Telefon darüber! Blabla.‹ Und ich: ›Echt mal, das hier ist Brighton Beach, und ihr redet über so was wie prähistorische Zeiten, die keine Sau interessieren!‹ Na, da habe ich wohl recht behalten. Es ist nur ... das ist ja wie ein – ein Panoptikum! Weißt du? Wie bei Foucault?«

»Ja, Marie, ich habe auch mal studiert.«

Sie errötete. »Egal. Ach, und noch was Lustiges: Der FSB hat 60 – in Worten: sechzig – Ledermäntel bestellt, die exakt so aussehen sollen wie die alten vom NKWD. Ich meine – hallo?«

Max schüttelte den Kopf. »Irgendwas für mich?«

Marie guckte leicht gequält. »Dunkirk will dich sehen.«

Max stöhnte. »Jetzt?«

»Ja«, sagte sie. »Er hat gesagt, ich soll dich rüberschicken, falls – wenn du auftauchst.«

Max nickte. »Da kann man wohl nichts machen.«

Marie schüttelte den Kopf. Als Max aufstand, stand sie mit auf. »Max«, sagte sie, als er die Tür erreichte. »Tut mir wirklich leid – mit dem Job.«

Max spürte ein Brennen im Hals und um seine Augen. Was für ein Gefühl war das? Wenn er es benennen sollte (wie er es zusammen mit Rose in diesem blöden Achtsamkeitsseminar gelernt hatte), dann würde er es »Wut« nennen. »Zorn«. »Scham«. »Verletzung«? Er zuckte mit dem Kopf und war zur Tür hinaus, bevor sie etwas sagen konnte.

# KAPITEL 5

Der Himmel war grau und schwer. Max ging. Setzte einen Fuß vor den anderen. Der Verkehrslärm. Das Rauschen des Blutes in seinen Ohren. Seine rasselnde Atmung. Dann, wie eine Offenbarung: der Fluss. Max sah auf. Fünfspurig rollte der Verkehr unter einer dicken Abgaswolke nach Westen. Dahinter floss Moskaus tiefer, schlammiger Strom. Auf seinen Fußballen balancierend, Bad Boys lederne Aktentasche in seiner Hand, wartete er auf eine Lücke. Als sie kam, lief er los, quer über die Hauptverkehrsstraße. Auf halbem Wege sah er, dass ein schwarzer Corolla Gas gab und auf ihn zufuhr. Aus dem Nichts. Überquerte drei Fahrstreifen in drei Sekunden. Max' Herz raste, als er sich nach vorne warf. Er spürte den Zug verschmutzter Luft. Hörte die metallene Karosserie an ihm vorbeischießen. Um Zentimeter.

Vom sicheren Gehweg aus winkte Max dem Corolla nach. Solche sportlichen Versuche, die Fußgänger in der Hauptstadt umzunieten, waren früher ganz normal, aber Max hatte es lange nicht erlebt. Da fühlte er sich direkt wieder jung.

Die Stadt wirkte verschlafener und leerer denn je auf ihn. Auf einer Brücke in der Nähe des Kreml drängte sich eine kleine Schar um einen verwitterten Schrein: Nelkensträuße in abgesägten Ein-Liter-Wasserflaschen, zu harten kleinen Pfützen erstarrtes rotes Wachs auf dem Trottoir. Ein paar Leute gingen langsam, einzeln oder paarweise, an den in Plastikhüllen steckenden Fotos vorbei, die an die Steinbrücke geklebt waren. Die Leute lasen, was auf den Zetteln daneben stand. Ihre gesenkten Mienen waren leer. Max kam hinzu und ging langsam vorbei. Trotz dieses improvisierten Denkmals war es kaum zu glauben, dass ein Mann, der als Kandidat gehandelt wurde, das Land zu regieren, hier, in Sichtweite des Kreml, erschossen worden war.

Unter ihm lähmte der Berufsverkehr jetzt die breite Straße. Jedes einzelne Auto, selbst der kleinste Golf, hatte verdunkelte Scheiben. Max sah sie Zentimeter für Zentimeter vorankriechen wie ein Umzug von Blinden.

Der »Anbau« wurde in den Achtzigern eingerichtet, nachdem ans Licht gekommen war, dass die fast komplett neue, hypermoderne amerikanische Botschaft schon beim Bau von oben bis unten verwanzt worden war und darum wieder aufgegeben werden musste. Die Diplomaten zogen zurück in das alte Gebäude, ein windschiefes Anwesen im Stadtzentrum, und die Spione verzogen sich in den unspektakulären, aber relativ sicheren »Anbau« – ein ehemaliges Wohngebäude, dessen letzte Bewohner von jetzt auf gleich ausziehen mussten, als der sowjetische Außenminister beschloss, es den Amerikanern zu überlassen, gewissermaßen als Entschuldigung dafür, dass die Sabotage der neuen, teuren amerikanischen Unterkunft durch seinen Geheimdienst ans Licht gekommen war. Kurz danach war das Sowjetregime gestürzt, und mit ihm war auch die Eile verschwunden, schnell neue Räumlichkeiten zu finden. Und wie es oft ist mit Übergangslösungen: Fast ein Vierteljahrhundert später wurde der »Anbau« immer noch dauerhaft genutzt.

Als es summte, drückte Max die Metalltür auf. Im Flur mit brüchigem Linoleumboden durchsuchten zwei Sicherheitsbeamte seine Sachen. Was auch immer sie suchten, sie fanden es nicht. Er schritt durch den ramponierten Metalldetektorbogen tschechischen Fabrikats. »Lasst alle Hoffnung fahren ...«, dachte Max, dann ging er mit sich selbst ins Gericht: Bloß kein Pathos, Maxiboy. Der Aufzug protestierte, als Max ihn betrat, brachte ihn dann aber doch in den dritten Stock und setzte ihn in einem hell erleuchteten Flur ab. Auf dem Boden honigfarbene Auslegware. Zwei Glastüren, eine davon mit Sprung, führten zum Empfangsbereich. Hinter dem Tresen saß eine amerikanische Rezeptionistin. Freundlich, kompetent, Mittlerer Westen.

»Mr. Rushmore?«, sagte sie und sah lächelnd auf. Max nickte. »Mr. Dunkirk erwartet Sie bereits.«

Max nickte und setzte sich, wobei er kaum ein Gähnen unterdrücken konnte. Er fing wieder an zu schwitzen. Dieses Mal waren es die Nerven, nicht die Hitze. Erstaunlich. Schweiß: Teil seiner neuen Lebensumstände. Max wischte sich über die Augenbraue.

»Max!« Dunkirk war in der Tür aufgetaucht, seine Begrüßung klang falsch, eine Spur zu herzlich für seine noble Herkunft. Dunkirk sah dünner, glatter, teurer aus: Erfolg stand ihm gut. Die großen Schritte durch den Empfangsbereich wurden immer noch von seinem nicht zu übersehenden Humpeln beeinträchtigt. Max fragte sich, ob er es nach all den Jahren vielleicht ein klein wenig pflegte.

Dunkirk war nicht viel älter als er, fünfzehn Jahre vielleicht, aber es waren wichtige fünfzehn Jahre gewesen, und als Max' Karriere ins Stocken geriet, hatte Dunkirk im fruchtbaren Boden der super-paranoiden letzten Jahre des Kalten Krieges Halt gefunden und war prächtig gediehen. »Du siehst besser aus, als ich dachte.« Dunkirk legte den Arm um Max' Schulter, um ihn zu seinem Büro zu bugsieren. Max meinte, ein leichtes Zucken zu spüren, als Dunkirks Hand mit Max' feuchtem Hemd in Berührung kam.

Das Büro war nüchtern und kahl. Ein Schreibtisch. Ein gerahmtes, verblichenes Farbposter, das für den Bundesstaat Montana warb. Ein krepierender Drachenbaum. Ein einzelnes Fenster. Draußen vor dem geschlossenen Lamellenvorhang kauerten die Moskauer Vororte wie eine große, graue Bestie. Die Lamellen waren schmutzig. Ohne ersichtlichen Grund dachte Max an ein sinkendes Schiff.

Dunkirk setzte sich und legte einen Papphefter auf den Schreibtisch. Max nahm ihm gegenüber in die Nähe der Tür Platz. »Soso …«, sagte Dunkirk. »Haben sie dich also zu uns zurückgeschickt.«

Max nickte. »Sieht ganz so aus.«

»Und wer sind noch mal diese Clowns, die dich unter Vertrag genommen haben?«, fragte Dunkirk. »Nachtjacken?«

»Nightshade.«

»Ach, richtig«, sagte Dunkirk. »Ich komm da nicht mehr ganz mit. Seit wir sparen müssen, wimmelt es nur so vor Sub-Sub-Subunternehmern, ich kann die nicht alle auseinanderhalten. Hast du wenigstens Krankenversicherung?«

Max verzog das Gesicht. »Obamacare.«

Dunkirk zog die Augenbrauen hoch.

»Und wie findet Rose das?«

Das überrumpelte Max. Offenbar hatte Dunkirk sein Geheimnis – dass er Rose von alldem nichts erzählt hatte – durchschaut. Er war getroffen. Dunkirk zuckte die Achseln, sah auf die vor sich liegenden Papiere. »Und die kanadische Unternehmensberatung? Ist das 'ne ordentliche Firma?«

Max nickte. »Nightshade hat den Kontakt hergestellt, und ich glaub, ich hab genau die Erfahrung, die sie brauchen. Missglückte Joint Ventures sind ja nun keine Geheimwissenschaft.«

»Das heißt, sie bezahlen für alles«, stellte Dunkirk zufrieden fest.

»Korrekt«, sagte Max. »Haben mich im Metropol untergebracht.«

Dunkirk zog die Augenbrauen hoch und pfiff anerkennend. »Okay, genau darum geht es dann. Dass die PW alles bezahlt.«

»Die PW?«

»Privatwirtschaft. Unsere Mittel sind im Vergleich dazu drastisch gekappt worden. Keine Flugtickets, Wasser musst du selber kaufen. Darüber haben sich die Gaza-Leute so aufgeregt.« Er zuckte die Achseln. Das war nicht sein Problem.

»Da gibt es doch noch die Firmenkarte …«, sagte Max.

Dunkirk schüttelte den Kopf. Nein. »Wir können dir fünfhundert Vorschuss zahlen. Über alle weiteren Ausgaben wird von Fall zu Fall entschieden. Und natürlich nur gegen Beleg.«

»Fünfhundert?«, sagte Max. »Allein das Treffen mit Toby hat mich hundert gekostet. Und ich habe mir in Berlin einen neuen Anzug besorgt.«

»Meine Güte, Max. Dann schick eben dieses eine Mal die Rechnung an die entsprechende Abteilung.«

Dunkirk wandte sich wieder den Papieren vor sich zu und nahm ein Blatt zur Hand.

»Ich habe Nachricht von Smithers erhalten«, sagte er. »Aha. Das hast du also nicht verbockt. Hast du seine Aktentasche?«

Max nickte und tippte gegen die auf dem Boden stehende Tasche.

»Kannste behalten. Als Andenken. Ich dürfte dir das eigentlich nicht sagen …«, sagte Dunkirk, »aber ich finde, du bist alt genug.«

»Schieß los«, sagte Max kühl.

»War gar nix drin«, sagte Dunkirk.

In Max braute sich etwas Ungewohntes zusammen. Die Nerven. Der Kloß im Hals. Das Gelaber. Für nichts? Für den Austausch zweier wertloser Ledertaschen?

»Ein Test. Ganz einfach. Wollte sehen, wie du drauf bist.«

Wut flammte in Max auf. Brannte. Heller, heißer. Er wollte aufstehen, sich über den Schreibtisch beugen und Dunkirk eine reinhämmern. Ihm den Kiefer brechen und dann mit ihm fertig sein. Endgültig. Sich zur Ruhe setzen. In einer Kommune leben. Wie seine Mutter, bevor sie starb. Bienen züchten. Das weiche, feuchte, warme Gefühl, wenn die Knöchel die Haut trafen. Nachgebende Zähne … Dunkirk redete immer noch und ahnte nichts von den Gewaltfantasien seines Gegenübers.

»Sag Bad Boy besser nichts davon, wenn du ihn siehst«, sagte der Alte. »Was natürlich, wenn du dich an die Regeln hältst, und das solltest du, gar nicht passieren sollte. Ich möchte seine Gefühle nicht verletzen.«

»Und das solltest du« – dieser Satz allein. Max hörte die Stichelei. Konnte sie förmlich greifen. Irgendwie nahm ihm das den Wind aus den Segeln. Der gewalttätige Impuls verstrich. Stattdessen empfand er – was? Leere. Eine hoffnungslose, passive Ergebenheit. Kummer. Er bemühte sich, Dunkirk zuzuhören, der immer noch redete. Auf seine monotone Washingtoner Art, die Max sich nie recht hatte angewöhnen können. Seine Gedanken schweiften ab.

Der Gefühlsfresser und Nightshade hatten ihn – das war Teil der »Rehabilitierungsmaßnahme« nach der »Umstrukturierung« – zu ein paar Vorträgen im Außenministerium geschickt. Sitzungen zu »Internettechnologie« und »Dritte-Welt-Wirtschaft«, deren begeisterte Beschreibungen verrieten, dass die US-Regierung erst gerade auf diese aufregenden Phänomene aufmerksam geworden war. Pflichtschuldig war Max hingegangen. War durch die glänzende, altmodische, marmorne Eingangshalle spaziert. Unter dem überlebensgroßen Adler. Durch die warmen, fensterlosen Vortragsräume, in denen alles irgendwie beige war – die Teppiche, die Sitze, die Bühne, die Frauen. Angenehm. Langweilig. Er hatte sich dort sicher gefühlt, dem Summen gelauscht, ein Experte nach dem anderen kämpfte mit seinem Mikro. Gesetzte Herren in grauen Anzügen – Vorboten dessen, was Max in fünf, zehn, fünfzehn Jahren hätte sein können, wenn er ein bisschen mehr Glück gehabt hätte – saßen im Publikum und nickten ein. Erst gegen Ende des Tages, als es Zeit war, nach Hause zu gehen, in die kleine Mietwohnung in Bethesda, kroch die Angst in ihn zurück. Was sollte er Rose erzählen? Und wann? Wie viel Geld wollte sie noch in die Küche stecken? Er hatte auch nichts darüber erzählen können, als Nightshade ihn nach Berlin schickte, wo er um die Häuser zog, sich mit niemandem treffen durfte und dann angewiesen wurde, »ein Auge zu haben auf die Eröffnungsfeier der neuen Botschaft«, die außerhalb des frisch fertiggestellten Gebäudes stattfand. Die Veranstaltung hatte den Charme einer Kreuzung aus einem Billig-Ozeanriesen und einem Bunker, gecatert von Burger King. Dann schickten sie ihn plötzlich und ohne jede Vorwarnung zurück nach Moskau. Und da war er jetzt. In Teilzeit. Mit begrenzten Befugnissen. Und, wie es jetzt aussah, zu allem Überfluss auch nur auf Probe.

Max sah, wie Dunkirks Lippen sich bewegten, wie sie sich hin und wieder so sehr zusammenzogen, dass man die kleinen, perfekten Schneidezähne sehen konnte. Max schnappte

Wörter auf wie »Prozesse« und »Vorschriften«, konnte aber nicht folgen.

»Wie dem auch sei, wir haben da was für dich.« Dunkirk schubste die Mappe über den Schreibtisch. Max ließ sie zunächst ungeöffnet vor sich auf dem Tisch liegen, dann streckte er langsam die Hand danach aus. Mit schwarzem Filzstift stand dort »Sonja Ostranowa«.

»Ostranowa ist eine Putzfrau«, sagte Dunkirk. »NNSA.«

Max' Stimmung hellte sich kurz auf. Das war doch was! Einige der interessantesten Jobs in Russland kamen von den »Putzfrauen« – wie die Mitarbeiter der Nationalen Verwaltung für Nukleare Sicherheit zum Leidwesen des überwiegend männlichen Personals genannt wurden. Die NNSA war in den Neunzigern vom Energieministerium ins Leben gerufen worden und hatte dazu beigetragen, dass die Bürokratie das Ende des Kalten Krieges anerkannte und die Sicherung der alten Anlagen nun wichtiger eingestuft wurde als der Bau neuer Nuklearwaffen. Die Russen waren, wie sich herausstellte, pleite, und eine der Aufgaben der NNSA war es, Kernreaktoren und Waffenfabriken in der ehemaligen SU zu besuchen sowie Kernmaterial zu dokumentieren, zu kaufen und zu sichern. In letzter Zeit überwachte die NNSA die Einhaltung der bilateralen Abrüstung auf russischer Seite. Raketen zählen. Sicherstellen, dass sie korrekt demontiert wurden.

»Oder besser gesagt: Sie WAR eine Putzfrau.« Dunkirk reichte Max eine Kopie einer russischen Sterbeurkunde. »Amerikanische Staatsbürgerin, in Russland geboren, 1991 immigriert. Wohnhaft in D.C., ab 2005 regelmäßige Reisen hierher. Teil des Raketen-Überwachungsteams. Zwischenstopps in Moskau von jeweils ein, zwei Tagen. Alles ganz normal.«

Max schwieg und sah sich die Papiere an. In Moskau geboren. Physikstudium an der staatlichen Uni in Moskau, später in den USA weiterstudiert. Keine Verwandten in Russland.

»Sie hat Pech gehabt«, sagte Dunkirk. Seine nächsten Worte erklärten alles: »Herzinfarkt.«

Max hatte keine Lust zu antworten.

»Hör zu, Rushmore«, sagte er. »Wir brauchen einfach jemanden, der die Sache abschließt.«

»Wieso kümmert sich die NNSA nicht darum?«

»Sparmaßnahmen, Politik.« Dunkirk machte eine wegwerfende Handbewegung. »Die Russen sind nicht mehr so arm, wie sie mal waren, und in letzter Zeit sind sie uns nicht mehr so dankbar dafür, ihre Nuklearwaffen wegzuschließen. Jetzt wollen sie einfach, dass wir verschwinden – und zwar offiziell. War ohnehin ziemlich peinlich für unsere roten Brüder, dass wir hier aufgekreuzt sind und Gefängniswärter gespielt haben. Jedenfalls spart die NNSA jetzt am Nachrichtendienst. Und hat uns gefragt, ob wir übernehmen könnten. Klar, hab ich gesagt. Du kriegst das doch hin, oder?«

Max nickte.

Vor seinem inneren Auge sah er Rose bei ihrem ersten Date. Sie ging auf die Kunsthochschule in Baltimore. Er war mit dem Auto aus Washington gekommen. Sie hatten sich im ziemlich heruntergekommenen Eingangsbereich ihres Mietshauses getroffen, den sie mit ihren rosa Wangen, ihrem flachsfarbenen Haar und ihrer wunderschönen Haut zum Leuchten brachte. In seiner Erinnerung stand sie damals nackt vor ihm, wie eine etwas kleiner geratene, etwas kurvigere, aus dem Meerschaum sich erhebende Venus. Selbstverständlich erschien Rose in Wirklichkeit komplett angezogen – aber der mit Linoleum ausgelegte, öde Raum mit dem verschlafenen Pförtner war in dem Moment der einzige Ort der Welt, an dem Max sein wollte. Sie ging mit ihm in eine Spelunke in Mt. Vernon und erzählte ihm, wie sie ihrem Exfreund durch ganz Asien gefolgt war, bis sie ihn nicht mehr liebte, und von ihrem ersten Fallschirmsprung. Ihre porzellanblauen Augen glänzten die ganze Zeit, während sie erzählte. Ihm war noch nie jemand begegnet, der eine so unbändige Lust aufs Leben hatte. Sie kam ihm vor, als würde sie innerlich glühen …

Dunkirks Stimme unterbrach seine Träumereien. Max ging auf, dass er längst keine Ahnung mehr hatte, wovon er sprach.

»Hey! Hey! Hey, Max! Hörst du mir überhaupt zu?«

Max nickte.

»Mannomann«, sagte Dunkirk, dem eine gewisse Empörung anzusehen war.

»Haben die anderen Prüfer es denn nicht gesehen?«, fragte Max.

»Was gesehen?«

»Den Herzinfarkt. Die sind doch normalerweise im Team unterwegs, oder?«

»Ja.« Dunkirk zögerte. »Das ist ja das Seltsame. Diesmal war sie nicht dienstlich hier. Todesfall in der Familie.«

»Ich dachte, sie hätte hier keine Familie mehr«, sagte Max.

»War wohl eine Stiefmutter, mit der sie sich überworfen hatte, aber diese Sonja war die Einzige, die die Beerdigung organisieren konnte. Ihre Chefs hatten nichts dagegen einzuwenden, ihr ein paar Tage freizugeben – im Januar ist eh nie besonders viel los, und sie haben einiges von ihr gehalten, von daher …«

»Im Januar?«, fragte Max, plötzlich ganz wach. »Also ist sie seit acht Monaten tot?«

Dunkirk schwieg.

»Und die Sache soll jetzt erst abgeschlossen werden? Wieso hat das so lange gedauert?«

»Papierkram«, sagte Dunkirk und machte wieder seine wegwerfende Handbewegung.

»Aber jetzt warte mal …«, sagte Max.

»Nein! Ich warte auf gar nichts mehr! Das ist jetzt dein Auftrag!« Dunkirks stechender Blick sagte alles: Wenn Max darüber reden wollte, gerne. Im Gegensatz zum Gefühlsfresser würde er seinen Einsatz jedenfalls nicht als »Neueinstellung« bezeichnen. Max senkte den Blick. Er hatte verstanden. Dunkirk war bereits aufgestanden und die Nachbesprechung somit beendet.

Auch Max erhob sich. An der Tür zu dem engen Büro blieb Dunkirk stehen. Gedankenverloren klopfte er an die Wand. »Voller Dioden«, sagte er. »Die Sowjets haben die Wände damit gespickt, bevor wir eingezogen sind. Damit wir ihre Wanzen nicht finden.« Nachdenklich hielt er inne, Schatten sammelten sich in den Falten an seinem Hals. »Hat ihnen viel gebracht.«

Max war allein in dem stickigen Zimmer. Er ging zum Stuhl, auf dem Dunkirk gesessen hatte und von dem aus man die Tür im Blick hatte. Instinkt. Niemals mit dem Rücken zur Tür sitzen. Die Chinesen sagten, sonst würde der Feind ungesehen eindringen und einem den Kopf abschlagen. Max sah sich um. Visit Montana! Der eingehende Drachenbaum. Der Geruch von Diesel, Moskau im Hochsommer, muffig und kohlenstoffhaltig. Die Lamellen waren geschlossen. Das Deckenlicht flackerte.

Sonja Ostranowa. Max schob die Mappe über den Tisch. Drei Fotos fielen heraus. Ein Passfoto: lange braune Haare, grüne Augen, schmale Brauen. Umwerfende Wangenknochen. Dann ein Überwachungsfoto, aus der Entfernung: Ostranowa, wie sie aus einem Meeting in Brookhaven kommt. Lange Beine, High Heels. Grüner Regenmantel, verheißungsvoll eng geschnürt. Das dritte war ein Privatfoto, vielleicht bei einer Cocktailparty aufgenommen. Sie mit einem Sektglas in der Hand. Ärmelloses Kleid, schwarz, tiefer V-Ausschnitt, sonnengebräunte Haut. Sie lächelt direkt in die Kamera. Ein gut aussehender, grauhaariger Mann, athletisch, europäisch, gut gekleidet, hat den Arm um sie gelegt. Sie sieht sehr glücklich aus. Die Bilder waren nicht perfekt, reichten aber, um Max zu vermitteln, dass sie eine Schönheit gewesen war.

Die Unterlagen waren dürftig. Max blätterte sie durch, das Papier raschelte flüsternd in der Stille. Genau wie Dunkirk gesagt hatte: Russland 1991 verlassen, Uni Moskau, dann State University New York, Abschluss in Cornell, Jahrgangsbeste. Spezialgebiet: Abfallentsorgung. Unverheiratet, kinderlos, Eltern verstorben. Beim Energieministerium angefangen, dann zur NNSA gewechselt. Beförderung kurz vor ihrem viel zu frühen Tod durch Herzinfarkt am 11. Januar gegen ein Uhr morgens in der Moskauer Innenstadt. Keine Zeugen.

Max zuckte die Achseln und studierte noch einmal die Fotos. Dieses Lächeln! Als würde sie einem ein Geheimnis verraten, von dem man bisher gar nichts wusste. Was hatte es bloß mit weiblicher Schönheit auf sich? Mit jener Lieblichkeit, die Sehnsucht weckt, dachte Max: Sie anzufassen, zu berühren, festzuhalten. Die Zeit anzuhalten. Sein Blick fiel wieder auf die Sterbeurkunde. Irgendetwas störte ihn. Er erinnerte sich an das letzte Mal, als er eine gesehen hatte, vor zehn, zwölf Jahren. Ein Azubi, Verkehrsunfall. Traurige Geschichte. Max hatte die Nachricht in den USA überbringen müssen, und er hatte die Sterbeurkunde mitgenommen. Die Familie des jungen Mannes hatte sie auf die Glasplatte ihres Couchtisches aus Rattan gelegt, und der Bruder – nicht die Mutter – hatte geweint. Als Max ihm auf die Schulter klopfte, warf der Junge sich in Max' Arme und schluchzte.

Er las noch einmal alles durch. Da. Bei Augenfarbe stand braun. Er sah noch mal nach. In ihrer NNSA-Akte stand blau. Er studierte das Foto. Schwer zu sagen. Für ihn war das grün. War aber vielleicht einfach ein Fehler. Der Europäer im grauen Anzug wüsste es mit Sicherheit, dachte Max.

# KAPITEL 6

Die Leningradskaja war leer. Betongrau zog sich die Straße unter der diesigen Nachmittagssonne in die Länge. Eine stark befahrene, sechsspurige Schnellstraße trennte mit einer übermenschlichen Entschiedenheit die eine Seite von den Nachbarn auf der anderen Seite. Das Gebäude selbst sah aus wie alle anderen. Langweilige, bröckelnde Fassade. Brandschutztüren aus Metall. Codeschlösser. Hier und da mit einem Betonklotz aufgehalten.

An der Nummer 59 blieb Max stehen und wartete. Er hatte den größten Teil des Nachmittags im Archiv verbracht. Die zierliche blonde Sekretärin hatte ihn hinuntergeführt und an einen Amerikaner übergeben, der den Raum voller verstaubter und überwiegend nutzloser Akten bewachte. Es war eine bunte Sammlung von alten Parteizeitungen bis zu Mitgliederlisten der Kommunistischen Partei zurück in die Dreißiger. Einer Eingebung folgend, überprüfte Max die Chroniken der Staatlichen Moskauer Universität. Seit 1978 war Piotr Ostranow Dekan der Philosophischen Fakultät. Seine Adresse stand da auch. Majakowskaja Ulitsa. Max kannte die Gegend: Sie war vor drei Jahren mit Bulldozern plattgemacht worden. Bauunternehmer hatten einen Nachbau vom Sommerpalast des Zaren hochgezogen, ein bisschen mediterranes Flair dazugezaubert, um den modernen Geschmack zu befriedigen, den Schuppen dann in mehrere Einheiten zerlegt und diese schließlich als Eigentumswohnungen verkauft. Das war also eine kalte Spur. Aber Max hatte eine andere Idee. Er ging die Listen der Fakultät noch einmal durch, und siehe da – 1985 fing eine Agata Ostranowa dort als Dozentin für Polnisch an. Keine Anschrift. Max wandte sich wieder den früheren Listen von 1982 und 1984 zu. Tatsache. Da gab es im Romanistischen Institut eine Agata Grotowski, Französischdozentin. Auf den mürben Gelben Seiten des berühmt-berüchtigten »Telefonbuchs« des KGB, das ein verstimmter Ministeriumsmitarbeiter der Agentur überlassen hatte, fand Max unter Madame Ostranowas Mädchennamen die gesuchte Adresse.

Endlich öffnete sich die Tür. Ein alter Mann betrat den Gehsteig und zerrte einen kleinen, widerspenstigen weißen Hund mit sich. In Moskau blieb Wohnraum immer in der Familie. Hundert zu eins, dass die Hinterbliebenen eingezogen waren, bevor die Tote unter der Erde war – Grabstellen waren noch viel schwerer zu finden als Wohnraum für die Lebenden. »Komm, Schneeball. Komm!«, drängelte der Mann. Dann endlich gab Schneeball nach und tapste heraus. Max hielt sich zunächst zurück, dann hechtete er zur Tür, bevor sie zufiel. Er nahm die Treppe. Es roch nach Urin und Abfall. Und etwas süßlich – Graffitifarbe. »Boris liebt Sveta. Fuck you.« Bezaubernd, dachte Max. Wirklich bezaubernd. Im fünften Stock blieb Max stehen und verschnaufte. Das Geräusch von Autos wehte wie aus der Ferne zu ihm herauf. Es hatte etwas Beruhigendes. Der Flur war kahl. Er klingelte an der letzten Wohnung. Ein schrilles Summen erklang jenseits der dünnen Tür. Er hörte ein Schlurfen, als befände er sich im selben Raum damit. Dagegen kein Geplärre von Fernseher oder Radio. Die schleppenden Schritte kamen nur wenige Zentimeter entfernt zum Stillstand. Jemand sah ihn an. Wusste nicht, ob er aufmachen sollte oder nicht.

Max hatte schon immer sehr feine Antennen für das gehabt, was seine Halbschwester Evangelina »Energien« nannte. Als die CIA einen sogenannten »Intuitionstest« einführte, schaffte er 98 Prozent – nach dem Ergebnis hatte man ihn sogar zum Forschungsgegenstand machen wollen! Aber der alte Rex hatte »Nein« gesagt, weil das seine Begabung hätte zerstören können.

Als er jetzt vor der dünnen Wohnungstür mit dem an ein Fischauge erinnernden Spion stand, hatte er eine seiner Eingebungen.

»Hallo?«, sagte Max. Und dann beschloss er, auf Französisch weiterzusprechen. »Es geht um Sonja.«

Keine Antwort.

Aber Max konnte es im Nacken und zwischen seinen Schulterblättern spüren, dass er recht hatte. Vielleicht war es die Art der Stille: Es war nicht die Stille einer Wohnung, deren neue Bewohner gerade mal weg waren. Nein. Was Max hörte, war eine althergekommene Stille. Vielleicht sogar eine, die schon immer da gewesen war.

Vorsichtig klopfte er an. »Bitte«, sagte er schließlich. Seine Stimme kiekste. Er betonte seinen amerikanischen Akzent. »Ich bin ihr Verlobter.«

Max hörte das Klacken eines Schlosses, dann noch eins. Dann wurde ein Riegel beiseitegeschoben und eine Kette geöffnet.

Zunächst standen sie beide schweigend da und musterten einander. Sie trug ein verblichenes, geblümtes Hauskleid. Einen Strickpulli trotz der Hitze. Ihr graues Haar hing offen herunter. Herrenhausschuhe, braun, aus Wolle. In der linken Hand hielt sie eine Zigarette, der lange graue Aschestängel wackelte bedrohlich. Der Gesundheitszustand der alten Frau, die da vor ihm stand, war gewiss nicht der beste.

»Sie sprechen kein Russisch?«, fragte sie schließlich.

Max schüttelte den Kopf. Sie nickte abwesend, hob nur

andeutungsweise das Kinn und senkte es wieder. »Entrez«, sagte sie und trat zur Seite.

Der Flur war klein und düster. Ein einzelner Mantel hing neben der Tür, darunter stand ordentlich ein Paar klobige Lederschuhe, abgenutzt, aber sauber. Madame Ostranowa drückte sich gegen die Wand, um Max vorbeizulassen. Er ging an der kargen Küche – ein sowjetischer Gasherd, Spülbecken, ein Schrank und ein Klapptisch – vorbei in das einzige Zimmer. Dort sah es genauso desolat aus: Max hatte den Eindruck, als befände er sich in einem Fossil, das unverändert bis auf eine Staubschicht und leise Anzeichen langsamen Zerfalls in der Zeit gefangen war. Hier hatte sich in den letzten dreißig Jahren nichts verändert. Durch das Fenster am Ende des Zimmers fiel Licht herein. Der Raum war karg: abgenutzter Parkettboden, ein Schreibtisch, ein wackliger Holzstuhl. Wie eine Klosterzelle, dachte Max. Der einzige Luxus war eine Bücherwand. Das Regal reichte bis unter die Decke und war proppenvoll. Goldene Lettern glänzten auf Buchrücken.

Max hörte irgendwo im Gebäude eine Toilettenspülung. Er ging zum Schreibtisch. Darauf lag ein offenes Buch: Jean Genet, *Tagebuch eines Diebes.* Daneben ein paar Blatt Papier, darauf säuberliche kyrillische Handschrift: »Ich hatte das Gefühl, das werden zu müssen, was man mir die ganze Zeit vorgeworfen hatte zu sein.« Gewissenhafte Arbeit. Übersetzen. Die Übertragung dieser Zeile ins Russische durch die alte Frau war ausgesprochen elegant.

Max hörte wieder das Klacken der Schlösser und das Klirren der Kette.

Dann schlurfte Madame Ostranowa in die Küche. Er hörte, wie sie ein Streichholz anriss, wie die Gasflamme des Herdes aufloderte. Dann das Klappern von Geschirr.

Wenige Minuten später kam die Frau mit einem Tablett herein. Zwei Teetassen. Eine weiße Teekanne mit blauem Kornblumenmuster. Zucker. Sie stellte es auf dem niedrigen Tisch vor Max ab, gleich neben einem großen, meergrünen Aschenbecher, und schenkte langsam Tee ein. Dann setzte sie sich neben Max aufs Sofa.

»Sie sind der Verlobte«, sagte sie so matt und monoton, dass Max nicht recht wusste, ob das eine Feststellung war oder eine Infragestellung. Sie nahm eine Zigarette aus der Schachtel, die sie in der Tasche ihres Hauskleides bei sich hatte, und Max beeilte sich, ihr Feuer zu geben. Sie inhalierte tief. Dann wandte sie sich Max zu und betrachtete ihn. In seiner großen, massiven Gestalt sahen Frauen meist Sicherheit und Stabilität. Sie kniff die Augen zusammen, als sie den Rauch ausblies. Dann lachte sie. Hart, freudlos. »Das ganze Leben rennen wir der Liebe hinterher«, sagte sie. »Und wenn wir sie finden, werfen wir sie weg.« Wieder beobachtete sie ihn, und ihre großen, intelligenten braunen Augen sahen ihn fragend an.

»Ich muss sie finden«, sagte Max. Da stieg völlig unerwartet ein Gefühl in ihm auf. Ein Gefühl, das nichts mit Sonja Ostranowa, der Nuklearexpertin, zu tun hatte. Ein Gefühl, das passte, darum ließ Max es zu. Madame Ostranowa sah es, und er sah, dass sie es sah. Die Frau blickte zu Boden. Da wusste er: Sie hatte Sonja gesehen. Max vertraute auf seine Intuition und wartete ab. Wartete, dass sie ihm erzählen würde, was es zu erzählen gab.

»Ich bin nicht ihre Mutter«, sagte die Frau langsam. Ihr Blick wanderte zum Tisch, auf dem das *Tagebuch eines Diebes* offen lag. »Ich war Professor Ostranows zweite Frau. Sonja und ich … wir standen uns nie sehr nah.«

»Ist sie hier gewesen?«, fragte Max.

»Ja«, sagte die Frau und sah zu ihm auf, durchdringend. »Wie ein Gespenst stand sie vor meiner Tür.«

»Wann?«

»Im Januar«, sagte sie. »Sie hatte kein Gepäck, nichts. Nur eine Plastiktüte. Sie hat sich umgezogen. Als sie ging, hatte sie ein schwarzes Kleid an. So kurz.« Die alte Frau machte eine gedankenverlorene Geste, fuhr sich mit der Handkante quer über den Schoß. »Als wollte sie in einen Nachtclub. Wunderschön. Wie ihre Mutter.«

»Hat sie irgendwas gesagt?«, fragte er.

Sie schwieg. »Sie war unruhig«, sagte die Frau. »Sie hatte diesen Blick. Den ich öfter mal bei meinen Studentinnen gesehen habe. Wenn irgendwas total schiefgelaufen ist. Ich ...« Sie sah zu Max auf. »Es hat Petja das Herz gebrochen, als sie weg ist.« Die Zigarette glomm, der Aschestängel wurde länger. Sie hielt sie zwischen Daumen und Zeigefinger, und ihre Fingerspitzen lebten gefährlich. Sie sah sich um. Wütend. »Ich hab meine eigenen Probleme«, sagte sie und wich Max' Blick aus. »Sie sehen ja, wie ich lebe! An der Uni habe ich fünfzig Dollar im Monat verdient. Und ...« Ihre Wut ließ genauso plötzlich nach, wie sie gekommen war. Sie zuckte die Achseln. »Jetzt bin ich krank.«

»Hat sie etwas gesagt?«, fragte Max, lehnte sich vor und sah sie flehend an. Der trauernde Geliebte. »Irgendwas?«

»Das ist eine lange Geschichte ... Ich habe nie verstanden, was Petja in mir gesehen hat. Aber er kam zu mir und ich habe ihn genommen. Ich wollte ihn. Ich weiß nicht, ob Sonja Ihnen das erzählt hat.«

Max schüttelte den Kopf, nein.

»Sonjas Mutter ... Antoinetta ... war wunderschön, und das hat sie verdorben. Sie hat immer bekommen, was sie wollte, verstehen Sie? Und als Petja das nicht mehr aushielt … als er … zu mir kam … hat diese Frau versucht, sich auf die einzige ihr mögliche Weise zwischen uns zu stellen. Indem sie sich selbst zerstörte. Und es hat funktioniert. Petja war hinterher ein gebrochener Mann. Ja, er hat mit mir zusammengelebt. Aber er war gebrochen. Kaputt. Er hat mich geliebt – auf seine kaputte Weise. Und das war alles, was ich je wollte.«

»Sonja hat immer sehr … liebevoll von ihrem Vater gesprochen«, sagte Max ins Blaue.

Das schien sie nicht gehört zu haben. »Sonja war nicht wie ihre Mutter. Trotzdem konnte ich natürlich nicht von ihr erwarten, dass sie mir das, was passiert war, verzeihen würde. Und ich hatte immer Angst … dass sie mir Petja wegnehmen würde. Aber stattdessen ist sie selbst weggegangen, und das hat ihm den Rest gegeben. Ich glaube, ich habe sie dafür gehasst.«

»Was ist mit der Tüte?«, fragte Max. »Hat sie die hiergelassen? Vielleicht könnte die helfen …«

Die alte Frau stand auf. Sie ging in die Küche und kam mit einer weißen Tüte wieder. Sie reichte sie Max. Er sah hinein, konnte sehen, dass das Seidenpapier darin sorgfältig glatt gestrichen und gefaltet worden war. »War da eine Quittung dabei?«, fragte er. Langsam fasste sie in ihre Tasche und zog einen kleinen weißen Zettel heraus. Max beäugte ihn. GUM. Ein Kleid für zwanzigtausend Rubel. Mehr als Madame Ostranowa in einem Jahr verdiente. Kein Wunder, dass sie ihn aufgehoben hatte.

Aber da war noch etwas, etwas, das Max hätte um Atem ringen lassen, wenn er sich nicht beherrscht hätte. Dem Kassenapparat war wohl langsam die Tinte ausgegangen; im unteren Bereich der Quittung waren die Zahlen ziemlich blass und lückenhaft. Aber das Kaufdatum konnte er noch erkennen: 15. Januar. Vier Tage nachdem Sonja angeblich auf einer Bank in der Moskauer Innenstadt an einem Herzinfarkt gestorben war.

Max steckte den Kassenzettel ein und reichte Madame Ostranowa die Tüte. Sie nahm sie ihm ab. Schlafwandlerisch.

»Ich habe mir die ganze Zeit eingeredet, dass das der Schock war«, sagte sie, legte die Tüte auf dem Sofa ab und faltete die Hände im Schoß. »Dass ich sie deswegen nicht gefragt habe, was los ist. Ein Fehler, wie ich jetzt weiß. Ihr Vater besucht mich jede Nacht in meinen Träumen …« Sie sah wieder zu ihm auf. Als würde sie ihn zum ersten Mal sehen. Auf einmal streckte Madame Ostranowa die Hand aus. Es war eine verzweifelte Bewegung wie die einer Ertrinkenden. Sie umklammerte seine Hand, Max erkannte die Arthritis in ihren krummen Fingern. Er roch kalten Zigarettenrauch und noch etwas anderes. Es dauerte einen Moment, bis er draufkam. Dann wusste er es. Er kannte den Geruch von seiner eigenen Mutter, als sie richtig krank wurde. Es war der Geruch von Verfall. Von einem Körper, der sich langsam von innen heraus auflöste. »Sie steckt in Schwierigkeiten«, sagte Madame Ostranowa. »Sie müssen sie finden. Sie müssen sie finden und mit nach Hause nehmen.«

Max befreite seine Hand und erhob sich. Er zog einen Umschlag aus der Brusttasche und legte ihn auf den Tisch. »Von Sonja und mir«, sagte er. Madame Ostranowa rührte sich erst gar nicht, dann steckte sie ihn ein. Sie nickte. Max ging zur Tür.

»Sie hatte einen Freund«, sagte Madame Ostranowa, die immer noch saß und leer in die Ferne blickte. Oder in die Vergangenheit, dachte Max. »Bevor sie ausgewandert ist. Wolkow – wir nannten ihn alle Wölfchen.«

Sie lachte. »Petjas bester Student, herausragend.« Sie hielt inne. »Vielleicht hat sie den auch besucht.«

Max blieb stehen. »Warum sagen Sie das?«

Sie sah von dem flachen, harten Sofa mit dem abgenutzten braunen Blumenmuster zu ihm auf. Ganz langsam, als würde sie einen schmerzhaften inneren Kampf ausfechten, holte sie etwas aus der Tasche. Es blitzte kurz, aber sehr intensiv auf. Madame Ostranowa hielt Max ergeben die flache Hand hin. Max näherte sich, plötzlich sehr aufmerksam. »Weil«, sagte die Sterbende, »sie mir das hiergelassen hat.«

Erst da sah Max, was in der alten Hand lag: ein Ring mit einem riesigen, funkelnden Solitär. Der Stein strahlte seltsam blau, aber auch in allen Farben des Regenbogens. Ein gebrochenes Liebesversprechen. Und für diese alte Frau ein unerwarteter Ausweg aus dem, was sonst ganz sicher ihr Schicksal wäre: der einsame, schmerzvolle, langsame Tod der Mittellosen.

»Nehmen Sie ihn«, flüsterte die Frau heiser. »Er gehört mir nicht.«

Max zögerte. Dann ließ er den Ring in seine Tasche gleiten.

# 2. TEIL

# KAPITEL 7

»Was denkt der sich?«

Olga, die Exfrau von Dmitri, dem ehemaligen Code-Knacker, hatte sich in ihre kleine Küche zurückgezogen, um nach den Schlüsseln zu suchen. Max wartete im vollgestopften Flur, den sie ganz modern eingerichtet hatte: violette Wände, pinkfarbene Regale, bunter Vinylteppich. Im Zimmer nebenan lief der Fernseher mit voller Lautstärke. Max warf einen Blick auf die Mattscheibe. Eine kreischende Blondine wurde von einem Gangster mit einem Maschinengewehr bedroht. »Das ist meine Villa!«, rief sie. »Halt die Klappe!«, sagte der Gangster. In der Küche fiel etwas mit einem lauten Rumms zu Boden. Olga fluchte. Max sah wieder zum Fernseher. Die Blondine hatte angefangen zu heulen. Die Villa sah unecht aus. Das Gewehr sah echt aus. Vor ein paar Jahren war Max mal als Medienberater in Moskau gewesen. Da hatte er gelernt, dass es für Fernsehleute billiger war, an echte Waffen heranzukommen als an Attrappen. Er sah etwas genauer hin: Es war eine Petscheneg PKP. In den Achtzigern in Afghanistan entwickelt. Dieser lange, sinnlose Krieg. Die Russen mit ihrem Sinn für Geschichte hatten die Waffe nach den Petschenegen benannt, einem kriegerischen Nomadenstamm mit türkischen Wurzeln, den Terroristen des 9. Jahrhunderts. Im Fernsehen ging es weiter mit Werbung für französischen Joghurt.

Olgas Stimme klang aus der Küche zu ihm herüber, ein frustrierter, knarzender Singsang: »Was denkt der sich?! Um elf Uhr abends kommt er und will die Schlüssel von mir!«

Die Küche musste größer sein, als sie aussah, oder zumindest über jede Menge Verstecke für Ersatzschlüssel zur Wohnung im zwanzigsten Stock verfügen – die Wohnung, die Dmitri ihr gab, als er sie allein in dem gemütlichen kleinen Nest im zweiten Stock zurückließ. Hier war er mit ihr eingezogen, als sie heirateten. Max' Blick wanderte durchs Wohnzimmer. Eine Flasche georgischer Rotwein, halb leer. Ein einzelnes Weinglas, so groß und rund wie eine Zwiebel, mit einem verschmierten, dunkelrosa Abdruck am Rand.

»Oh Mann!« Endlich kam Olga zurück, wobei der Umstand, dass sie den Schlüssel gefunden hatte, ihre Wut kaum gedämpft hatte. Sie war schlank und immer noch geschminkt, obwohl sie bereits in einem lavendelfarbenen Satinschlafanzug steckte. Jetzt, im Licht des Flurs, sah Max, dass ihr Lippenstift verschmiert und ihre Augen verquollen waren, als sei sie vorher vor dem Fernseher eingeschlafen.

»Kohle!?«, sagte sie. Max reichte ihr die Miete für eine Woche und versuchte nicht daran zu denken, welch schmerzliche Lücke dieser kleine Luxus in sein schwindendes Budget schlug. »Komm«, sagte sie und schlüpfte in ein Paar farblich passende lila Pumps. »Glaubt wohl, das ist ein Hotel, das rund um die Uhr offen ist …«, brummte sie, als sie ihn durch mehrere verschlossene Metalltüren bis zum Betonvorraum führte. Im Aufzug, auf dessen Boden ein großer, uralter Brandfleck zu sehen war, standen sie recht unbehaglich beieinander. Der Aufzug rumpelte und ruckelte nach oben. Max warf einen verstohlenen Blick auf Olgas verkniffenen Mund. Sie sah stur zu Boden. Er erhaschte einen Hauch von ihrem Parfum, gemischt mit dem Geruch von Urin im Aufzug. Wie sagten die Russen doch gleich? Nur Trottel lachen ohne Grund.

Es war eine rein private Absprache, die Max und Dmitri

vor Jahren getroffen hatten, bevor Dmitri nach Düsseldorf zog, um im IT-Bereich einer deutschen Bank zu arbeiten. Die Wohnung stand in der Regel leer, und natürlich konnte Olga das Geld gebrauchen.

Max hatte gar nicht vorgehabt, heute zu kommen. Aber das Hotel Metropol war gestern Abend einfach zu viel für ihn. Gespenster hatten im dumpfen grünen Licht gelauert, in der dunklen Eingangshalle, in der schattenreichen Marmorlobby. Natürlich: Schließlich war das riesige Jugendstilhotel, einst von einem Eisenbahner erbaut, der sich dann immer mehr seiner Opernkarriere widmete, nach der Revolution zum »Zweiten Haus des Sowjets« geworden. Lenin und Trotzki hatten im Speisesaal Reden gehalten, Bucharin und andere hochrangige Bolschewiken waren in die edelsten Suiten gezogen. Sämtliches Porzellan verschwand. Und jetzt war es wieder topchic und angesagt. Erstklassig renoviert, Marmor, Samt und Mahagoni. Die Uhren über dem langen Messingtresen waren nicht mehr auf Havanna und Hanoi eingestellt, sondern auf New York und Sydney. Aber sie hatten es nicht geschafft, allen Nachklang des Terrors und selbst den letzten leisen Anflug von Autoritarismus zu entfernen. Max hatte die ganze Nacht nicht schlafen können.

Im zwanzigsten Stock kam der Aufzug mit einem Ruck zum Stehen und öffnete sich. Es war ein schönes Gebäude, solide Mittelklasse. Im grellen künstlichen Licht schienen die Betonwände des Vorraums in Behördenblau.

Olga ließ die Schlüssel kreisen und öffnete erst eine Metalltür in einer Metallwand, dann eine Sperrholztür in einer Sperrholzwand und dann die Wohnungstür, die dick und gepolstert war wie ein Kunstledersessel in einer Bibliothek. Sie reichte Max den klirrenden Bund. Sie schaltete das Licht im Flur ein – Max stellte mit einer gewissen Erleichterung fest, dass sich fast nichts verändert hatte – und marschierte dann in das eine Zimmer.

»Das Sofa ist neu«, sagte sie, als wolle sie ihn warnen. Sie streichelte über den blutroten Bezug, als liebkoste sie ihr Lieblingskind. »Neu«, wiederholte sie. »Aber auf alt gemacht.«

Max nickte. Dann, bevor er wusste, was er tat, hatte er seine Hand auf ihre gelegt. Macht der Gewohnheit, dachte er. Nach jenem Nachmittag beim Arzt mit Rose hatte er beschlossen, ab sofort nicht mehr vom Pfad der Tugend abzuweichen. Aber jetzt war es zu spät. Seine zwischen ihren liegenden Finger spürten den rauen Synthetikplüsch des Sofas. Sie sah zu ihm auf, und er erinnerte sich an die Undurchsichtigkeit ihrer Augen in einem weniger tugendhaften Moment vor einigen Jahren, als Max mit Dmitri zusammenarbeitete. Kornblumenblau. Unergründlich. Ganz kurz konnte er Olgas Leidenschaft spüren, fast schmerzhaft, wie sie von ihr ausstrahlte, als würde sie verhungern. Max erstarrte. Olga sah zu ihm auf, ihre seltsamen blauen Augen, sie schien zu überlegen. Dann zog sie ihre Hand zurück. »Komm nächstes Mal nicht so spät«, sagte sie leise. Sie ließ Max mit der Hand auf dem Sofa stehen, ging und schloss die Tür hinter sich ab.

Max hörte das Klacken des Schlosses. Er ging in die Küche, schnappte sich erst eine Flasche Wodka, dann ein trübes Wasserglas und schenkte sich großzügig ein. Mit einem langen Schluck leerte er das Glas und füllte es sogleich wieder. Er betrachtete die Tischdecke aus Plastik, die knallroten Blumen, die verstaubte Hängelampe, den Kühlschrank, der in regelmäßigen Abständen mit einem Brummen die Stille störte. Den Gasherd mit kleinen roten Lettern darauf: CCCP. Auf der niedrigen roten Bank an der Wand stand ein kaputtes Faxgerät. Daneben ein Stapel Papier, jede Menge Büroklammern. Max setzte sich so auf den freien Platz neben dem Fax, dass er gerade noch die Beine unter dem Küchentisch ausstrecken konnte. Mit einem lauten Klicken schaltete er das Licht aus. Vollmond. Im Mondlicht saß Max in der winzigen Küche, das Glas Wodka in der Hand, und atmete langsam, vorsichtig und tief durch. Er schloss die Augen.

Nach gefühlten Stunden, aber vermutlich nur Minuten, erhob er sich. Noch einen Wodka. Mit dem Glas in der Hand spürte Max ein wohliges Gefühl von Vertrautheit in sich aufsteigen, als er den schmalen Flur betrachtete. Bücherregale, lackiertes Holz und Glastüren. Altmodisch. Schlichte Sowjeteleganz. Die Tapete zeigte, wo sie zu sehen war, blaue und rosa Blümchen und winzige goldene Punkte dazwischen. Regentropfen. Die Lampe aus Kristallglas war geformt wie ein Stern: ein Versprechen, es in den Himmel zu schaffen. Den Mond zu besiedeln. Max seufzte. Zog die Schuhe aus. Selbst Dmitris nach altem Schweiß – nein, nach altem Mann – riechende Sakkos hingen noch an der Garderobe.

Der Mond war spektakulär. Seine Strahlen fielen direkt in die komplett dunkle Wohnung, fast horizontal. Das weiße Licht wurde von den Glasschiebetüren der Bücherregale reflektiert und fing sich im verheißungsvoll geschliffenen Glas der Deckenlampe.

In der schimmernden Stille bewegte sich Max in das einzige Zimmer. Zum Schreibtisch. Er sah zum Sofa hinüber, das nicht mehr war als ein tiefes, schimmerndes Rot im Schatten. Er erinnerte sich mehr körperlich als mental daran, wie man die klapprige Glastür in ihren Angeln anhob, drehte den Knauf und stieg leise hinaus auf den verglasten Balkon. Für einen Moment kam er sich vor wie ein Astronaut, wie ein Entdecker des Kosmos. Er duckte sich unter der gammeligen Wäscheleine hindurch und öffnete einen der schwerfälligen Holzrahmen.

Kühle Nachtluft strömte herein. Genau gegenüber, fast auf Augenhöhe, hing der Mond, weiß und rund. Überall standen Betontürme und reichten bis tief hinunter in die karge Mondlandschaft der Straße.

Hier oben war alles einfacher, klarer, reduzierter. Haus, Mond, Himmel. Eine Art Kaninchenbau, der sich – leicht variiert – millionenfach wiederholte, in der Stadt, auf dem Land, in den Hochhäusern der früheren Satellitenstädte. Die Form des Kommunismus, eine Architektur der Zusammengehörigkeit.

Der Mond erfüllte Max mit jener seltsamen, wachsamen Energie, die er im Sommer manchmal ausstrahlte, und Max holte den Solitär-Diamanten heraus und betrachtete ihn von allen Seiten. Das Licht fing sich in ihm und wurde zu etwas Glühendem, Unwirklichem.

Max ging wieder hinein, tastete sich im Dunklen vor zum Badezimmer. Er schloss die Tür und machte das Licht an. Schwarze Fliesen, geräumig, fensterlos. Im Winter war es wohl ein Miniparadies, ein Ort, an den man sich zurückziehen konnte, sich in die warme Wanne legen und das graue Wetter aussperren, die nassen Füße und den kalten Marsch von der Metro nach Hause vergessen. Unter einem Heizungsrohr an der hinteren Wand stapelten sich Seifen, Handschuhe, Desinfektionsmittel und Bürsten. Max fand zwei halb benutzte Stück Seife, ließ heißes Wasser laufen und legte dann die Seifen ins Waschbecken. Er schloss den Klodeckel, setzte sich drauf und wartete. Als die Seifen weich waren, holte er den Ring hervor. Er drückte ihn in das dickere, weniger benutzte Stück. Dann nahm er das andere und drückte es so auf das erste, dass der Rest des Rings darin verschwand. Er knetete die beiden Seifenstücke zurecht, bis sie schließlich wie eins aussahen und nichts auf das rätselhafte Schmuckstück hindeutete, das zwischen ihnen verborgen lag.

# KAPITEL 8

Irgendwann in den frühen Morgenstunden, als Max nicht schlafen konnte, zog er die Wintervorhänge zu. Dann träumte er von ihnen. Er rannte durch eine Landschaft, deren sanfte Berge schwer, beige und staubig waren. Er sah hinunter, sah das Muster der Vorhänge, Blumendruck auf Schachbrett, abwechselnd Beige auf Braun und Braun auf Beige. Er rannte, und als er nach rechts sah, rannte dort die Schwarze Königin neben ihm. »Oh ja«, sagte sie. »Hierzulande musst du so schnell rennen, wie du kannst, wenn du am gleichen Fleck bleiben willst.«

Als er aufwachte, raste sein Herz und sein Bauch tat weh. Seine alleinerziehende Mutter war früher nach ihrer Spätschicht im Diner immer noch an sein Bett gekommen und hatte ihm *Alice im Wunderland* vorgelesen. Aber weil er ein Junge war, hatte sie es immer *Alex im Wunderland* genannt – erst Jahre später kam Max dahinter, dass die Hauptfigur ein Mädchen war. Die Sache mit dem Rennen, um auf dem Feld des Schachbretts zu bleiben, stammte aus *Alice hinter den Spiegeln*: Als Kind hatte er das nie verstanden. Aber jetzt war es absolut klar. Bleib stehen, dann rutschst du ab, dann bist du Schnee von gestern.

Die Sonne stand halbhoch am Himmel, als Max sich für seine Verabredung mit Tippney fertig machte. Natürlich würde Dunkirk total ausflippen, wenn er Wind davon bekäme: Er hatte es klargemacht, dass die NNSA nicht belästigt werden sollte.

Leicht verärgert stellte Max fest, dass er nervös war. Dieser heftige Druck im Bauch. Noch ehe seine Haare trocken waren, hatte er sein nicht mehr ganz frisch gebügeltes Hemd bereits fast durchgeschwitzt. Er überlegte, es zu wechseln, verwarf den Gedanken und zog seine besten Schuhe an, die ledernen aus Mailand, die, wie er erst jetzt sah, einen winzigen Riss hatten wie eine Verwerfungslinie, die sich genau da quer über den linken Fuß zog, wo der Schuh sich in Falten legte. Das stimmte ihn traurig.

Max griff nach dem Schlüsselbund und schloss die Wohnungstür auf. Die Schlüssel rasselten und klirrten, als er nacheinander die drei Türen auf- und wieder zuschloss.

In dem Betonvorraum drückte Max auf den Aufzugsknopf. Er ging zum Fenster, vorbei an der blassblauen Metallklappe der Müllrutsche. Er sah hinunter. Das Gebäude schien sich leicht zu neigen, sein Blick fiel direkt auf den Beton unten, während die blau geflieste Außenwand von hier nicht zu sehen war. Es ging verdammt tief runter. Auf dem Dachvorsprung über dem Eingang lag Müll. Auf den Gehsteig hatte jemand geschrieben: »Du bist besser.« Max fragte sich: Besser als was? Ein Mann, klein wie eine Ameise, arbeitete unten.

Der Uringestank im Fahrstuhl hatte nicht nachgelassen. Eine rothaarige Matrone stieg eine Etage tiefer ein. Sie standen in dem kleinen Aufzug so dicht zusammen, dass er die Wärme ihrer Haut spüren konnte. Dann auf einmal lächelte sie ihn an, als könne sie ihre Gedanken nicht länger für sich behalten. Sie zupfte an dem meergrünen Hosenanzug, der an ihrem voluminösen Körper hing, und sagte: »Es ist ja so heiß!« Max pflichtete ihr bei: »Ungewöhnlich heiß!« Er folgte ihr aus dem Haus in die Hitze. Auf der Schwelle blieb sie kurz stehen. Sie sah hinauf zum schmutzig blauen Himmel und bekreuzigte sich.

Tippneys unspektakuläres Büro lag zentral. Max war früh dran und wartete in der Lobby, bis Tippney kam. Frisch rasiert und mit rosigen Wangen schob er ihn in das kleine, fein säuberliche Büro, das gleich neben Price Waterhouse Coopers hinter eine Glaswand gequetscht war. Aus dem Fenster sah man eine kleine Kirche mit goldenen Dächern, die drohte, von den neuen Hochhäusern im westlichen Standard verschluckt zu werden. Morgan Stanley. Deloitte und Touche. Eine belgische Bäckereikette ohne Sitzplätze draußen. Wie Palo Alto.

»Was kann ich für dich tun, Max?«, sagte Tippney, der etwas jünger war als Max, aber das Selbstvertrauen eines Menschen ausstrahlte, der wusste, dass er am längeren Hebel saß. Die beiden Männer kannten sich, aber nicht gut. Als Tippney sich auf dem Weg nach oben befand, war Max bereits ein in wenig Würde alterndes Wunderkind, das zwei Mal zum Innendienst in Virginia »herangezogen« worden war.

»Ostranowa«, sagte Max. »Dunkirk hat mir die Sache übergeben und ich wollte dich ein paar Sachen fragen.«

»Was zum Beispiel?«, fragte Tippney freundlich.

Max zuckte die Achseln. »Warum ich?«

Tippney seufzte. »Warum nicht du?«, sagte er und sah dabei demonstrativ auf die Uhr. »Ich hab's Dunkirk gesagt. Wir haben keine Kapazitäten. Vor zwei Jahren hatten wir hier noch hundertdreißig Leute in Vollzeit, plus noch mal so viele, die ständig aus Washington kamen und wieder verschwanden. Dann sind die Russen reich geworden und haben gesagt: ›Hört auf, bei uns herumzuschnüffeln.‹ Also hat Washington sich zurückgezogen. Was nicht heißt, dass weniger Arbeit zu schaffen wäre. Wir müssen nämlich sicherstellen, dass sie sich an die Regeln halten. Ich reiße mir hier sonst was auf, um mit den Russen alles auf die Reihe zu kriegen, bevor das START-Abkommen abläuft. Ziemlich witzlos, ein Abkommen zu schließen, wonach man die nukleare Sicherheit überprüfen soll, und dann nicht vor Ort zu sein. Und ich sag dir: Einem Russen kann man nur so weit trauen, wie man ihn werfen kann. Hast du schon die Sache von den russischen Astronauten gehört?«

Max schüttelte den Kopf.

Tippney sah wieder auf die Uhr. Er hatte sie sich eigentlich gar nicht leisten können, aber trotzdem gekauft, in der ganz richtigen Annahme, sie würde sein Liebesleben verbessern. »Sie sind jetzt Teil des europäischen Teams«, sagte er. »Das heißt, all diese Typen sollen jetzt einen Monat oder so unter simulierten Weltraumbedingungen verbringen – als Training. Die Deutschen und die Niederländer und sogar die Italiener verkriechen sich in irgendwelchen Pseudo-Raumschiffen in den Dünen am holländischen Nordseestrand. Die machen das alles mit, pinkeln in einen Becher und so, echt unangenehm. Und was machen die Russen? Gehen mal eben raus, um eine zu rauchen! Und die Deutschen, die Niederländer und die Italiener sind verständlicherweise ziemlich sauer. Es geht darum, die Bedingungen im Weltraum zu simulieren! Und die Russen sagen einfach: ›Ja und? Wir sind aber nicht im Weltraum. Wir sind am Strand.‹ Und die Europäer beben vor Wut und sagen: ›Und was ist, wenn wir dann im All sind?‹ Und die Russen so: ›Da rauchen wir dann halt nicht.‹« Tippney schüttelte den Kopf, seine rosigen Wangen bewegten sich wie das Licht eines Zwillingsleuchtturms in der Nacht. Er zuckte die Achseln. »Damit müssen wir uns herumschlagen! Aber nicht in Sachen All und Zigaretten, sondern in Sachen Megatonnen Tod und Zerstörung.« Wieder zuckte er die Achseln. »Jetzt reden sie von Wiederaufrüstung. Die NNSA hat das Personal immer weiter abgebaut, und wie du dir sicher vorstellen kannst, habe ich verdammt viel um die Ohren.«

»Klar«, sagte Max.

Tippney sah auf die Uhr, rosig.

Max fuhr fort: »Hör zu, Grant, ich habe mit diesem ganzen Nuklearkram nicht viel am Hut. Ich kämpfe sonst eher im Schützengraben: schmutziges Geld, korrupte Banker. Ab und zu Medienberatung. Ich bin hier alles andere als in meinem Element, also kannst du mir das mal eben in einfachen Worten erklären? Was hat sie gemacht, warum und wie?«

Tippney seufzte, die Rötung seiner Wangen verdunkelte sich, vielleicht ein Zeichen von Wut oder Verlegenheit. »In fünfzehn Minuten hab ich einen Termin.«

Max zuckte die Achseln. »Ich will nicht anfangen herumzuschnüffeln, bevor ich nicht wenigstens die Basics kenne.«

»Gut«, sagte Tippney, nicht ohne seine Stimme leicht genervt klingen zu lassen. »Ostranowa war eine sehr gute Kraft – viel gearbeitet, hatte echt was drauf. Seit dem Zusammenbruch der SU haben die Russen die Urananreicherungsanlagen für Waffen weiterlaufen lassen – nicht, weil sie Waffen bauen wollen, sondern weil sie nicht wissen, wie sie sonst heizen sollen. Wir waren vor allem damit befasst, die Ausrichtung der Anlagen hin zu einer zivilen Nutzung zu begleiten. Da wird das Uran viel weniger angereichert, die Konzentration reicht nicht aus für Bomben, und darum ist es auch längst nicht so gefährlich, wenn der Chef sich von den falschen Leuten schmieren lässt. Da also ein Elefant und hier ein Porzellanladen. Also schließen wir den Porzellanladen besser ab. Wie dem auch sei, da standen wir.

Ostranowas Aufgabe war in erster Linie, den Genossen ab und zu auf die Finger zu gucken, solange die Schleusentore noch nicht geschlossen waren. Sie sollte gucken, was die mit den Resten machten, wer sie übernahm, wo sie deponiert wurden und so …«

»War das gefährlich?«

»Eigentlich nicht«, sagte Tippney. »Bei den Anlagen, um die sie sich kümmerte, war alles gut dokumentiert, die waren auf dem Weg an die Spitze. Also, nach russischen Maßstäben.« Er hielt inne. »Hör zu, Max, wir haben euch um Hilfe gebeten, weil wir nicht glauben, dass die Sache irgendwas mit Nukleartechnik zu tun hat. Weder in ihrer Arbeit noch in ihrer Biografie gibt es irgendwelche Hinweise auf mögliche Intrigen. So traurig es ist – aber da steckt nix weiter dahinter. Und wir haben einfach nicht genug Leute, um den Fall abzuschließen. Ich will dich nicht enttäuschen, aber mehr Hintergrund brauchst du nicht.«

»Das entscheide immer noch ich«, antwortete Max.

»Gut«, sagte Tippney. »Ich bewundere dein Engagement. Ich vermute, dass du nach irgendeiner Unstimmigkeit suchst. Wenn du dir die Unterlagen mal ansehen willst – bedien dich.«

Max nickte. Er zog ein Foto aus seiner Brusttasche und schob es über den Tisch zu Tippney. »Weißt du, wer der Typ ist?«

Tippney nahm das Bild, ließ den Blick über Ostranowa in ihrem engen Kleid wandern und betrachtete dann den schlanken Europäer, der den Arm um sie gelegt hatte. »Klar«, sagte er. »Dupres heißt der, ziemlich hohes Tier bei Dynacorp, einem französischen Nuklearriesen. Wusste nicht, dass die befreundet waren …«

»Und? Sagt dir das was?«

Tippney schüttelte den Kopf. »Dynacorp ist ziemlich angesehen. Kann schon sein, dass sie sich in Washington übern Weg gelaufen sind. Wo hast du das her?«

Max, der das Foto regelwidrig aus Dunkirks Akte entwendet hatte, ignorierte seine Frage.

»Eine Schande«, sagte Tippney und betrachtete nun wieder Ostranowa. Kopfschüttelnd reichte er Max das gestohlene Foto zurück. »Eine verdammte Schande.« Dann sprang er von seinem bequemen Ledersessel auf. Er marschierte hinaus zum Schreibtisch seiner Sekretärin und kam mit einer Mappe wieder. Er sah wieder auf die Uhr, strahlte dieses Mal förmlich und sagte: »Ich schau nach meinem Meeting noch mal nach dir. Halbe Stunde ungefähr.«

Sein rosiges Gesicht hellte sich kurz auf, und aus heiterem Himmel boxte er Max gegen die Schulter. »Kannst du dich noch an den Abend im Red Eye erinnern?« Er kicherte. »Wie lange ist das her? Fünfzehn Jahre? Ich war noch nicht lange hier, du hast uns alles gezeigt …« Er rieb sich die Augen. »Was für eine Nacht! Ich glaube, die ist bis heute unübertroffen.«

Max lächelte höflich. Seine Erinnerung an das Red Eye war ziemlich dunkel und trübe – eine ungesunde Mischung aus Stripclub, Bar und Bordell, die sie in den Neunzigern alle frequentiert hatten. Da war eine Frau mit strähnigen, braunen Haaren. Die mit ihrem Studienabschluss in Internationalen Beziehungen nach der Wirtschaftskrise nichts mehr anfangen konnte. »Amerikaner«, hatte sie sehnsuchtsvoll gesagt, bevor sie ihre Preise nannte. »Du bist Amerikaner.« Aber Tippney? War der auch dabei? Max konnte sich nicht erinnern. Konnte gut sein. Damals war Max so eine Art Empfangskomitee gewesen, ein echter Salonlöwe. Das war natürlich vor Rose.

Tippneys Lächeln erstarb. »Und wehe, du klaust was vom Tafelsilber, Max«, sagte er und ging.

Max sah die Papiere durch, überprüfte die Liste der Anlagen, die Ostranowa in den letzten fünf Jahren inspiziert hatte. Die Akte las sich fast wie ein merkwürdiger Reiseführer, wie eine Reise durch eine Welt, die zumindest offiziell nicht existiert hatte, bis Jelzin per Dekret verfügt hatte, dass es sie eben doch gab. Etliche »geschlossene Städte«, die nach dem Zweiten Weltkrieg in Russland entstanden, um im Verborgenen an der Entwicklung von Waffen zu arbeiten. In der Tundra, an den Ufern sibirischer Flüsse, in Minennähe – an Orten, wo das Land reich genug war, um den hehren Zielen der Sowjets dienen zu können. Auch gleich außerhalb Moskaus. Städte, in denen um die zwei Millionen Menschen lebten. Deren Verwandte durften sie dort nicht besuchen, und die Einwohner durften, wenn sie ihre Stadt verließen, nicht sagen, wo sie lebten. »Postfachstädte«. Um ihre Existenz geheim zu halten, hatte man ihnen lediglich Postfachnummern zugeteilt – keinen echten Namen …

Postfach 45, ein Ort mit dem Geheimnamen »Rote Stadt«, tauchte ziemlich regelmäßig auf. Eine Nuklearstadt, erbaut, um Uran anzureichern. Dann fiel Max etwas auf.

»Atomow«, sagte Max, als Tippney wiederkam, um die Mappe abzuholen. »Postfach 46. Ist die nicht immer noch gesperrt?«

Tippney runzelte die Stirn und betrachtete die Liste. Kurz vor ihrem Tod hatte Ostranowa beantragt, Postfach 46 besuchen zu dürfen.

»Muss ein Tippfehler sein«, sagte Tippney. »Schau … hier, die russischen Namen sind fast identisch.« Er schüttelte den Kopf. »90 Prozent der Fact Checker in Washington wurden im letzten Quartal abgebaut. Darum tauchen jetzt ziemlich viele solche Fehler auf.« Er schüttelte wieder den Kopf und zuckte die Achseln. »Aber Atomow ist immer noch zu. Ganz sicher. Da kann sie nicht gewesen sein.«

# KAPITEL 9

Bei der Hitze blühte die Metro. Wie ein Treibhaus, alles auf einmal. Der schwindelerregende Abstieg in die kommunistenfarbene Erde – rotbraune Plastikwände – wurde durch knappe weibliche Sommerbekleidung aufgelockert. Hautenge Blumenmuster. Schlangenleder. Feuerwehrrot, Spitzen und Leopardenmuster. Die Lichtkegel zwischen den Rolltreppen warfen ihren grünlichen Schimmer auf schöne Beine und Lippen, auf nackte Arme und tiefe Ausschnitte.

»Stalin hat die Metro so tief bauen lassen, damit das sowjetische Volk sich im Falle eines Atomkrieges mit den USA hier unten verstecken kann«, hatte ihm einer seiner ersten Ausbilder erklärt. Ein unrasierter, weißhaariger Mann, dessen Frau sich weigerte zu kochen. »Haha. Hat sich nur keiner die Mühe gemacht, zu überlegen, wie das gesamte sowjetische Volk hier runter kommen soll.«

Unten angekommen, mischte Max sich unter die Menge, die sich durch die Station schob, unter den drei Tonnen schweren Kronleuchtern hindurch. Eiserne Lilien, stets in Blüte, Tag und Nacht, Sommer wie Winter. Vielleicht etwas, das Hades mal hätte versuchen sollen. Vielleicht hätte Persephone sich dann in seinem Königreich zu Hause gefühlt.

Das Kaufhaus für Piratenmedien war immer noch ein sehr lebhaftes Geschäft. Das Innere des alten Flugzeughangars war in Legebatterie-ähnliche Ladenlokale umgewandelt worden, dort gab es alles von geschmuggelten Videos und Musik über Klingeltöne bis zu Zigaretten und mehr – viel mehr, wenn man wusste, wo man suchen musste. Max begab sich in die improvisierte Oberetage, die ziemlich wackelig auf dem ruhte, was einst die Inspektionsbrücke der Ingenieure zum Einstellen der Motoren gewesen war.

Max nickte der jungen Chinesin hinter einem der Tresen zu, und sie winkte ihn herein. Ihr Vater hatte sich im »Hinterzimmer« verkrochen – einem winzigen, unerträglich heißen, aus vier Plastikplanen konstruierten Verschlag.

»John! Mein Freund!«, sagte er in seinem nördlichen Dialekt. »Moskau, zu heiß!«

»Ja, in Russland ist es ganz schön heiß, wenn man bedenkt, wie kalt das Land ist«, stimmte Max zu. »Und genau deshalb suche ich etwas.«

Der Mann nickte: Sie verstanden einander.

Max holte sein Handy hervor, entfernte erst die Hinterseite, dann den Akku und zeigte auf den SIM-Karten-Slot.

»Wie viele?«

Max machte das chinesische Handzeichen für »drei«. »Von verschiedenen Betreibern.«

Er pfiff leise. »Teuer«, sagte er.

»Hundert«, sagte Max auf Mandarin. »US.«

Der Chinese schüttelte den Kopf. »Fünfhundert.«

Sie einigten sich auf zweihundertfünfzig Dollar. Max zahlte in bar – auf einen Beleg für die Kostenerstattung musste er nolens volens verzichten – und ging. Er schlenderte über den Markt im Erdgeschoss, als jemand seine Hand berührte. Die Tochter des Chinesen.

»Mr. John«, sagte sie und strahlte ihn an. »Sie haben Ihre Tüte oben vergessen.«

Er dankte ihr und verschwand in der Menschenmenge. Was für ein Leben für ein hübsches, intelligentes Mädchen, dachte er. Da oben bei der Bullenhitze wie jetzt am Tresen stehen oder im Winter bei Lausekälte, wenn die Blechwände des Hangars jeden Luftzug hereinließen und die einzige Wärmequelle die Körper der vielen Kunden waren. Wieder draußen, überprüfte er den Inhalt der Tüte: drei SIM-Karten, verschiedene Anbieter. Für alle Fälle.

Er wollte gerade eine neue SIM-Karte in sein Handy einlegen, als es klingelte.

»Sag mal, hast du sie nicht mehr alle?« Es war Dunkirk. »Ich sagte, die NNSA hat keine Kapazitäten, sich um die Ostranowa-Sache zu kümmern. Und trotzdem denkst du, die Leute haben Zeit für ein Kaffeekränzchen mit dir?«

»Steht so in meinem Auftrag«, sagte Max. »Wenn ich Unregelmäßigkeiten entdecke, muss ich Nachforschungen anstellen.«

»Himmelherrgott noch mal, Max! Wenn es irgendwelche Unregelmäßigkeiten gäbe, hättest du den Fall doch überhaupt nicht bekommen. Warst du damit schon bei der Polizei?«

Max zögerte. Ein Fehler.

»Himmelherrgott noch mal! Ist das wieder so eine typische Rushmore-Selbstsabotage? Ich habe nur wegen Rose zugestimmt, dich wieder in Dienst zu nehmen.«

»Lass Rose aus dem Spiel«, sagte Max.

Dunkirk machte einen Rückzieher. Er hatte mal versucht, sich an Rose heranzumachen, als sie und Max ein paar Jahre verheiratet waren. Das Foulspiel eines Gentlemans. Und Dunkirk konnte durch und durch Gentleman sein.

»Ich will schnellstens eine Kopie von dem Bericht auf meinem Tisch haben, sonst war das dein letzter Privatauftrag, Max. Dein allerletzter. Ich mein's ernst. Tippney, der sentimentale Vollidiot, hat auch noch versucht, dich in

Schutz zu nehmen. Gut, dass seine Sekretärin mich gleich angepingt hat.«

Max verschlug es vor Wut die Sprache. Dann: »Kann ich vielleicht eine zweite Identität bekommen? Für den Fall, dass ich untertauchen muss?«

Dunkirk antwortete sehr leise und sanft: »Hör zu, Max. Ich versuche wirklich, dir entgegenzukommen. Also musst du mir auch helfen, ja?«

# KAPITEL 10

Max stieg in Chinatown aus. Babuschkas verkauften Blumen in der Sonne, aufgereiht auf den Stufen. Ihre Gänseblümchen- und Blauglöckchensträuße ließen in der Hitze die Köpfe hängen. Max ging zum Roten Platz, am Lubjanka-Gefängnis vorbei, an Armani. Auf dem Gehsteig verkaufte eine Frau Eis aus einem kleinen Glaskasten. Hellbraun und cremefarben lagen die Waffeln in Trockeneis gepackt. Ein Stück weiter kniete eine krumme alte Frau in einem schmutzigen blauen Kleid, einem schmutzigen Wollpullover und mit einem schmutzigen Wollschal um den Kopf und wiegte ihren Oberkörper immer wieder vor und zurück, die Hand bettelnd ausgestreckt, Beschwörungsformeln murmelnd. Ihr Gesicht konnte er nicht sehen. Ein Stückchen daneben glänzten Kopeken in der Sonne.

Max ging weiter. Er spürte den Schmutz der Stadt in den Augen, in den Poren. Er musste nachdenken. Das konnte er gut im alten Moskau mit seinen ruhigen, vornehmen Straßen. Schäbig und liebenswert. Er kaufte ein Bündel Birkenzweige von einer einsamen Buckligen, die an der Ecke langsam auf und ab ging. Sie lächelte traurig.

Wenige Minuten später erreichte er die Sanduny-Bäder. An einem eleganten Schalter aus Holz bezahlte er Eintritt, dann nahm er jeweils zwei breite Marmorstufen auf einmal. Am ersten, dann am zweiten Banschik vorbei – den großen, schweigenden, in Handtücher gehüllten Bademeistern. Dann entdeckte er einen freien Platz auf der Holzbank mit der hohen Lehne und der weinroten Kunstlederpolsterung und zog sich aus. Er hängte seine Sachen an die Plastikhaken. Max wickelte sich in ein weißes Laken und steuerte einen wunderbaren, großen, weiß gekachelten Raum an, dessen rissige Becken grün schimmerten.

Das Echo laufender Duschen verschmolz zum Rauschen eines Wasserfalls. Gerade rechtzeitig betrat er die hölzerne Banja und setzte sich auf die Bank. Die Tür schloss sich schwer.

Max zog sich die in Russland übliche Saunamütze über den Kopf. Ein schlurfender Banschik öffnete die metallenen Ofentüren mit lautem Scheppern. Die Kohlen zischten, als gnadenlos Wasser über ihnen ausgekippt wurde. Die Hitze stach, brannte, sengte. Kaum auszuhalten. »Bitte die Augen schließen, meine Herren!«, rief der Banschik. Ein älterer nackter Herr streckte sich nach hinten aus, lehnte den Kopf an die Bretterwand.

Seine schmalen blassen Oberschenkel waren mit geplatzten Äderchen, lila Venen und weißen Haaren übersät. Neben ihm stöhnte einer seiner Kollegen. Der alte Banschik, so nackt wie seine Beisitzer, zerschnitt die Luft mit Birkenruten und intensivierte die Hitze so immer wieder. Kurze, unerträgliche Luftbewegungen.

Max spürte, wie sich ihm ein Gewicht auf die Brust legte, es fiel ihm schwer, zu atmen. Eins-zwei-drei. Eins-zwei-drei, zählte er. Der Körper kann sich an fast alles gewöhnen. Noch ein heißer Luftzug. Plötzlich öffneten sich seine Lungen. Du musst da durch, durch den Schmerz. Danach wird's besser. Der Banschik ging, machte die Tür hinter sich zu. Jetzt fühlte sich die Hitze anders an. Schwer. Wie lebendig begraben.

Die drei saßen still. Dann regte sich einer der älteren Männer. Sortierte die Bauchfalten neu, schlug die Beine übereinander, wandte den Kopf seinem Freund zu. Leise begannen sie, über ihre Freundinnen zu reden. Max döste und ließ die nachlassende Hitze in seine Knochen sinken. »Ach, diese jungen Dinger!«, schnappte er auf. »Schmuck.« Der andere gluckste mitfühlend. »Nicht mehr wie früher … echt von Imitat unterscheiden.« Ein Glucksen. »Ich wollte ihr ein … meine Frau hätte … als sie achtzehn war …« Pause. Dann hörte Max sehr deutlich:

»Ich dachte, sie würde mich umbringen.« Der andere Mann schüttelte den Kopf. »Noch nie … eine Frau so wütend … in den Fluss …« Die beiden Männer erhoben sich gleichzeitig, um zu gehen. »Die Jugend von heute …«, sagte einer. »So anders als wir damals …«, sagte der andere.

Auch Max verließ die Banja. Er stieg in das mit eiskaltem Wasser gefüllte, blau gekachelte Becken, tauchte komplett unter. Er atmete den scharfen, reinigenden Geruch von Eukalyptus ein. Er spürte, wie sein Körper schockte, taub wurde, sich anpasste. Der Eukalyptus drang ihm ins Gehirn, pustete es durch, leerte es. Als Max aus dem Wasser stieg, war er ein makelloses Gefäß. Ein reines, kristallklares Wesen.

Nach dem Schwitzbad fühlte er sich besser. Leichter, klarer. Er spazierte hinaus in die Stadt. Das Bild der alten Männer in der Banja tauchte in ihm auf. Schrumpelige Körper wie ein Memento mori. Max grinste. Er zerknautschte sein Hemd und klopfte sich vorne die Freizeithose ab. Dann betrat er (lässig, dachte er, ganz lässig) Cartier. Sein schlichter goldener Ehering glänzte am Ringfinger seiner linken Hand. Max war zu leger gekleidet. Aber er wartete, strahlte Anspruch aus. Die entspannte amerikanische Art, die daher kommt, dass man seine Umwelt nicht ganz versteht. Ein

Kolonialherr in Khakihose. Ein russischer Verkäufer ging an ihm vorbei und tat, als würde er ihn nicht sehen.

Max zögerte nicht. In breitem, lautem Englisch sagte er: »'tschuldigung, ich hab mal 'ne Frage.« Dann holte er sein Handy hervor und suchte das Foto, das er am Vorabend von dem Ring gemacht hatte. »Ich suche einen Diamanten, der mit diesem hier vergleichbar ist.« Er zuckte die Achseln. »Für meine …« Er zwinkerte. »… gute Freundin.«

Der Mann sah ihn von oben bis unten an. Prüfend. Max ließ ihn. Freundliche Gleichgültigkeit – ein Zeichen von Macht. »Einen Moment«, sagte der Verkäufer. Dann log er, irgendeiner komplizierten Hinterzimmerhierarchie folgend: »Mein Englisch ist nicht so gut.«

Er verschwand durch eine schmale Tür und kam mit einem deutlich eleganteren Verkäufer wieder, klein und gepflegt, das schwarze Haar in einem einzigen gegelten Schwung über die kahle Stelle gekämmt.

Max grinste und wiederholte sein Manöver. Der Mann betrachtete kurz den Ehering an Max' Hand, als er ihm das Handy abnahm. Er studierte das Foto.

»Verstehe. Eine Frau, die genau das haben will, was sie nicht haben kann«, sagte er glucksend.

»Was meinen Sie damit?«

»Hat sie Ihnen das geschickt?«

»Ja«, antwortete Max. »Warum?«

»Den gibt es nicht. Jedenfalls nicht zu kaufen. Sehen Sie das bläuliche Licht hier? Und da? Das ist ein sibirischer Diamant – einer der reinsten Steine der Welt. Ein Ausstellungsstück ist mal nach Moskau gekommen …« Er sah noch mal genauer hin. »Das Foto hat sie wahrscheinlich aus der Zeitung. Lassen Sie mal sehen …«

Max wurde nervös: Der Ring war eindeutig nicht aus der

Zeitung abfotografiert. Das schien dem Mann im selben Moment auch aufzufallen. Er gab Max das Handy zurück. »Vielleicht habe ich hinten was …«, sagte er. »Wenn Sie bitte kurz warten wollen.«

»Gerne«, sagte Max. »Ich guck mir in der Zwischenzeit mal die Rubine an. Auf die fährt sie auch total ab.«

Der Mann nickte. Kaum wandte er sich ab, verließ Max den Laden.

Wenige Minuten später trat ein anderer Kolonialherr in Khakihose durch die lautlosen Glastüren in das Geschäft. Er war älter als Max, schwerer. Seine Gleichgültigkeit gegenüber seiner Umgebung war ausgeprägter. Er ging mit gesenktem Kopf und rausgestrecktem Bauch. Er flüsterte dem Verkäufer etwas zu. Der Mann mit dem gegelten Haarschwung erschien und führte ihn ins Hinterzimmer.

# KAPITEL 11

Die Frau namens Dascha betrachtete wieder einmal die braunen Augen auf dem Foto in ihrem Pass. Sie waren tiefgründig, nachdenklich und blickten mehr als nur ein bisschen vorwurfsvoll. Es war dieser Vorwurf, dachte sie, der ihre grünen Augen immer wieder auf die Augen auf dem Foto lenkte. Ein Vorwurf, mit dem die Fotoaugen die echten fixierten. »Was ist mit meiner Familie?«, schienen die braunen Augen zu fragen. »Was ist mit meiner Mutter und meinem Vater? Meinem Mann, meinem Geliebten? Meiner Tochter, meinem Sohn? Meinst du nicht, dass sie gerne wüssten, dass ich weg bin? Dass sie gerne Gewissheit hätten?« Die grünäugige Frau schauderte es trotz der Wärme.

»Hey!«

Sie fuhr zusammen. Schnell steckte sie den Pass in die große Vordertasche ihrer blauen Arbeitsschürze. Dann sah sie auf. Eine schlampig aussehende weibliche Gestalt stand taumelnd in einer der Zimmertüren. Eine orangefarbene Perücke hing schief über ihren schielenden Augen. Ihre Stimme war rau.

»Hast du die Schlafkrankheit oder was?«

Die Frau namens Dascha schüttelte den Kopf. Die Hotelprostituierte gackerte und verschwand durch ihre Zimmertür.

Dascha seufzte. Sie blickte noch einmal auf das Foto. Bald, versprach sie. Bald. Dann steckte sie den Pass wieder in ihre Tasche. Sie zog den dünnen Cardigan fester um sich, um ihre schmale Brust. Dann schnappte sie sich den Mopp, wrang ihn aus, inhalierte den giftigen Geruch der Reinigungsmittel und begann, den langen Flur im vierten Stock zu wischen.

# KAPITEL 12

Auf dem Nachhauseweg hatte Max ein mulmiges Gefühl. Der Waggon der Metro rüttelte. Regelmäßig, heftig, metallisch. Max betrachtete die Mitreisenden. Zwei erschöpft wirkende Bäuerinnen mit schlechten Zähnen und rot bedruckten Schürzen. Zwischen ihnen ein verdreckter, nur halb gefüllter Sack Kartoffeln. Ein hübsches Mädchen, den Blick auf den Boden gerichtet. Die Riemen ihrer Schuhe hatten tiefrote Striemen auf ihren Fußgelenken hinterlassen. Ein Besoffener. Müde Pendler.

Der Besoffene saß ganz hinten und war völlig weggetreten. Sein Gesicht sah rissig und ramponiert aus, er steckte in mehreren Lagen lumpiger Kleidung, saß aufrecht, den Mund offen, die Augen geschlossen, verletzlich, unantastbar. Mit jeder Haltestelle wurde es leerer im Waggon. Der vom Besoffenen ausgehende Geruch verstärkte sich. Alle schwitzten. Diese Hitze! Max verdächtigte sie alle, einen nach dem anderen. Selbst den großen räudigen Hund, der allein am Ende des Waggons lag, die Pfoten unter dem Kopf, die Augen geschlossen, als würde er schlafen. In Moskau lebten streunende Hunde in den Vorstädten. Sie hatten gelernt, morgens die Metro in die Innenstadt zu nehmen, wo das Betteln mehr einbrachte. Abends nahmen sie die Metro zurück in die Vorstadt. Manchmal schliefen sie unterwegs ein und verpassten ihre Haltestelle. Aber dieser Hund hatte sich verraten. Er unterbrach immer mal wieder sein vorgetäuschtes Nickerchen, öffnete die verklebten Augen, sah sich aufmerksam um. Wachsam. Passte auf.

Ein Wolga fuhr langsam hinter ihm her. Atmen, Max, atmen. Er ging etwas schneller. Die Sonne hing dunkelorange über dem Horizont, und ein ungesund gelber Heumond war zwischen den Wohnblöcken aufgegangen. Max versteckte sich hinter einem Zementmischer, den man über Nacht hatte stehen lassen, um am nächsten Tag den Gehsteig weiter zu reparieren, und wartete ab. Der Wolga blieb stehen, dann fuhr er weiter. Als Max ihn verschwinden sah, wurde ihm klar, wie überangespannt er war. Er ging langsam weiter. Der Abend war heiß. Sehr heiß. Viel zu heiß für diese Jahreszeit.

Eine Gruppe von Männern und Frauen saß auf den Bänken vor dem Produkti-Markt in der Nähe von Olgas Wohnung. Sie tranken Bier aus Flaschen und schwitzten. Die Frauen in Spaghettiträgertops, mit runden Bäuchen wie Südseeschönheiten. Max sprang über den niedrigen Zaun, überquerte den verlassenen »Auto-Service«-Hof, sprang abermals über den Zaun und kam am gewünschten Gebäude heraus.

Er tippte den Code ein, und die metallene Haustür öffnete sich mit einem hohen Piepton. Max hatte ein seltsames Gefühl im Bauch, als er mit dem Aufzug, der wieder ein wenig mehr nach Urin stank, in den zwanzigsten Stock fuhr. Er blieb im Flur stehen und ging zum Fenster. Etwas rutschte durch die blassblaue Müllrutsche nach unten.

Er schloss die drei Türen zur Wohnung auf und wieder ab. Er seufzte erleichtert, als er drin war. In der Wohnung war es relativ kühl und dunkel. Er trat einen Schritt nach vorn, hörte etwas unter seinem Fuß knirschen. Max schaltete das Licht ein.

Glas. Überall Glas. Und Bücher. Herausgerissene Seiten, geknickte Buchrücken. Max öffnete die Tür zum Wohnzimmer. Das gleiche Bild. Und das Sofa. Zerfleddert, die weiße und gelbe Polsterung quoll heraus. Wie Gedärme, dachte er. Vorsichtig ging Max ins Badezimmer. Sah sich um. Die Zahnpasta war ins Waschbecken gedrückt worden, seine Rasiersachen waren auf dem Boden verstreut. Die Shampooflaschen lagen in der Wanne und liefen aus. Daneben lag die Seife.

Max hob sie auf, wickelte sie in ein Stück Toilettenpapier und steckte sie ein. Dmitris alte Sakkos hatten das Chaos überstanden. Sie hingen noch an der Garderobe. Max nahm eins davon, legte es zusammen und klemmte es sich unter den Arm. Dann murmelte er eine Entschuldigung an Olga vor sich hin und schloss die Wohnungstür von Dmitri, dem ehemaligen Code-Knacker, zum letzten Mal hinter sich ab.

# KAPITEL 13

Das Pariser Headquarter von Dynacorp Internationale lag nicht weit entfernt vom Lyoner Bahnhof.

Gérard nahm ein Taxi durch die Kopfsteinpflasterstraßen. Er eilte durch die moderne Glaslobby. Auf Bildschirmen wurden Anzeigen aus aller Welt für Dynacorps verschiedene Energieprodukte gezeigt.

Als er mit den Fingern auf den gläsernen Empfangstresen trommelte, wurde er auf eine Reklame aufmerksam, in der eine bildhübsche Spanierin im Sport-BH den Kopf in den Nacken legte und eine Flasche Wasser trank.

Der Alte empfing Gérard in einem der kleinen Besprechungsräume. Ihr Treffen war kurz und bündig.

»Mit dem Supér geht es voran«, sagte Gérard. »Zwar sind wir im Zeitplan etwas hinterher, aber ich schätze, dass wir schon bald Ergebnisse haben werden.«

Der Alte nickte und faltete seine großen, papierenen Hände. Aus seinen milchig blauen Augen sah er Gérard an. Abwartend.

Gérard kam in den Sinn, dem Alten von Sonja zu erzählen. Hatte sie die Papiere gesehen, die er hatte liegen lassen? Die mit den Einzelheiten zu Dynacorps Umzug von Roter Fluss nach Atomow zur Entsorgung von französischem aufbereitetem Abfall? Wenn sie sie gesehen hatte – war das wichtig?

Gérard war kurz davor, seinen nachlässigen Fehler einzugestehen. Wie hatte er die Papiere bloß liegen lassen können? Klar – er hatte nicht damit gerechnet, dass sie so früh kommen würde. Aber das war trotzdem keine Entschuldigung. Dann verspürte er sein altes Verlangen nach Absolution. Und er erinnerte sich, dass man sie nie bekam. Dass es sinnlos war. Sinn und Zweck des Kirchgangs war schließlich Sehen und Gesehenwerden. Nur ein Trottel ging in die Kirche, um errettet zu werden. Und Gérard war kein Trottel. Er lächelte.

»Gut«, sagte der Alte. »Und übrigens herzlichen Glückwunsch zur Verlobung mit Eloise. Eine wunderbare Frau. Exactement comme il faut. Und selbstverständlich heißt das, dass du endlich ein Teil der Familie wirst.«

Gérard dankte ihm. Aber der Alte war mit seinen Gedanken bereits woanders. »Und unser … russisches Projekt?«

»Alles im grünen Bereich«, sagte Gérard.

# KAPITEL 14

Freitagabend. Sehr gut. Max eilte durch den rosenfarbenen Bahnhof mit seinen eckigen Marmorsäulen. Der Widerhall seiner Schritte löste das Donnern des Zuges ab. Während des Krieges gebaut. Heroisch, triumphal. Wie ein Ballsaal unter Tage. Er nahm zwei Stufen auf einmal, wich dann den entgegenkommenden Fußgängern unter den Glas-Wandbildern aus: strahlende Revolutionäre. Stürmung des Reichstags. Ein Mosaik, dachte Max. Mehr als die Summe seiner Teile. Die Rolltreppe brachte ihn nach oben, aber er nahm immer noch zwei Stufen auf einmal.

Am Fahrkartenschalter erkundigte er sich nach dem langsamen Zug um elf Uhr abends.

»Ausgebucht«, sagte die griesgrämige Frau hinter Glas. Max lächelte. Es war zweiundzwanzig Uhr dreiundfünfzig. Er musste sich schnell entscheiden.

Er rannte zum Bahnsteig. An der Tür zu jedem Waggon stand eine stämmige Frau in Dunkelblau. Sonst waren dort nur wenige Menschen: Die meisten Fahrgäste waren früh da, machten ihre Betten und steckten bereits in ihren Schlafanzügen, wenn der Zug losfuhr. Die ersten Töne von Gasmanows *Moskau, es läuten die Glocken* kamen über die Lautsprecher: ein militärischer, schlagerhafter Marsch mit melancholischen Untertönen. Er musste sich beeilen. Er musterte die dunkelblauen Damen, entschied sich für die zweitälteste. Lief auf sie zu. Ihr Hängebackengesicht wirkte teilnahmslos.

»Ich muss mit dem Zug mitfahren«, sagte er.

»Ausgebucht«, erwiderte sie knapp.

»Meine … Frau«, setzte Max an.

»Sie haben eine Frau«, sagte sie, und Max meinte, einen Anflug von Humor in ihrem Blick zu sehen. »Wie schön für Sie.«

»Ich muss zu ihr«, erklärte Max und schlüpfte in eine Rolle. Er senkte die Stimme: »Sie hat … Depressionen.«

»Ah«, antwortete sie. »Und Sie sind Doktor für Psychiatrie oder was?«

»Na, sagen wir mal – ich kenne mich mit der menschlichen Psyche sehr gut aus.«

Da grinste sie. »Zehntausend«, sagte sie. Max reichte ihr die Scheine so, dass es niemand sehen konnte. Was für eine exorbitante Summe – und wieder bekam er keinen Beleg. Max schüttelte den Kopf. Es würde eine Weile dauern, bis er sich an die neuen Verhältnisse gewöhnt hatte. Er beschloss, die Sache als Investition in seine Karriere zu betrachten, als die Frau ihn grinsend in den Zug schob. Da pfiff der Schaffner, und sie schloss die Metalltüren. Max wartete im Gang auf sie. Dann folgte er ihr zu der Tür ihres eigenen kleinen Abteils. »Fühlen Sie sich ganz wie zu Hause, Doktor«, sagte sie. »Und schöne Grüße an Ihre Frau.«

Sie schloss die Tür, und Max sah sich zufrieden in seinem ergaunerten Privatabteil um. Es war winzig, kleiner als die normalen Abteile, mit zwei Betten übereinander an der einen Wand und einem Minischreibtisch daneben. Es war heruntergekommen, verwohnt, aber nicht ungemütlich. An der Wand Fotos aus Zeitschriften – von verblühten Blumen, ein greller Sonnenuntergang. Der Versuch, das Abteil heimelig zu machen, zwei kleine Oden an die Fähigkeit, zu träumen.

Max rollte das Sakko von Dmitri, dem ehemaligen Code-

Knacker, zu einer Art Kissen zusammen, einem Kissen, das sehr nach altem Mann roch, und legte sich hin. Durch das Fenster sah er die Natriumdampflampen flackern. Er spürte, wie der Zug den Bahnhof verließ. Alles in allem war es eine erfolgreiche Transaktion gewesen. Sie würde die Nacht auf dem Gang verbringen müssen, auf einem der Klappsitze, die für ihren Hintern zu klein waren. Aber sie hatte ihr Bett zu einem guten Preis verkauft.

Sie würde ihrem Enkel für seinen ersten Schultag Schuhe kaufen können. Und Max konnte Moskau verlassen, ohne irgendjemandem seinen Pass gezeigt zu haben.

Max schlief erstaunlich gut. Nur einmal schreckte er mitten in der Nacht hoch: Das Licht im Gang strahlte ihm wie eine Verhörlampe ins Gesicht. Dann machte er die kantigen Umrisse der Babuschka aus. Hinter ihr stand eine rehgleiche junge Frau. »Keine Sorge«, brummte die Babuschka im Gang. »Er ist Mediziner.« Die Frau kletterte behände in das obere Bett. Max verließ das Abteil früh am Morgen, um ihr etwas Privatsphäre zu lassen.

Im alten Sakko von Dmitri, dem ehemaligen Code-Knacker, stand Max im Gang und sah aus dem Fenster. Er gab der Babuschka hundert Rubel, sie schlurfte auf ihren vom langen nächtlichen Sitzen geschwollenen, schmerzenden Beinen los und brachte ihm schwarzen Tee mit Zucker. Das altmodische Teeglas steckte in einem Metallhalter mit Griff. Wie in einem Korsett. Der Tee ließ kurz das Fenster beschlagen. Es war ein bedeckter Morgen. Kühl. Der Zug hatte auf seinem nächtlichen Weg nach Norden die Hauptstadt und ihren Hitzeschwall hinter sich gelassen. Ein korpulenter Mann im Trainingsanzug stellte sich neben Max. Man sah zwei tabakfarbene Mondsicheln unter seinen Achseln. Er sagte, er hätte mal Eugen Onegin gespielt. Und dass das Leben hart sei. Dass Familie das Einzige sei, das zähle. Max, der selbst in einem nicht mehr ganz taufrischen Unterhemd steckte, schaltete um auf akzentfreies Russisch und stimmte ihm zu: Ohne Lyrik wäre das Leben sinnlos. Zufrieden blickten die beiden aus dem Fenster, als die hohen, grauen Außenbezirke von St. Petersburg in Sicht kamen.

»Diese Stadt hat eine Seele«, sagte der Mann, als die Räder sich langsamer drehten. »Entweder nimmt sie dich an oder sie lehnt dich ab. Als meine Frau zum ersten Mal herkam, hat sie geheult. Drei Tage lang. Sie kommt bestimmt nicht noch mal her. Aber ich liebe diese Stadt. Manchmal spricht sie zu mir. Kennen Sie das?«

»Ja«, antwortete Max. »Einmal hat die Stadt mir zugeflüstert: ›Du wirst nicht mehr wiederkommen.‹«

»Aha«, sagte der Mann. »Mit mir spricht sie einfach nur. In ganz normaler Lautstärke.«

# KAPITEL 15

Max wurde leicht ums Herz, als er unter dem blassen, hohen frühmorgendlichen Himmel den Newski Prospekt hinaufging, vorbei an den Gipsengeln und den Fensterstürze tragenden Göttern des Meeres. Ein steifer Nordwind durchdrang das Sakko von Dmitri, dem ehemaligen Code-Knacker. Die durch den Zahn der Zeit leicht bröckelig gewordenen Augen der Fassadenfrauen, deren melancholische Blicke auf ewig über die Straße gerichtet waren. Als würde man durch einen fremden Traum gehen. Das unsichere Gefühl der Sümpfe unter den Straßen. Dann die Newa, dunkelblau und glitzernd wie die goldenen Kuppeln, die goldenen Spitzen, wie eine Offenbarung. Glücklich spazierte Max über die Brücke zu den Universitätsgebäuden.

»Mein Name ist John Smith, ich komme vom Cleveland Art Institute«, sagte er auf Englisch. »Ich suche Professor …« Er zog einen Zettel aus der Tasche seiner Khakihose und las vor: »Wolkow.«

»Mascha!«, rief die Frau, und sogleich tänzelte eine vollschlanke Brünette in einem hautengen roten Minikleid herein. Max fiel auf, wie heiß es trotz der geöffneten Fenster war. Die ältere Frau sah zu Max und rollte die Augen. »Der Witzbold hier spricht Englisch«, sagte sie. Die Brünette fächelte sich mit der Hand Luft zu und wandte sich an Max. Er wiederholte sein Anliegen.

»Professor Wolkow ist heute nicht hier. Er hat frei«, sagte sie schnippisch und wandte ihm den Rücken zu. Ihre

Oberschenkel hatten feuchte Ellipsen auf ihrem Rock hinterlassen.

»Ach, wie ärgerlich«, erwiderte Max. »Ich bin nur heute hier. Mein Museum möchte Ihrem Institut gerne fünfzehntausend Dollar für die Forschung spenden, wenn Sie uns dafür ein bisschen mit unserer Ausstellung helfen.«

Die Frauen berieten sich. Offenbar war die Heizung kaputt. Ausschalten ließ sie sich derzeit jedenfalls nicht. Sie fürchteten, im Winter würde sich dann das für seine Störanfälligkeit bekannte Heizsystem vielleicht nicht wieder einschalten lassen. Die Blondine notierte eine Telefonnummer auf einem Zettel. Den reichte sie der Brünetten, die ihn flugs an Max weitergab. »Das ist die Mobilnummer vom Professor«, sagte sie.

Wieder draußen, ließ Max seinen Blick über den puderblauen Fluss hinüber zur Uferstraße schweifen. Er holte das Handy, in dem sich eine der neuen SIM-Karten befand, aus der Tasche und wählte. Nach mehrmaligem Klingeln nahm der Professor ab. Max sagte auf Russisch: »Hier spricht John Smith vom Cleveland Art Institute. Ich würde mich gerne heute mit Ihnen treffen und über Ihre Forschung sprechen.«

»Tut mir leid«, sagte Wolkow. »Ich bin in meiner Datsche.«

»Ich könnte auch zu Ihnen kommen«, erwiderte Max. »Es ist nämlich ziemlich dringend. Sonja Ostranowa hat gesagt, Sie sind der Einzige, der meine Fragen beantworten könnte.«

Am anderen Ende war Schweigen.

»Verstehe«, sagte die Stimme dann. »Na gut, ich hole Sie vom Bahnhof ab. Geben Sie mir Bescheid, wann Sie ankommen.«

Die Sitzbänke in dem elektrischen Zug waren aus Holz. Max gegenüber saß ein schlafender Mann in Anzug und Hut. Sie fuhren immer tiefer in die Wälder hinein, der Tag wurde grauer.

Vierzig Minuten später stieg Max aus. Von einem Bahnhof konnte nicht die Rede sein. Ihn empfing ein Schuppen und eine nach beiden Seiten in den Wald führende, unbefestigte Straße. Wie bei Tolstoi. Am Waldrand stand ein Mann von gedrungener Gestalt und wartete. Er hätte ein Intellektueller sein können, aber er hatte die starken Schultern und die boxergleiche Haltung eines Mannes, der sich mit seinen Fäusten zu verteidigen weiß.

»Wir gehen in den Biergarten«, sagte er. »Da können wir reden.« Sie machten sich auf den Weg durch den Wald. Die Gegend war so einsam, dass Max sich fragte, ob es dort wirklich einen Biergarten gab. Aber plötzlich war er da. Wolkow gab jemandem ein Zeichen, und Max setzte sich an einen der im Kies stehenden Tische. Wolkow kam mit zwei großen Plastikbechern wieder. Starkes Zeug.

»Na sdarowje, auf die Gesundheit!«, sagte er.

»Na sdarowje!«, antwortete Max und sprach dann weiter auf Russisch: »Ich bin gar kein Professor.«

»Ha!«, sagte Wolkow. Dann lachte er ein langes, tiefes Lachen, das nicht aus seinem Körper zu kommen schien, sondern aus der Nähe seiner Füße, aus dem Boden.

»Ich bin ein Kollege von Sonja Ostranowa«, sagte Max vorsichtig, als er aufhörte zu lachen. »Sie ist nicht mehr bei der Arbeit erschienen, und die Firma hat mich gebeten, mich darum zu kümmern. Die wollen nicht die Polizei einschalten.«

Wolkows Gesicht wirkte mitgenommen, zerknirscht. Er sah Max aus großen, dunkelbraunen, intelligenten Augen an.

Hätte er sich auf den Kopf gestellt, hätte sein Mund gelächelt. Dann fing er wieder an zu lachen. Ein langes, langsames, schweres, herzhaftes Lachen. Ein Lachen, das – so stellte Max sich vor – die Frauen mochten, das sie gerne bändigen wollten, aber nicht konnten. Ein Lachen, das auch Männer ansprach. Mit dem er signalisierte, dass er einer von ihnen war, aber auch ein bisschen was Besseres. Wolkow wechselte die Sprache.

»Was dagegen, wenn ich Englisch rede?«, fragte er. »Ich habe so selten die Gelegenheit. Ich habe mal zwei Jahre in London gelebt. In den Achtzigern. Ich kann wohl behaupten, dass das die besten Jahre meines Lebens waren. Damals wurden wir natürlich zu Spionen ausgebildet.« Er zuckte die Achseln. »Viel anderes blieb uns nicht übrig. Männer meines Alters verschwanden reihenweise nach Afghanistan. Ich habe studiert, um nicht dahin zu müssen. Als ich einberufen wurde – das war das Schrecklichste, was ich je erlebt habe. Ich hatte solche Angst. Ich hab denen erzählt, ich wäre Alkoholiker. Dass ich kein Geheimnis für mich behalten könnte. Dass ich ein Schürzenjäger bin. Ich hab denen alles Mögliche erzählt. Alles. Und sie haben mich in Ruhe gelassen. Aber ich hatte Freunde, die mitmachen wollten. Ich will gar nicht wissen, was die heute so treiben.«

Max dachte: Wir könnten Freunde sein. In einem anderen Leben. Der Wind wehte durch die Bäume, und die silbrigen Blätter machten ein trauriges Geräusch, wie eine Mutter, die ihr krankes Kind beruhigt. Der Himmel war bewölkt, hoch und hellgrau, die Luft kühl. Kein guter Tag, um schwimmen zu gehen.

Dann nahm Max noch einen Anlauf. »Sonja ist eine hochgeschätzte Kollegin, wie Sie sich vorstellen können. Und wir machen uns alle große Sorgen um sie.«

»Vielleicht haben Sie nicht ganz verstanden, was ich Ihnen mit meiner Geschichte erklären wollte«, sagte Wolkow. Seine Stimme klang warnend. Er fing noch einmal an. Langsam. Vorsichtig. »Glauben Sie …« – Pause – »dass ich …« – noch eine Pause, als müsse er husten – »mein ganzes Leben in diesem beschissenen System gelebt habe?« Er sah wieder auf, und die tiefbraunen, intelligenten Augen richteten sich auf Max. »Und dass ich nicht ganz genau weiß, was Sie für einer sind?«

Max sah Wolkow dabei zu, wie er den Plastikbecher ansetzte und in einem Zug leer trank.

Er stellte den Becher ab und erhob sich langsam. Erst da wurde Max klar, dass der Professor betrunken war. Vielleicht hatte er getrunken, seit Max ihn angerufen hatte. Vielleicht trank er schon seit Tagen. Oder Jahren. Jahrzehnten. Ein halbes vergeudetes Leben. Er musste an Tschechow denken: Nur Russland konnte einen Mann wie diesen hervorbringen. Und nur Russland konnte ihn zerstören. Sein Schritt war schwer, er schwankte kurz.

»Die könnten noch viel schlimmer sein«, sagte Max schließlich.

»Wer?«

»Die, die sie haben«, antwortete Max.

Der Professor fluchte. »Gehen wir ein Stück«, sagte er und marschierte los. Max folgte ihm mit etwas Abstand. Der Weg war sandig. Auf beiden Seiten wuchsen Birken, dazwischen kümmerliche Kiefern. Es roch sauber und frisch, Salzluft wehte herüber. Ihre Schritte waren kaum zu hören. Nach einer Weile hatte Max zu ihm aufgeschlossen, und die beiden Männer gingen ein ganzes Stück im Gleichschritt nebeneinander.

»Stimmt das eigentlich«, sagte Wolkow plötzlich und

durchbrach damit die Stille, in der nur das sanfte Brechen der Kiefernnadeln im Sandboden zu hören gewesen war, »dass im Westen jeder einen Therapeuten hat?«

Max dachte zurück: An das Kellerbüro des Gefühlsfressers. An die Fenster, geriffelt, mit dünnem Silberdraht durchwebt, ganz Fünfziger. An die großen blauen Augen des Therapeuten, die wie zwei Kristallkugeln in seinem schmalen, rattenhaften Gesicht saßen. Daran, wie er dieses Zwillingsgestirn auf Max richtete und ihn fragte, ob er ihm irgendetwas – was auch immer – zu sagen hätte. Daran, wie Max ganz kurz überlegte, ob er zusammenbrechen und ihm erzählen sollte, wie sehr ihn das verletzte, »wegrationalisiert« zu werden. Gefeuert zu werden. Daran, wie er es überhaupt nicht verstand und wie er immer sein Bestes gegeben hatte. An Roses Traurigkeit. Die schlaflosen Nächte, die kleine möblierte Mietwohnung in Bethesda, wie seine Tage und Nächte alle dieselbe Farbe hatten (beige). Dann erinnerte sich Max an die Gerüchte: Dass die Räume des Gefühlsfressers zwar im Keller lagen, sein Einfluss aber auf direktem Wege bis ganz nach oben reichte. Dass alles, was man da unten sagte, einen den Rest des Lebens begleiten würde. Da hatte Max sich aufgerichtet. Hatte dem Gefühlsfresser direkt in seine großen blauen Kugeln geguckt. Und »Nein« gesagt. »Alles in Ordnung. Alles klar.«

Der Gefühlsfresser hatte Max noch einen Augenblick durchdringend angesehen. Dann schüttelte er den Kopf wie eine alte Katze, die weiß, dass die Maus zitternd in ihrem Versteck sitzt, aber beschließt, dass die Jagd nicht der Mühe wert ist. Nicht heute. Die aufmerksamen blauen Augen blitzten auf, als der Gefühlsfresser von seinem gepolsterten Stuhl aufsah, der so gar nicht in das sonst steril wirkende, behördenmäßige Zimmer passte.

Er hatte gelacht. Als würde ein Vorhang beiseitegezogen, um zu zeigen, was hinter der Bühne liegt. »Sie sind ein Glückspilz, Mr. Rushmore.« Dann war es schon wieder vorbei, das Lächeln, die klebrige Empathie kehrten in seinen Blick zurück.

Jetzt, in der Stille des Kiefernwaldes, musste Max unwillkürlich lachen. »Ja«, sagte er.

»Sie auch?«, fragte Wolkow.

Max lachte wieder. »Ja.«

»Aber warum?«, fragte Wolkow. »Reden Sie im Westen nicht mit Ihren Freunden?«

Max überlegte. »Doch«, sagte er. »Da ist halt …« Auf einmal musste er daran denken, wie er mit Rose nach einem Arztbesuch zum Supermarkt gefahren war. Sie hatten geparkt, waren ausgestiegen. Sie war irgendwie seltsam gegangen, seine Rose. Als gehörten ihre Beine nicht zu ihr. Als die Schiebetüren sich öffneten, hatte Max das Gefühl, sie würden eine Grenze überschreiten.

Unter dem Licht der Leuchtstoffröhren, vor dem Gemüse – selbst das Gemüse, ging ihm durch den Kopf, war perfekt und absolut makellos –, hatte er das Gefühl, er wäre Tourist im Land der Fehlerlosen und Starken, einem Land, zu dessen Bevölkerung er nicht mehr gehörte.

»Im Westen …«, sagte er, »ist kein Platz für Tod.«

»Ah«, antwortete Wolkow, als verstünde er genau, was Max damit sagen wollte. »Das ist hier anders. Hier begräbt immer einer jemanden.« Er hielt inne. »Wenn man nicht mit seinen Freunden über alles reden könnte, würde man durchdrehen.«

Die beiden Männer gingen weiter. Plötzlich tauchte gleich hinter den Bäumen das Meer auf. Ein schmaler dunkelblauer Streifen unter dem etwas helleren Blau des Himmels. Max spürte, wie sich etwas in ihm regte. Ein seltsames, erhebendes Gefühl. »Das ist … grandios«, sagte er schließlich.

»Ja«, stimmte Wolkow zu.

Sie gingen zum Strand, und Wolkow fuhr fort: »Für die Finnen ist das jetzt eine sehr wichtige Zeit. Sie sagen, das hier ist die Zeit, in der die Göttin sich aus dem Meer erhebt. Sie betrachtet die Menschheit und fällt ein Urteil. Dieses Urteil entscheidet, ob der Winter hart oder mild werden wird.« Er zuckte die Achseln, seine Stimme wechselte den Ton. »Die Finnen sind sehr spirituell. Sehr naturverbunden. Eine heilige Zeit für sie.«

Max schwieg.

»Sie war bei mir«, sagte Wolkow auf einmal. »Zwanzig Jahre. Zwanzig Jahre hab ich sie nicht gesehen. Aber es war, als … als hätte sie erst gestern ihre Taschen gepackt.«

Max wartete. Sie gingen weiter, kamen zu einem primitiven Strandcafé. Der Professor betrat die Holzveranda und setzte sich an einen der Plastiktische. Max folgte ihm. »Hey!«, rief Wolkow und drehte seinen starken, steifen Torso so weit er konnte. »Zwei Tee!«, bellte er, als ein magerer, mürrischer Teenager hinter dem provisorischen Holztresen auftauchte.

»Sie wollte …«, Wolkow verstummte kurz, als der Junge mit dem Tee kam.

Wolkow fasste die kleine weiße Plastiktasse beim Henkel, der wie ein Schwänzchen aussah. Er verzog das Gesicht, der Tee war ihm zu süß. »Sie wollte etwas über ein paar sibirische Volksstämme wissen. Hat nicht gesagt, warum. Lang blieb sie nicht.« Er trank den Tee aus, zuckte die Achseln.

»Sie hat gefragt, ob sie in meiner Datsche unterkommen kann«, erzählte Wolkow. »Klar, hab ich gesagt. Dann wollte sie Landkarten. Hab ich ihr gegeben. Dann ist sie … verschwunden. Und jetzt …«, er sah Max direkt ins Gesicht, »würde ich vorschlagen, dass Sie auch verschwinden. In zehn Minuten geht ein Zug. Den können Sie gerade noch schaffen.«

Er wandte sich ab und ging. Max zögerte. Er sah Wolkow hinterher, bis er verschwunden war. Max ging einen Schritt in die Richtung, in die der Professor gezeigt hatte. Dann machte er kehrt, schlug nicht den Weg zum Bahnhof ein, sondern stakste fast lautlos zwischen den Bäumen hindurch über die weichen Kiefernnadeln hinter Wolkow her.

Er dachte schon, er hätte den Professor verloren, aber Max hatte Glück: Wolkow war stehen geblieben, um sich schwankend zu erleichtern. Max folgte ihm eine Weile bis zu einem kleinen Holzhaus im Wald.

Laute Stimmen – männliche und weibliche – begrüßten Wolkow, als er die kleine Holzveranda erreichte.

»Großartig! Wunderbar!«, erklang ein Chor von Männerstimmen, tief und kehlig.

»Wölfchen!«, rief eine Frau. »Wie schön!«

Wolkow antwortete. Max konnte nicht verstehen, was, aber er hörte Gelächter und klirrende Gläser. »Na sdarowje!« Max spürte ein Loch in seinem Herzen. Es war ein handfestes, körperliches Gefühl. Er hielt inne und atmete tief durch.

Er duckte sich am Waldrand und ging in einem Bogen um die mit Schindeln gedeckte Hütte. Sie befanden sich alle in der Küche. Das Licht schien sanft, sie hatten sich um den Tisch versammelt, aßen dunkles Brot und tranken. Die Rüschenvorhänge passten nicht recht zu den verlotterten, kantigen Männern hinter den Fenstern. Eine muntere Blondine servierte Essen aus einem großen Emailletopf, schwarz mit roten Blumen. Wolkow setzte sich neben eine junge Schwarzhaarige, die ohne Weiteres Model und genauso ohne Weiteres eine seiner Studentinnen hätte sein können. Gedankenverloren legte er den Arm um sie.

Dann, als sei ihm gerade erst aufgegangen, dass sie auch da war, neigte er sich ihr zu und sagte etwas, und sie strahlte ihn an. Einer der langhaarigen Männer schnappte sich eine Gitarre, alle fingen an zu singen.

Max hockte sich hin. Gewitterwolken zogen auf und ließen es dunkel werden. Eine Stunde verstrich. Dann noch eine. Max' Beine wurden steif, schmerzten, dann spürte er sie nicht mehr. Was den Schmerz erleichterte: Er war wieder da, er war in Aktion.

Die Gruppe löste sich paarweise auf. Der Gitarrenspieler fuhr mit der Blonden im Auto weg. Ein anderes Paar machte sich zu Fuß auf den Weg durch den Wald zum Bahnhof. Die schöne Studentin zog sich Gummihandschuhe über ihre zarten Hände, stellte sich an die Spüle und wusch das Geschirr.

Max sah durch das Fenster, wie Wolkow sich erhob, etwas zu ihr sagte, wie sie nickte und lächelte. Dann kam er heraus. Er stand auf der Veranda, stellte die Bierflasche auf dem Geländer ab und zündete sich eine Zigarette an.

Er nahm einen Zug, die Zigarette glomm orange im Schatten. Dann nahm er die Flasche und ging in den Wald. Wenige Meter von Max entfernt blieb er stehen und rief: »Hey, Sie!«

Max richtete sich auf, klamm, kalt, mit steifen, gebeugten Knien. Es dauerte eine Weile, bis er sie wieder strecken konnte. Dann ging er zu Wolkow. Sie setzten sich fast synchron unter eine Birke, deren weiße Rinde in der Dämmerung leuchtete.

»Zigarette?«, fragte Wolkow.

Max nahm eine, und die beiden Männer rauchten schweigend.

»Bier?«, fragte Wolkow.

Max nickte und nahm die Flasche. Grünes Glas, ziemlich abgewetzt, als hätte sie am Meeresgrund gelegen. Er trank einen großen Schluck. Stark. Er gab sie dem Professor zurück.

Schließlich ergriff Wolkow das Wort: »Ihr im Westen habt vergessen, wie man lebt. Wir sind auch auf dem besten Weg, aber noch wissen wir es. Wenn ein Russe nach Paris kommt, dann verlieben sich alle sofort in ihn, weil er noch zu leben weiß. In Amerika ist es wahrscheinlich noch schlimmer.«

Er drückte die Zigarette aus und trank einen Schluck. Er blickte in die Ferne, und Max konnte nicht nur sehen, sondern auch spüren, wie der entrückte Blick des Alkoholikers sich seiner bemächtigte. Wie seine Seele sich abwandte. Dann war er wieder da. »Ich hab gehört, wie sie telefoniert hat«, sagte Wolkow klar und deutlich. »Sie wollte in einen Nachtclub. Mit englischem Namen. Irgendwas mit Nacht. Nighttime oder so. Oder Midnight. Ja, genau, Midnight.«

»Das könnte mir weiterhelfen«, sagte Max. »Danke.«

Wolkow rührte sich und war wieder ganz nüchtern. »Es gab da ein Kind.«

»Was?«, fragte Max überrascht.

»Hat sie mir erzählt. Mein Kind. Ich hatte keine Ahnung. Sonja hat es vor mir geheim gehalten. Ich …« Der Mond war aufgegangen, und in seinem Licht sah Max, dass die Augen von Wolkow feucht waren. Der Russe fing an zu lachen: ein tiefes, tragisches Lachen, das anschwoll und abnahm wie eine Naturgewalt. Vielleicht, dachte Max unpassenderweise, würde es ein harter Winter werden. Er schüttelte den Kopf. »Ein kleines Mädchen … mit drei verschiedenen Krebsarten geboren. Wurde nur drei Wochen alt. Nach ihrem Tod ist Sonja ausgewandert.«

Max schwieg. Wolkow fasste in seine Jackentasche. Er holte ein mehrfach gefaltetes Stück Papier hervor und reichte es Max. Ein Angebot. Selbst im Dämmerlicht erkannte Max sofort, was das war. Eine Landkarte.

»Im Westen …«, sagte Wolkow mit zitternder Stimme, »glauben wir, dass die Zeit ein Fluss ist. Sich immer nur in eine Richtung bewegt. Sonja wollte mehr über die Gegend hier wissen.« Er nickte Richtung Landkarte. »Da gibt es einen alten Volksstamm, der sagt, die Zeit ist eine Landschaft, in der man herumlaufen kann. Vorwärts und rückwärts, kreuz und quer.«

»Aha«, sagte Max.

Wolkows Stimme beruhigte sich wieder. »Es gibt Leute, die sagen, dass der russische Kosmismus – der Glaube daran, dass, wenn der Mensch erst den Raum bereisen könnte, die Seelen der Toten diese neuen Gebiete besiedeln würden, die Planeten, die Monde – hier seine Wurzeln hat, bei diesen Naturvölkern.«

Max hielt sich die Karte dicht vor die Nase. Er erkannte einen Kreis. Mit einem Kugelschreiber gemalt.

»Vielleicht hilft Ihnen das«, sagte Wolkow.

»Ja, vielleicht«, erwiderte Max.

»Viel Glück.«

# KAPITEL 16

Die Nacht hatte sich tintenschwarz auf die Straßen gelegt, als der elektrische Zug die Stadt erreichte. Max winkte ein Auto mit einem zerbeulten, auf die Motorhaube geklebten Taxischild heran.

Pascha, der Stückeschreiber, war ein hochgewachsener, kräftiger Mann mit Bart, der sich jedoch gerade mädchenhaft gebärdete. Der Raum war niedrig, dunkel und hatte etwas Höhlenhaftes. Die Lampen bestanden aus mit Gold überzogenen Kalaschnikows. Auf teuer aussehenden Samtbänken saßen teuer aussehende, seidige Blondinen. Ihre Teller sahen aus, als würden hier ausschließlich Steaks serviert.

»Was ist aus dem Number One geworden?«, fragte Max.

»Ach! Fürchterlicher Schuppen«, sagte Pascha liebevoll. »Aber der Kaviar war gut. Hab ich dir eigentlich mal von der Schießerei erzählt? Ich hatte da ein Verkaufsgespräch mit einem Produzenten. Du weißt ja, das Kasino war innen komplett weiß eingerichtet. Na, und mitten in meinem Gespräch: Bamm, Boom! Überall Blut, auf den weißen Sofas, an den weißen Wänden, auf dem Kellner im Frack. Hochdramatisch, so rein visuell. Der Produzent hat mir meinen Entwurf sofort abgekauft. Klar – solche Typen stehen auf Blut. Ist jetzt ein Café.«

Max schüttelte den Kopf. Die beiden Männer prosteten sich zu. Auf den Wandel! Pascha bestellte mehr Wodka.

Pascha und Max waren zusammengebracht worden, um Geheimnisse auszutauschen. Pascha war von Dunkirks Vorgänger »rekrutiert« worden, wenn man das so nennen konnte. Im Chaos der frühen Neunziger, bevor Russland mehr oder weniger obsolet geworden war, hatte man sozusagen prophylaktisch mit großen Netzen gefischt – vor allem in der Generation, die glaubte, dass die Diktatur wieder auferstehen würde, und die es für eine super Gelegenheit hielt, von der Soft-Power der Amerikaner zu profitieren und eine neue Generation von Rekruten heranzuzüchten. Pascha war nur zufällig dazugekommen.

Reichlich verkatert und deprimiert angesichts dessen, was in seinen Augen (und, wie sich zeigen sollte, tatsächlich) der Anfang des Endes seiner Karriere als Dichter war, nämlich eine schlecht besuchte Lesung, gefolgt von einem großen Besäufnis – »Leningrad besoffen« hieß das –, hatte Pascha beschlossen, aufzugeben, alles aufzugeben – und sich, immer noch ziemlich benebelt, in das Wartezimmer der Visastelle vom amerikanischen Konsulat begeben. Wenn ihn in seinem Heimatland niemand wertschätzte, suchte er sich eben ein neues Land. Er hatte bereits davon geträumt, wie er – vielleicht in Hollywood – als großer Dichter in Empfang genommen würde, als ein korpulenter Herr (Dunkirks Vorgänger) im Wartezimmer erschien und Pascha in ein kleines Büro bat. Pascha erinnerte sich dunkel, irgendeiner Sache zugestimmt zu haben, während er die ganze Zeit an sein triumphales Debüt als großer amerikanischer Dichter dachte. Ein Szenario, in dem Swimmingpools eine tragende Rolle spielten. Wenige Wochen später hatte er sein erstes offizielles Meeting – ernüchternderweise in einer Wohnung, die seiner Kommunalka nicht unähnlich war, wenn auch von weniger Menschen bewohnt –, bei dem er keinerlei konkrete Anweisungen bekam. Es hieß lediglich, Pascha solle »die Augen offen halten« und Bericht erstatten über »ungewöhnliche Vorkommnisse« in Studentenkreisen.

Als Max ankam, hatte man Pascha mit einer unter der Tür hindurchgeschobenen Notiz darüber informiert, und weil er nichts Wichtigeres zu tun hatte, machte er sich auf den Weg, um den neuen Amerikaner kennenzulernen. Die Tarnung – er sollte sich mit Max anfreunden – entpuppte sich als die einzige Beziehung, die je zwischen ihnen entstehen sollte. Inzwischen hatten sie beide den Ursprung ihrer Bekanntschaft mehr oder weniger vergessen. Und Pascha, der sich zu einem glücklichen Zyniker entwickelt hatte und allen Widrigkeiten zum Trotz im neuen Russland eine recht lukrative Nische für sich und seine junge Familie finden konnte, hätte nicht schlecht gestaunt, wenn irgendjemand angedeutet hätte, ihre Treffen seien auch nur im Entferntesten von Ideologien geleitet.

Pascha bestellte eine Flasche Riesling (»Kennst du den? Deutscher Wein. Wunderbar, einfach wunderbar. Ich bereite mich schon auf mein Leben im Exil vor.«) und fing an, Max von seinen aktuellen Projekten zu erzählen: etwas fürs Fernsehen sowie zwei neue Bühnenstücke. Eins über einen Käfer, der aufwacht und plötzlich in einen Menschen verwandelt ist, das andere über einen Arzt, der in seinem Urlaub auf einer tropischen Insel einen Patienten wiedertrifft, dessen Gliedmaßen er zwanzig Jahre zuvor aus Versehen abgetrennt hat. »Es handelt von der Vergangenheit«, sagte Pascha achselzuckend.

»Klingt toll«, antwortete Max.

»Ja«, sagte Pascha. »Und ob du's glaubst oder nicht, jetzt ruft uns im Fernsehsender schon die Zensur an. Zustände wie bei der Hisbollah! Wer hätte das gedacht. Mir war gar nicht aufgefallen, dass ich nach Gaza gezogen bin!« Pascha schüttelte den Kopf. Dann zuckte er die Achseln. »Egal, ich will nicht drüber reden.«

Da näherte sich ein kleiner Mann mit einem großen Rucksack und traurigen Augen. Er drückte sich an der niedrigen, gebogenen Wand entlang bis zum Sofa und setzte sich neben Pascha. Er versuchte, sich in die dunkelste Ecke zu verkriechen, dann sah er sich mit vor Angst geweiteten Augen um. »Paschchik, wenn du unbedingt in Lokalen wie diesen was trinken willst, ist das deine Sache. Aber wieso schleppst du unschuldige Freunde mit hierher?«

Grinsend legte Pascha den Arm um den Neuankömmling. »Großartig! Einfach großartig, dass du gekommen bist!« Er wandte sich an Max. »Max, mein Freund! Darf ich dir St. Petersburgs größten und wichtigsten Rockmusikkritiker der letzten fünfundzwanzig Jahre vorstellen?«

»Freut mich«, sagte Max und streckte die Hand über den Tisch hinweg aus. Der Kritiker beäugte sie misstrauisch, dann schüttelte er sie halbherzig.

»Ist Ihnen eigentlich klar«, sagte der Kritiker, nachdem er die Hand wieder zurückgezogen hatte, »dass wir in einem Leichenschauhaus sitzen?«

In dem Moment kam die bildhübsche Kellnerin mit drei Steaks an ihren Tisch. Bei dem Wort »Leichenschauhaus« zuckte sie leicht zusammen.

»Ja, ganz richtig, meine Liebe«, sagte der Kritiker an sie gewandt. »Generationen von Leichen.«

»Iih«, sagte sie, und ihr blondes Haar fiel ihr über die Schultern, als sie die Teller abstellte. Max erhaschte einen Blick auf ein wenig Spitze unter ihrem kurzen, dunklen Rock.

»Ich bin übrigens Vegetarier«, brummte der Kritiker.

»Beachte ihn gar nicht, Süße!«, sagte Pascha. »Sei einfach glücklich, dass du so wunderhübsch bist!«

Die junge Frau verdrehte die Augen und ging.

»Mein Freund hat ganz recht«, sagte Pascha und machte sich über das Steak her, aus dem beim Schneiden dunkles Blut quoll. »Und das andere Nobelrestaurant befindet sich in einer früheren öffentlichen Bedürfnisanstalt! Sehr teuer, obwohl der Service natürlich richtig mies ist.« Er lachte und hob die Hände: »Hier ist es, unser russisches Dolce Vita!«

»Mach keine Witze«, sagte der Rockmusikkritiker. Er wandte sich ebenfalls an Max. »Natürlich ist die Situation hier grauenvoll. Aber ich habe keine Lust, darüber zu reden.«

»Er hat einen Barsoi namens September«, merkte Pascha an und nickte in Richtung Kritiker. »Ganz wunderbares Tier.«

Der Rockmusikkritiker nickte traurig. Er trank, aber das heiterte ihn nicht auf. Stattdessen ließ er den traurigen Blick durch die ehemalige Leichenhalle wandern und seufzte. »Ich gehe hier nicht weg. Du wirst weggehen, Paschchik, und alle anderen auch, und am Ende werde nur noch ich übrig bleiben. Hier. Ganz allein.«

»Diese Halle hat schon viele illustre Leichen gesehen«, sagte Pascha und fing an zu lachen.

Dann tranken sie. Max sah, wie der Raum sich seltsam verzog und schwankte, als würde er von weiß glühenden Toten verzerrt. Lass sie tanzen, dachte er. Ihm war warm, er war zufrieden und fühlte sich inspiriert. Er beschloss, dass der richtige Zeitpunkt gekommen war, um seine Frage zu stellen – die eine Frage, für die er sich mit Pascha hatte treffen wollen. Beiläufig, dachte Max. Ganz beiläufig.

»Schon mal von einem Club namens ›Midnight‹ gehört?«, fragte er.

»In Moskau?«

Max nickte.

»Klar«, sagte Pascha. »Ist so ähnlich wie das hier – hat denselben Eigentümer. Fuks heißt der. Constantin Arkadiawitsch Fuks. Keiner weiß, woher sein Geld kommt – und wir alle wissen, was das heißt! ›Midnight‹ … Der Trick ist, dass um Mitternacht immer irgendetwas Besonderes passiert. *Mitternacht im Midnight*, solche Sachen. Nicht besonders raffiniert, aber was will man schon erwarten von ein paar Bauern, die in Diamanten schwimmen?«

»Fuks«, murmelte der Rockmusikkritiker. »Na sdarowje! Auf den ausgefuchsten Fuks!«

Er und Max stießen auf den ausgefuchsten Fuks an.

»Leute! Ich sag euch … Was ich brauche …«, fuhr Pascha fort, »ist ein Dorf. Mit Leibeigenen. Ich brauche nicht viel – nur ein Dorf! Damit ich machen kann, was ich will. Nur eins!«

Sie tranken darauf, ein Dorf zu besitzen, inklusive Leibeigenen, obwohl Max den Eindruck hatte, dass der Rockmusikkritiker sich für diese Aussicht eher nur halbherzig begeisterte.

# KAPITEL 17

Nur mit großer Mühe konnte Max die Augen öffnen. Wie durch einen Nebel sah er eine kleine Fee, deren Gesicht nur wenige Zentimeter von seinem entfernt war. Als seine Augenlider sich bewegten, quiekte sie.

»Er ist wach!«, rief eine von Paschas kleinen Töchtern, rannte weg und kam dann wieder. Wieder näherte sich ihr Gesicht dem seinen bis auf wenige Zentimeter. »Möchtest du eine Tasse Tee?«, fragte sie sehr ernst.

»Ja, bitte.« Es fiel Max nicht leicht, die Worte mit seiner sich wie Schmirgelpapier anfühlenden Zunge zu formen. Er unternahm einen zaghaften Versuch, sich aufzurichten, und ließ sich dann stöhnend wieder zurücksinken. Er war immer noch angezogen. Er prüfte alle Gliedmaßen und empfand so etwas wie Panik in der Bauchgegend. Tapsende kleine Füße brachten ihm eine Tasse dunkle, starke, heiße Flüssigkeit, die er dankbar annahm.

Der am Frühstückstisch sitzende Pascha sah nur unwesentlich elender aus als sonst. Seine Frau war gut in Form: Das blonde Haar zurückgebunden, ein Hauch Lippenstift. Sie war eine dieser erfolgreichen Russinnen, dachte Max, die sich den Rest der Welt als einen Gegenentwurf zu Russland vorstellten und im Ausland stets enttäuscht wären. Paris so dreckig wie Russland, Berlin so hässlich wie Russland, New York voller Russen.

Max machte ihr Komplimente zur Wohnung, die wie neu renoviert strahlte.

»Ja«, sagte sie. »Wir haben Zimmer für Zimmer gekauft,

jedes von einer anderen Familie. Aber jetzt haben wir uns gerade was in Tallinn angesehen. Vier Zimmer, nichts Besonderes.«

»Wenn man Eigentümer einer Immobilie ist, hat man in manchen der baltischen Staaten Aufenthaltsrecht«, erklärte Pascha und nahm sich Haferbrei. »Schatz, hast du die Tickets für Korsika besorgt?«

Sie sprachen über Flüge, Flughäfen, Wartezeiten und über Kopfschmerzen, als Paschas Frau sagte: »Ist das nicht unglaublich, wie sehr der Flughafen unser Leben verändert hat? Jetzt heißt es immer nur: ›Oh Mann, wie nervig!‹ Aber früher … Weißt du noch?«

»Klar!«, sagte Pascha. »Das war eine richtige Unternehmung am Wochenende. Zum Flughafen laufen! Das hat Stunden gedauert!«

»Und da konnte man dann in der Lobby einen Kaffee trinken.«

»Nur um so ein bisschen das Gefühl zu bekommen«, sagte er. »Als könnte man die Welt da draußen erreichen.«

Sie wandte sich an Max. »Und? Du willst dich heute mit Papa treffen?«

Max nickte, gleichzeitig erinnerte er sich an das Gespräch vom Vorabend: Er hatte Pascha gefragt, ob er jemanden kannte, der über Edelsteine Bescheid weiß. »Jemanden, der diskret ist.« Paschas Herz schlug für die Kunst, aber wenn es darum ging, Probleme zu lösen, war er ganz Techniker. Durch die dröhnenden Kopfschmerzen hindurch hatte Max Pascha sagen gehört: »Mein Schwiegervater!« Die Worte hallten in Max' Ohren wider: »Klar! Mein Schwiegervater! Mein Schwiegervater!« Seine Kopfschmerzen hatten zugenommen.

Jetzt, am Frühstückstisch, sprach Pascha immer noch von

ihm. »Er wäre Physiker geworden, wenn er nicht das Pech gehabt hätte, Jude zu sein«, erzählte er, als Marina allen noch mehr Tee einschenkte. »Hat sein Studium mit Auszeichnung abgeschlossen. Aber die offiziell-inoffiziellen antisemitischen Quoten der Sowjetunion waren bereits erfüllt. Also hat er in der Eremitage gearbeitet und dort die Ausstellungsstücke abgestaubt.«

»Er wohnt noch in seiner alten Kommunalka«, sagte Paschas Frau. »Will da einfach nicht weg.«

Pascha und Max machten sich kurz vor zwölf auf den Weg. Sie stiegen schmutzige Treppen hinauf, unter dem einst prächtigen und jetzt mit Brettern vernagelten Fenster. Gennady wohnte ganz oben, in einem der letzten Zimmer auf dem langen Flur der Wohnung. Ein schlurfender Mann machte ihnen auf. Zwei Kinder, ein Junge und ein Mädchen, rannten kreischend vorbei und verschwanden in einem der Zimmer. Über sich hörten sie ein Rumpeln.

Gennady begrüßte sie und blickte sogleich nach oben. Er schürzte verächtlich die Lippen. »Auf dem Dachboden wohnt ein Heroinsüchtiger. Normalerweise höre ich ihn nachts. Als würde er Möbel rücken. Vielleicht tut er das ja auch. Wahrscheinlich!«, lachte er. »Wahrscheinlich kann sich heutzutage nur ein Heroinsüchtiger neue Möbel leisten!«

»Er könnte zu uns ziehen, aber er will nicht«, raunte Pascha Max zu.

»Das hier ist mein Zuhause«, sagte Gennady schlicht. »Und das weißt du ganz genau, Paschenka. Also …«, sagte er, an Max gewandt. »Na, was möchten Sie mir denn zeigen?«

Max holte die Seife aus der Tasche und brach sie vorsichtig auf.

»Ah«, sagte Gennady. »Sehr interessant. Sehr schöne Fassung. Will sagen: gute Qualität, aber nichts Außergewöhnliches. Der Stein dagegen – selbst mit bloßem Auge würde ich sagen: Der Stein ist atemberaubend.«

Er holte eine Juwelierlupe hervor, schlurfte zum Fenster und besah sich den Stein genauer. Auf seinen in einen alten Pullover gehüllten Schultern tummelten sich Schuppen. »Ja«, sagte er schließlich. »Ich glaube …« Er lachte. »Also, entweder haben Sie den aus dem Diadem von Katharina der Großen geklaut, ohne dass es jemand bemerkt hat …« Er lachte wieder. »Oder er ist das Produkt unserer gemeinsamen Einbildung.«

Die Zimmertür flog auf, und ein gebeugter alter Mann in Unterwäsche und mit Hosenträgern fragte Paschas Schwiegervater: »Hast du ein Klistier übrig?« Dann sah er überrascht zu Pascha und Max. »Du hast Besuch! ’tschuldige. Komme später noch mal.« Er knallte die Tür zu und war wieder weg.

»Mein Nachbar …«, gluckste Gennady. »So, zurück zu Ihrem Diamanten …«

»Er gehört einer Freundin«, sagte Max. »Ich bin auf der Suche nach ihr.«

Gennady machte eine Armbewegung, als wolle er sagen, das ginge ihn nichts an, und studierte abermals den Diamanten durch die Lupe. Dann reichte er ihn Max. Draußen, jenseits des hohen, altmodischen, verstaubten Fensters, schien die Stadt aus einem tiefen Schlaf zu erwachen. Fassaden leuchteten auf, sobald die Sonne hinter den Wolken hervorlugte.

»Sehen Sie das blaue Funkeln?«, sagte er. »Dieser Diamant ist identisch mit den Steinen in dem Diadem, das Katharina einst von einem hohen deutschen Adelshof als Geschenk überreicht bekam.« Er überlegte. »Es hat immer Gerüchte zu diesem Stück gegeben. Zum einen, weil die Diamanten nicht aussahen wie die in anderen Schmuckstücken – damals kamen alle Diamanten aus Flussbetten in Indien oder China. Außerdem war das Diadem einige Jahre verschwunden. Nach dem Krieg sagten manche, es sei in Frankreich, die Franzosen hätten es bei den Deutschen geplündert und alle Steine verscherbelt. Dann hätten sie, um einen Skandal zu vermeiden, neue Steine eingesetzt und das Diadem zurückgegeben. Das klingt aber nicht sinnvoll, weil die neuen Steine – wenn sie denn neu sind – wirklich erstklassig sind. Wahre Schönheiten. Sie sollten sie sich unbedingt ansehen, wenn Sie können. Im Museum ist gerade eine wunderbare Ausstellung.«

»Meine Bekannte ist eine ganz normale Frau«, sagte Max. »Vielleicht ist sie in irgendetwas hineingeraten.«

»Ja«, sagte Gennady, als die Bewohner des Nachbarzimmers sich lautstark darüber stritten, ob Prosa oder Lyrik mehr wert sei und wer damit dran sei, Schnapsnachschub zu besorgen. »Wirklich sehr seltsam.« Der Streit endete mit einem Türenknallen, das den kleinen Raum bis in seine Grundfesten erschütterte. Gennady neigte den Kopf zur Seite. »Früher haben sie selbst gebrannt und verkauft. Schrecklich! Die ganze Nacht kamen Säufer, um ihre Flaschen abzuholen.« Er schüttelte den Kopf. »Wie dem auch sei. Zum Schmuck Ihrer Bekannten. Wenn ich mich recht erinnere, gab es da noch eine Theorie. Nämlich, dass die Franzosen das Diadem nie hatten. Und die Deutschen auch nicht. Nach dem Krieg brauchte Genosse Stalin Diamanten für Werkzeugmaschinen, um das Land wieder aufzubauen. Also sagte Stalin zu seinen Geologen: ›Ihr müsst Diamanten finden!‹ Und sie haben Diamanten gefunden! Aber das hat natürlich gedauert. Und in der Zwischenzeit, so heißt es, haben sie die Juwelen der Zarin benutzt. Später, als die Mirny-Mine geöffnet wurde, ersetzten sie die ursprünglichen Steine im Diadem mit sibirischen. Und dann tauchte das Diadem auf wundersame Weise wieder in Russland auf.«

»Okay«, sagte Max. »Das könnte also ein neuer – oder ziemlich neuer – russischer Diamant sein. Dann geht es mir schon ein bisschen besser.«

»Aber hoffentlich nicht zu gut«, wandte Gennady bedächtig ein. »Eins ist nämlich klar: Dieser Diamant hier ist wertvoller – man könnte auch sagen unschätzbar wertvoller – als die Originale.« Er machte eine Pause, Max hob seine Augenbrauen.

»Ich kenne eine Frau, die half, die ersten russischen Diamanten zu finden. Sie heißt Larissa. Sie kam aus einem Labor in Leningrad«, sagte er. »Wenn Sie die ganze Geschichte hören wollen, erzählt sie die Ihnen sicher. Ich muss mir eine gute Geschichte ausdenken. Ihr erzählen, dass Sie irgendjemand ganz Wichtiges sind.«

In seinen uralten Filzpantoffeln schlurfte Gennady aus dem Zimmer, schloss die Tür und ging zum einzigen Telefon der Kommunalka. Pascha und Max machten es sich auf dem Sofa bequem, das Gennady auch als Bett diente, und gaben sich ihren Kopfschmerzen hin, während die Stimme des Alten durch den Flur hallte. Von oben hörten sie, wie Möbel gerückt wurden, erst dumpf, dann kreischend, gefolgt von einem sehr lauten, dumpfen Schlag, gefolgt von Stille.

Kaum hörten sie das Klicken des großen, schweren Hörers auf der Gabel – Max hatte das Telefon gleich bemerkt, als sie hereinkamen –, rappelten die beiden Männer sich wieder auf und standen still. Gennady sagte, Larissas Enkel wolle sich in einer Stunde am Revolutionsplatz mit Max treffen.

Er beäugte den Diamanten, der immer noch auf seiner Werkbank lag. »Sie ist allerdings inzwischen fast blind. Es würde also nicht viel bringen, ihn ihr zu zeigen – aber das wäre sowieso keine gute Idee. Man kann nie wissen, wem sie davon erzählt. Sie hatte immer gute Beziehungen zum KGB.«

Max nickte. »Danke«, sagte er und verneigte sich leicht. »Vielen, vielen Dank.«

»Moment. Wenn Sie wollen …«, sagte Gennady, »können wir den Stein in eine andere Fassung packen. Irgendwas Billiges.«

Er ging zu einer Werkbank in seinem Zimmer und durchwühlte die Schubladen. Dann fand er etwas, legte es auf die Bank, entfernte etwas Glänzendes daraus. Dann löste er den Diamanten aus der Billigfassung des Rings, entfachte eine Lötlampe und setzte den Stein in den anderen Gegenstand ein. Er überreichte Max ein billiges Taschenmesser mit einer nackten Frau darauf. Der Diamant funkelte jetzt zwischen ihren Beinen.

Zu guter Letzt holte Gennady eine Kerze. Ganz langsam und behutsam rieb er damit über den Diamanten. Er gab Max den mattierten Edelstein zurück, Max ließ das Messer in der Hosentasche verschwinden. »Kann nicht schaden«, sagte er, »wenn er nicht ganz so arg funkelt.«

Am oberen Treppenabsatz sagte Max: »Komm, wir nehmen den Aufzug.«

Pascha sah ihn etwas verwundert an, folgte ihm aber. Max drückte auf den Rufknopf, worauf der Fahrstuhl losrumpelte. Der machte noch mehr Lärm, als er gehofft hatte, dachte Max. Die Türen öffneten sich schwerfällig. Eigentlich war nur Platz für eine Person darin, aber sie gingen beide hinein und arrangierten sich, Schulter an Schulter, Kopf an Kopf.

Der Aufzug war schwarz, im Ventilator über ihnen klemmte eine Nadel. Die Süchtigen auf dem Dachboden, dachte Max. Er musterte Pascha noch einmal von Kopf bis Fuß, als die Tür sich krachend wieder schloss. Größe, Gewicht, Haarfarbe. Ja, würde hinkommen. Der Aufzug ächzte, machte einen Ruck und fuhr dann klappernd nach unten.

»Pascha«, flüsterte Max, sobald es laut genug war. »Du musst mir noch einen Gefallen tun.«

»Noch einen!?«

Max nickte und flüsterte etwas. Mit einem lauten Klirren geriet der Aufzug ins Stocken, dann fuhr er wieder weiter. Der Antrieb klemmte, und Pascha seufzte. »Na, dann wollen wir hoffen, dass ich nicht dieses Wochenende beschließe, nach Paris zu emigrieren«, sagte er und zog seinen Ausweis aus der Tasche. Als die Türen sich zu dem Eingangsbereich öffneten, einst der eines stattlichen deutschen Kaufmanns, befand sich Paschas Ausweis sicher in Max' Manteltasche.

»Nicht vergessen«, rief Pascha ihm hinterher, nachdem sie sich auf dem Gehsteig voneinander verabschiedet hatten. »In drei Wochen fliege ich mit meiner Frau nach Korsika! Ich bin vorher viel unterwegs. Wir sehen uns. Hier oder in Moskau.«

Einen weniger wachsamen Mann hätte das Auto – ein frisierter Lada postsowjetischen Fabrikats, dessen Stoßstange mit Klebeband fixiert war – gnadenlos umgenietet.

»Einsteigen!«, rief der Fahrer, dessen langes blondes Haar zu einem fettigen Pferdeschwanz zurückgebunden war. »Sie sind also einer von Paschas Künstlerfreunden, ja?«

Max nickte. Auf der Autobahn lagen Steinhaufen herum, ohne jede Warnung.

»Und Sie drehen eine Reportage über unsere Diamanten?«

Also das hatte Gennady ihnen erzählt, dachte Max.

»Wir sind noch in der Recherchephase«, sagte er. »Ist noch nicht sicher, ob wir das Geld dafür bekommen.«

Der Wagen machte einen Schlenker nach links. »Larissas Enkel« – so hatte er sich vorgestellt – trommelte mit den Fingern auf dem Plastikarmaturenbrett.

»Aber wenn Sie das Geld kriegen, dann bezahlen Sie den Mitwirkenden auch was, oder?«

»Es wird eine Reportage«, betonte Max noch mal. Sie kamen an einer neuen Raststätte in einer Plastikhütte vorbei und an einer alten, rot polierten Steintafel, die auf einen Lenin-Schrein hinwies. »Aber ja. Nicht viel, aber etwas.«

»Gut«, sagte Larissas Enkel und gab Gas, als der Verkehr dünner wurde. »Meine Großmutter könnte nämlich gut ein bisschen Knete gebrauchen. Sie ist fast völlig blind. Ist nicht leicht.«

»Sehr schwierig!«, schrie Max gegen den Lärm des Wagens an. Die Bäume am Straßenrand waren ganz staubig von den Abgasen.

»Aber sie ist immer noch blitzgescheit!«

»Ja, das hat Gennady mir erzählt!« Max bemühte sich, nicht zusammenzuzucken, als sie einen schlenkernden Laster überholten. Ohne zu blinken, ohne den Fuß vom Gas zu nehmen, bog die Klapperkiste auf eine unbefestigte Straße ab, der Wagen holperte über die Schlaglöcher. Hier war es deutlich ruhiger, der Enkel sprach in normaler Lautstärke weiter.

»Haben Sie schon mal von dem Schachspieler gehört? Karimazov?«, fragte er.

Max nickte.

»Der hat die Nachbardatsche. Und er hat einen Enkel, ungefähr in meinem Alter. Wir kennen ihn schon ewig. War immer ein bisschen komisch. Aber sehr intelligent! Er hatte es nicht leicht, ist immer überall angeeckt. Und vor ein paar Jahren hat er dann beschlossen, Wikinger zu werden. Ist in die Datsche gezogen, hat sich Internet besorgt. Und Anleitungen heruntergeladen, wie man aus einem Baumstamm ein Wikingerboot baut, so ein Einbaum-Dings.«

Larissas Enkel bog auf einen dunklen, grünen Weg und schaltete den Motor ab. Sie stiegen aus.

»Und als er damit fertig war, ist er weg! Bis nach Finnland gepaddelt. Und raten Sie, wen er mitten auf dem Meer trifft? Einen finnischen Wikinger! In einem Einbaum! Auf dem Weg nach Russland! Das zeigt doch, dass man nie ganz allein ist. Als er wieder zu Hause war, wurde er total antiamerikanisch. Nichts gegen Sie! Hat beschlossen, sich al-Qaida anzuschließen. Seitdem hat keiner mehr was von ihm gehört.«

Max pfiff anerkennend. Sie fuhren an einem kleinen Natursee vorbei. Seine Oberfläche war vollkommen schwarz, wie ein Spiegel in einem dunklen Raum. »Die Seen hier haben Zauberkräfte«, sagte der Enkel. »Vielleicht könnten Sie darüber einen Film drehen.«

Durch die Bäume waren die ersten Datschen zu erkennen. Klein, aus Holz, vermutlich selbst gebaut, auf kleinen, dicht bewachsenen Grundstücken. Durch einen Garten gingen sie auf ein schmales, zweistöckiges Haus zu. Blühender Wein kletterte am verwitterten grauen Holz hinauf, verschlang es. Hinter dem Haus war eine zarte Frauenstimme zu hören. Leicht gebeugt saß eine winzige Alte mit einem Heiligenschein aus weißem Haar über einem verschnörkelten, weiß gestrichenen, schmiedeeisernen Tisch. Zu ihrer Rechten stand ein Samowar, vor ihr warteten Teller voller Beeren und Sahne.

»Bitte, setzen Sie sich!«, trällerte sie, den Blick ins Leere gerichtet.

»Babuschka!«, rief ihr Enkel, als sei sie fast taub, nicht fast blind. »Er ist ein großer Hollywoodstar! Er will was über die Diamanten wissen!«

»Also, wir sind nur eine ganz kleine Produktionsfirma …«, sagte Max, doch da schnitt Larissa ihm das Wort ab.

»Ja, ja«, sagte sie. »Hat Gennady mir doch schon am Telefon gesagt.«

Max hatte eine Flasche Wein mitgebracht, die er nun auf den Tisch stellte. Die alte Frau streckte die Hand danach aus, befühlte sie. Sie nickte zum Dank. Max setzte sich auf die harte Metallbank. »Ich dachte, Sie könnten mir vielleicht ein bisschen was von damals erzählen«, sagte er. »Für unseren Film. Wie Sie sibirische Diamanten fanden. Das muss doch wahnsinnig aufregend gewesen sein.«

»Ja, das waren ganz wunderbare Zeiten«, sagte Larissa, die Augen halb geschlossen, und nickte. Dann sah sie Max aus ihren glasigen Augen direkt an. »Na, da war ich ja auch jung«, fügte sie hinzu und ließ den Kopf wieder hängen. »Und wenn man jung ist, dann spielt es keine Rolle, wie arm man ist, man ist einfach nur gespannt aufs Leben.«

»Stimmt«, antwortete Max.

Sie schenkte Tee ein, zitternd, und die Sonne schien hinter den Wolken über ihnen hervor, verlieh ihnen silberne und goldene Ränder.

»Der Krieg war vorbei, und Stalin wurde klar, dass wir, wenn Russland industrialisiert werden sollte, Diamanten brauchten. Für Maschinen und so. Russland war bis dahin in Sachen Diamanten nämlich abhängig von Südafrika. Und als sich der Kalte Krieg abzeichnete, hatten wir Angst, dass wir bald ohne Nachschub sein würden. Als Stalin dann sagte, wir müssten unsere eigenen Diamanten finden, gab es zwei Möglichkeiten: Entweder finden wir tatsächlich welche – an der Suche war ich als Geologin beteiligt – oder wir stellen sie künstlich her. Ein Team in Leningrad begann, die Möglichkeiten zu untersuchen. Wir konnten sehen, dass es in Sibirien, in Jakutien, einen ›Schild‹ gab – eine geologische Form – ähnlich dem südafrikanischen ›Schild‹, wo es Diamanten gab. Das war eine ziemlich gewagte Theorie – in Russland hatte man noch nie Diamanten gefunden. Noch nie. Aber im Winter '47 hat sich dann ein Forschungsteam auf den Weg gemacht. Vollkommen unzureichend ausgerüstet. Die Temperaturen dort können bis siebzig Grad unter null sinken. Fast alle sind umgekommen.«

»Sehr traurig«, sagte Max.

Larissa zuckte die Achseln. »Ein halbes Jahr später unternahm man einen weiteren Versuch. Dieses Mal scheute Moskau keine Kosten. Das Team schickte uns Bodenproben nach Leningrad. Aber sie fanden keine Diamanten. Wir waren extrem desillusioniert. Eines Abends, im Labor, fiel mir auf, dass die Proben der letzten Tage Spuren von blutrotem Granat enthielten. Das erinnerte mich an etwas ...«

»Nämlich?«

»Ich hab Bücher gewälzt, und ich hab's gefunden. In Südafrika hatte man Granat in unmittelbarer Nähe von Diamantschloten gefunden. Also hab ich ihnen gesagt, sie sollen sich nahe am Granat halten. Wenige Wochen später erhielt Moskau eine Funkmeldung: Einer der Geologen hatte einen Fuchsbau entdeckt. Die Erde, die der Fuchs aus dem Bau schob, war blau – das Ergebnis von Granat im Boden. Am Boden des Fuchsbaus entdeckte er ihn: den Diamantschlot. ›Uns schlottern hier die Knie‹, funkte er.

Das war der Code, und Mann, was haben wir gefeiert, als wir das hörten! Die Mutter eines Mitarbeiters hatte aus Kischinau einen Koffer voll geräuchertem Speck mit dem Zug geschickt, und er rannte nach Hause, um ihn zu holen. Unser Chef spendierte eine Flasche Champagner, und wir haben die ganze Nacht gefeiert. Später wurde aus der Stelle dann der Mirny-Schlot. In seiner Qualität nur noch übertroffen von dem etwas kleineren Schlot bei Diamansk, der bald erschöpft war, aber wirklich spektakuläre Steine hervorbrachte. Einige Monate später wurde ich Teil der Expedition. Allein die Reise dorthin war das reinste Abenteuer! Aber ich möchte sie nicht missen. Ich habe die erste Grabung gesehen. Ich habe alles gesehen. Die reinsten Diamanten der Welt! Und ich habe geholfen, sie zu finden. Darauf werde ich immer stolz sein.«

Die alte Frau seufzte, die Sonne versteckte sich hinter einer Wolke und tauchte den Garten in Schatten.

»Und so wurde Russland zu einem der größten Diamantenproduzenten der Welt!«, sagte Max.

»Na ja, ganz so einfach, wie Sie sich das vorstellen, war das nun nicht, mein Junge!«

»Wie meinen Sie das?«, fragte Max.

Larissa lächelte zufrieden, ihre glasigen Augen huschten hin und her.

»Das ist eine extrem seltsame Geschichte – vielleicht perfekt für Ihren Hollywoodfilm! Möchten Sie sie hören?«

»Sehr gerne«, erwiderte Max.

»Das glaube ich!«, sagte die alte Frau. »Aber wenn Sie den Film machen, zahlen Sie mir auch was für die Geschichte, ja? Sie können sich überhaupt nicht vorstellen, wovon wir hier leben müssen, seit es die Sowjetunion nicht mehr gibt. Fünfzig Jahre habe ich für mein Land geschuftet. Und jetzt bekomme ich gerade mal – Moment, wie viel ist das in Dollar? Fünfzig im Monat als Rente.«

Max schüttelte den Kopf. »Also, wenn ich diesen Film tatsächlich machen kann, dann können wir Ihnen mehr als fünfzig Dollar zahlen.«

»Wie viel?«

»Ein paar tausend. Wenn alles klappt.«

Sie seufzte. »Besser als nichts. Obwohl ich von Hollywood ein bisschen mehr erwartet hätte.«

Max schwieg. Der Enkel schenkte Tee nach. Die alte Frau nahm eine Tasse aus dünnem Porzellan mit Goldrand entgegen, sog den Duft tief ein und nippte daran.

»Also … zuerst«, sagte sie, »war alles ganz normal. Das heißt, die Mine spuckte atemberaubende, erstklassige Diamanten aus. Nicht die farblosen, die für Maschinenwerkzeuge verwendet werden, sondern Schmuckqualität. Und zwar höchste Schmuckqualität! Die Diamanten leuchteten wunderbar blau. Der Fund war bares Geld wert, und der Chef der Mine in Diamansk nannte sich denn auch gerne ›Russlands Finanzminister‹.

Merkwürdig wurde es dann erst später. Die meisten Diamantminen – die übrigens eher in subtropischen Zonen vorkommen, nicht in tiefgefrorenen Landschaften, in denen Gummi wie Glas zersplittert – bringen in den ersten fünf Jahren die größten Erträge. Danach lässt die Produktion dramatisch nach. Aber Diamansk, die als Mine eigentlich bedeutend kleiner war als ihre Gegenstücke in Südafrika, brachte mit jedem Jahr mehr hervor. Gut, die Qualität ließ nach. Die Steine waren nicht mehr lupenrein und leuchteten auch nicht mehr blau. Stattdessen hatten sie eher eine grünliche Nuance und sahen sich alle ähnlich – in Größe, Form und Schliff –, sodass sie bald als ›Bierflaschen-Bären‹ bekannt wurden. Sie sahen aus, als seien sie industriell gefertigt worden.

Das hat die Südafrikaner natürlich ziemlich gewurmt. Sie waren gezwungen, diese Bierflaschen-Bären zu kaufen –

sonst hätten sie riskiert, dass die Russen den Markt verderben. Logisch. Jedes Jahr glaubten sie, das Vorkommen müsste bald erschöpft sein. Und jedes Jahr hatten die Russen mehr.«

»Wie war das möglich?«, fragte Max. »Haben die Russen die synthetisch hergestellt?«

»Das wäre natürlich das noch viel größere Mysterium gewesen! Der Westen verfügte damals nicht im Entferntesten über die Technologie, mit der man Diamanten synthetisch herstellt. Natürlich gab es Gerüchte: dass Physiker in Kiew eine zehn Stockwerke hohe Presse entwickelt hätten, in der sie aus Kohlenstoff Diamanten machten.

Andere meinten, es gäbe geheime Minen und dass die Diamanten von den übrig gebliebenen Horden uralter Zivilisationen stammten, dass die SU mit mystischen Wesen in Kontakt stand und so weiter. Es gibt in der Gegend nämlich einen Volksstamm, der glaubt, dass Zeit nicht linear verläuft. Die Angehörigen des Stammes sagen, die Zeit sei eine Landschaft oder so ähnlich. Eine Fläche, auf der man sich bewegen kann, wie man will. In jede Richtung.

Ich habe mal einen wunderbaren jungen Mann kennengelernt, einen Physiker, der in der Gegend arbeitete. Anton Samodelkin hieß der. Er hatte sich in die Wälder zurückgezogen und lebte da bei einem Stamm. Die nennen sich ›Zeitreisende‹, weil sie angeblich Zugang zur energetischen Welt haben, der es ihnen erlaubt, sich frei durch Raum und Zeit zu bewegen. ›In der Zeit kann man sich vorwärts und rückwärts bewegen, kreuz und quer‹, so hat mir das Samodelkin erklärt.«

Sie lachte. Ein glockenhelles, angenehmes Lachen. Max schnappte den vom Samowar ausgehenden Salbeiduft auf.

»Natürlich war der komplett übergeschnappt«, sagte die

Alte. »Aber ein sehr liebenswerter Mann. Mir hat sich durch ihn eine völlig neue Theorie zum Diamantschlot eröffnet. Er hat gesagt, die SU würde die Diamanten doch wahrscheinlich aus der Zukunft holen!«

Dieses Mal fiel Max in ihr helles Lachen ein. Hätte sie geweint, hätte er mit ihr geweint. War das heuchlerisch? Das fragte er sich nie. Damals, als er angefangen hatte und Rex noch für ihn zuständig war, hatte der alte Mann Max eines Tages beiseitegenommen und geraunt: »Deine empathische Art ist enorm wirkungsvoll.« Sein billiger Anzug stank nach kaltem Zigarettenrauch. »Und darauf kommt es an. Nur darauf kommt es an.«

»Was wäre wenn?«-Fragen hatten natürlich keinen Sinn. Trotzdem fragte Max sich manchmal, was gewesen wäre, wenn Rex nicht zur Nachbereitung dieser einen zwölfstündigen Krisensitzung in sein Büro zurückgegangen und vor seinem Computer an einem Hirnaneurysma gestorben wäre. Gut, für jemanden, der seinen Beruf so sehr liebte wie Rex, war das nicht die schlimmste Art, abzutreten. Aber wenn es nicht passiert wäre, wenn Rex noch am Leben wäre – wäre Max' Weg dann anders verlaufen? Oder hätte Rex ihn auch aufgegeben?

Als das Lachen verebbte, stellte Max eine Frage. Er war sich nicht sicher, ob Larissa eher verlässlich oder senil war. »Und? Glauben Sie, dass dieser Samodelkin recht hatte?«

Larissa zuckte die Achseln. »Es gibt mehr Ding' im Himmel und auf Erden, Horatio …«, sagte sie und hielt dann inne. »Aber in meinen Ohren klang das alles sehr unwissenschaftlich. Noch eine Tasse Tee?« Max verneinte.

Er verabschiedete sich und verließ gedankenverloren die Datsche. Viel hatte er nicht erfahren, fand er. Und doch hatte ihm der Besuch gutgetan. Die Schönheit der karelianischen Natur. Das hinter den Kumuluswolken hervorblitzende Licht, das ihre Ränder vergoldete. Schwarze Seen. Heidelbeeren.

Larissas Enkel brachte Max zum Bahnhof und fuhr dann zurück zur Datsche. Seine Großmutter blieb noch draußen sitzen und rauchte.

»Und? Was hältst du von ihm?«, fragte er, als er wiederkam.

Sie ließ sich Zeit mit ihrer Antwort, ihr Haar wie ein blasser Heiligenschein. »Er war ein guter Zuhörer.«

# KAPITEL 18

Dascha starrte gedankenverloren in die braunen Augen auf dem Foto in ihrem Pass. Sie waren tiefgründig, nachdenklich, vorwurfsvoll und zogen die grünen Augen der Betrachterin ein ums andere Mal in ihren Bann. Und wieder quälten die Frau mit den grünen Augen Gewissensbisse. Sie hatte die echte Dascha nur ein einziges Mal gesehen. An jenem kalten Januarabend in Moskau hatte die echte Daria Denisnowa Kedrowa ganz in Schwarz am Patriarchenteich unter dem Schild mit den drei Figuren gesessen – einem dicken Mann, einem dünnen Mann und einer Katze –, eine Warnung davor, mit Fremden zu sprechen. Sie saß vollkommen reglos, als würde sie sich ausruhen. Sonja – damals noch Sonja – hatte Bulgakow schon immer geliebt. Und laut Bulgakow war dieser Teich einer der spirituellsten Orte Moskaus.

Es war ein kalter Abend, spät, und es waren kaum Menschen auf der Straße. Die wenigen, die draußen waren, eilten geduckt und in Schals gewickelt durch den beißenden, Schnee vor sich hertreibenden Wind. Nur Sonja, gerade zurück aus Washington und vom Jetlag ziemlich geschlaucht, war dennoch wachsam dank ihrer ganz eigenen Ängste. Sie ging nah genug an der Frau auf der Bank vorbei, um zu bemerken, dass da etwas nicht stimmte. Die schlanke, schwarz gekleidete Gestalt war vollkommen reglos. Um nicht zu sagen leblos. Sonja war in Eile: Sie musste für ihr Treffen mit Constantin noch etwas Passendes finden. Die Anweisungen waren recht genau: Kein Zutritt ohne Nachtclubkleid.

Und so merkwürdig die Situation hier auch war – Sonja

blieb stehen bei der Frau, ging neben ihr in die Hocke und nahm ihr eiskaltes Handgelenk. Kein Puls. Da erkannte Sonja die Ähnlichkeit der Frau mit sich selbst – das Gesicht, die Figur. Als wäre sie eine Vision ihrer eigenen Zukunft. Ein Geist! Eine Warnung! Sonja verdrängte diese Gedanken. Jetzt musste sie praktisch denken. Sie durchsuchte die Handtasche der Frau nach ihrem Ausweis.

»Ehrlich«, sagte sie wieder mal zu dem Foto, das sie jetzt betrachtete, mit den tiefbraunen Augen, die ihren in Form und Ausdruck, aber nicht in der Farbe, so ähnlich waren. »Ich wollte nur wissen, wer du bist.«

Doch als Sonja den Pass schließlich fand, hatte sie eine andere Idee. Sie ließ Daschas Pass in ihrer Handtasche und ihren eigenen Pass in Daschas Handtasche verschwinden. Sie nahm Daschas Handy und rief anonym bei der Polizei an. »Hier ist eine tote Frau«, sagte sie. »Eine Sonja Ostranowa.« Und dann war sie davongeeilt, in die dunkle Nacht. Eine völlig neue Frau.

# 3. TEIL

# KAPITEL 19

Das Hotel Metropol erhob sich vor ihm, eine trauernde, gebogene, sich in der Nacht versteckende Jugendstil-Erscheinung. Der Rote Platz war fünf Gehminuten und eine ganze Welt entfernt. Auf der anderen Seite der sechsspurigen Straße mit ihrem tödlichen Verkehr, die man nur unterirdisch überqueren konnte, glitzerte das frisch renovierte, in Licht gebadete Bolschoi-Theater.

Aber das Metropol lag im Schatten. Max hatte das Gefühl, dass es immer im Schatten liegen, immer ein Schattendasein führen würde wie ein Besucher aus einer anderen Dimension.

Bevor er es betrat, betrachtete er die glasierten Ziegel, die glänzenden Locken der Frauen, ihre weichen, auf dem Rücken liegenden Körper, die riesigen, meergrünen Lilien. Er entdeckte sie wieder. Erst die eine, dann die andere. So kunstvoll verschnörkelt geschrieben, dass sie fast nicht lesbar waren. Die Originalinschrift an der Fassade stammte von Nietzsche, *Jenseits von Gut und Böse*. Sie lautete: »Wenn man sich sein Haus fertig gebaut hat, merkt man, unversehens etwas dabei gelernt zu haben, das man schlechterdings hätte wissen müssen, bevor man zu bauen anfing. Das ewige leidige ›Zu spät!‹.«

Die zweite Inschrift war später hinzugekommen. Auch sie lesbar an den feinen, glasierten Ziegeln. Lenin: »Die Diktatur des Proletariats kann die Menschheit von der Knechtschaft des Kapitals erlösen.«

Max schüttelte den Kopf. Dann nickte er den Verbrechern

in Anzügen, die den Eingang bewachten, zu. Sie erwiderten sein Nicken nicht.

Der Flug war angenehm gewesen – er hatte den Rest seines Bargeldes darauf verwendet, am Flughafen ein Ticket zu kaufen, und nur kurz Paschas Pass gezeigt. Er hatte es fein säuberlich zusammengefaltet und eingesteckt. Wenigstens diese Kosten sollte Dunkirk ihm erstatten. Jetzt huschte er die Marmortreppe hinauf und durchquerte die grüne Lobby. Max zog die Schlüsselkarte aus seiner Brieftasche und betrat sein Zimmer.

Alles in Ordnung. Er öffnete den Schrank. Sein deutscher Anzug. Max lächelte. Er probierte die Jacke an. Passte immer noch.

Max legte sich in voller Montur aufs Bett. Er hatte noch einen Tag Zeit, dann würde er für die Kanadier nach Nowosibirsk fliegen. Friedlich dachte er darüber nach, welche positiven Auswirkungen dieser privatwirtschaftliche Auftrag auf sein Einkommen und seine Liquidität haben würde. Wenn das Geld erst auf seinem Konto war, würde er einen Großteil von Roses Renovierungsschulden abbezahlen können. Nicht alle, aber einen Großteil. Dann würde er besser schlafen. Dann würde er ihr von seinem Einsatz erzählen. Er sah schon vor sich, wie ihre blauen Augen sich erst vor Enttäuschung und dann vor Angst weiteten. Sie würde ihn fragen, ob sie auch wieder anfangen solle zu arbeiten, und würde erzählen, dass ihre Panikattacken nachgelassen und die Medikamente angeschlagen hätten, dass sie sich jetzt manchmal fast ganz normal fühlte. Und er würde den Kopf schütteln. Er würde ihr den Gehaltsscheck zeigen und ihr erklären, dass die Lage gar nicht so schlecht war, wie es sich anhörte. Dass sein, ihr gemeinsames, Einkommen nicht mehr so regelmäßig sein würde wie früher. Aber, wie Nightshade gesagt hatte, als Freelancer konnte er de facto mehr verdienen.

Max erwachte vom Klingeln des Telefons. Er streckte den Arm zum Nachttisch aus und nahm ab. Eine kanadische Stimme erklang: »Tut mir leid, dass ich mitten in der Nacht anrufe«, sagte die Stimme freundlich auf jene großzügige Nationalpark-Ranger-Art.

»Kein Problem«, antwortete Max. »Ich bin perfekt auf das Treffen mit Ihren Leuten morgen Abend vorbereitet.«

»Genau deshalb rufe ich an, Max. Sehen Sie, wir haben hier nämlich noch ein paar Umstrukturierungen vorgenommen, und wie es aussieht, wird unser Russland-Portfolio noch einmal optimiert. Das heißt: Wir brauchen Ihre Dienste fürs Erste nicht mehr.«

»Fürs Erste?«, fragte Max.

Betretenes Schweigen. »Wir brauchen Sie nicht, wäre korrekter ausgedrückt. Aber selbstverständlich ...«, fuhr die Stimme fort, »werden wir Ihren Namen mit unserer Empfehlung an die neuen Eigentümer weitergeben. Die werden das geplante Joint Venture vielleicht noch einmal neu bewerten. Aber wir sind da nicht mehr involviert.«

»Und was ist mit meinem Honorar?«

»Na ja ... Wenn Sie den Vertrag lesen, werden Sie sehen, dass das Honorar fällig wird bei Erfüllung des Auftrags. Im Falle einer Stornierung haben Sie leider keinen Honoraranspruch. Die Kosten für das Hotel werden wir natürlich noch bis morgen übernehmen. Und ich vermute, Sie haben bereits ein Rückflugticket?«

»Ja«, sagte Max.

»Wie ärgerlich«, antwortete der Mann. »Versuchen Sie mal, ob Sie es zurückgeben können. Wenn nicht, ist es auch okay. Dann bezahlen wir dafür. Dazu sind wir vertraglich verpflichtet. Okay. Dann wünsche ich Ihnen noch eine schöne Zeit in Moskau. Würde mich freuen, mal wieder mit Ihnen zusammenzuarbeiten.«

Die Leitung wurde unterbrochen. Max stöhnte. Er trottete zur Minibar, bediente sich großzügig und legte sich dann wieder schlafen.

# KAPITEL 20

Die Frau, die sich Dascha nannte, stand neben dem kleinen, als Bushaltestelle dienenden Metallverschlag und wartete. Sie war zu dünn und schrecklich müde. Warum, wusste sie nicht. Vielleicht war es das durchgeknallte Spätsommerwetter. Alle sagten, es müsste längst schneien. Sie trug den engen Rock, den sie in der Stadt gekauft hatte, billig, und ein Oberteil, unter dem sich ihr BH abzeichnete.

Sie beobachtete die schlammige Straße. Kein Bus. Stattdessen näherte sich ein riesiger Schwarm Mücken. Die Wolke bewegte sich direkt über der Straße, als würde sie auf ihr fahren, getrieben, kam immer näher und verunzierte die saftig grüne Landschaft.

Ein Motorengeräusch durchdrang den ruhigen Morgen, ein willkommener Kontrapunkt zum Gezwitscher der Vögel. Daschas Herz machte einen Sprung. Dann tauchte hinter der schwarzen Mückenwolke ein schlammverschmierter Lada auf. Er durchbrach die Wolke, und seine lila Farbe wurde unter dem Schlamm erkennbar. Ihr Herz sank wieder. Dascha trat zurück, aber es war zu spät. Der Fahrer hatte sie gesehen. Der Lada hielt an der Bushaltestelle. Ein Mann Marke Naturbursche mit grau melierten Haaren und tiefen Lachfalten bedeutete ihr, einzusteigen. Sie zögerte.

»Ich bin Grigor Borisowitsch Schagin«, rief er über den Lärm des Motors hinweg. »Und Sie sind eine schöne Frau, die auf einen Bus wartet, der bis nächsten Dienstag nicht fährt. Kommen Sie, ich bringe Sie, wohin Sie wollen! Bitte.«

Dascha musste lächeln. Es war lange her, seit sie zuletzt

gelächelt hatte, fiel ihr auf, als sich die Muskeln in ihrem Gesicht auf ungewohnte Weise verzogen. Sie tänzelte um eine Pfütze herum – ihre Sandalen hatten so hohe Absätze, dass sie meinte, in Spitzenschuhen zu tanzen – und kletterte dankbar auf den Beifahrersitz.

»Ich möchte zum Krater«, sagte sie. »Den vom Meteoriten.«

»Ah!«, sagte Grigor. »Unser alter Krater! Ja, natürlich.«

Auf der ziemlich holprigen Fahrt machte Grigor Witze und lachte viel. Er erzählte Dascha alles über sich, sofort. Er war Geologe, arbeitete aber auch als Schweißer, wenn es keine Arbeit für Geologen gab. Seine Frau war krank gewesen und gestorben. »Manchmal«, sagte er und lachte dabei, »wenn ich schweiße, denke ich: Ich will mich selbst wieder zusammensetzen. Mit einem Schweißgerät!«

Er war ein intelligenter und freundlicher Mann, und Dascha stellte überrascht fest, dass sie ihn mochte. Sie erzählte, dass sie aus Moskau kam und im Ausland gewesen sei und sich jetzt um ihre kranke Tante kümmere. Die Großcousine ihrer Mutter.

»Ach, Sie sind die Cousine!«, sagte Grigor. »Wir haben uns alle die ganze Zeit gefragt, wer da bei der alten Dame ist. Wer hätte das gedacht, dass unsere alte Olga so eine reizende Cousine hat! Kein Wunder, dass wir sie nicht bei den Ortsversammlungen oder den Feiern sehen durften! Wie im Märchen: Die Hexe will die junge Schönheit für sich allein haben.« Er verstummte und sah Dascha ironisch lächelnd an. »Sie hat bestimmt alle möglichen Geschichten über die Schamanen erzählt?«

Sonja nickte. »Die Zeit als Landschaft, auf der man herumlaufen kann, vorwärts und rückwärts, vorwärts und rückwärts, und so …«, sagte sie.

Grigor lachte. »Und? Wär das nicht toll, wenn das so wäre?« Dann fügte er langsam hinzu, immer noch mit einem Lachen im Blick, als wolle er ihr versichern, dass er nicht neugierig sein wollte: »Aber ist doch komisch. Olga erzählt die ganze Zeit, Sie seien krank und könnten das Haus nicht verlassen. Eine Sache, die natürlich alle Hausfrauen hier schwer bezweifeln, nachdem sie Sie auf dem Markt wie eine Löwin mit den Mädchen haben handeln sehen.«

Dascha schwieg. Sie hatte der Alten erzählt, dass sie auf der Flucht war. Vor einem grauenhaften Ehemann. Dass sie gerne auf der Küchenbank schlafen könnte und gut dafür bezahlen würde. Dass aber niemand wissen dürfe, dass sie da sei. Grigor beobachtete sie aus dem Augenwinkel und hatte den Eindruck, sie würde sich versteifen, als verspüre sie tief im Innern einen heftigen Schmerz. Er hatte das Gefühl, sie verletzt zu haben, und das tat ihm leid. Um es wiedergutzumachen, fragte er sie, warum sie zum Krater wolle. Ob sie davon gelesen hätte? Ob man in Moskau darüber reden würde, über ihren wunderschönen Krater? Oder ob er in einem Reiseführer stand?

Nach einer gewissen Überwindung begann sie zu sprechen. (Ah, dachte Grigor, ihr Schmerz geht nicht einfach so weg. Na ja, dieser Ort war auf Schmerzen gebaut, auf Schmerzen, die Jahrzehnt für Jahrzehnt in der Kälte konserviert worden waren. Aber jetzt, in diesem Augenblick, in diesem kurzen, kostbaren Sommer, tauten sie auf, und alle konnten atmen. Er würde sie schon noch umstimmen, ganz bestimmt!)

»Ich möchte einfach nur den Krater sehen«, sagte sie schließlich. »Muss sehr interessant sein. Olga Borisowna hat zu Hause einen Kristall liegen, den sie dort gefunden hat. Ein wunderschöner Stein, ganz klar. Den ganzen Winter habe ich ihn angesehen und mir vorgestellt, ich könnte die Stelle ansehen, wo der Meteorit eingeschlagen ist. Ich habe mir vorgestellt, wie das gewesen sein muss vor Urzeiten. Hab mir vorgestellt, dass ich quer durch den Krater laufe und dass in seiner Mitte irgendetwas Besonderes wäre. Etwas Pures, Reines, Echtes.«

»Der Krater ist faszinierend.« Grigor nickte. »Die Einheimischen sagen, von ihm gingen starke spirituelle Kräfte aus. Heilkräfte, aber auch zerstörerische Kräfte. Ich bin ja von Haus aus Geologe. Bei unserer Ausbildung haben wir nie von solchen Sachen geredet. Unwissenschaftlich! Aber manchmal, wenn ich da allein bin, dann … Also, dann kann ich mir das schon vorstellen.« Er runzelte die Stirn. »Aber einen Kristall? Hmm, habe ich da noch nie gesehen. Aber zur Kraterkante ist es nicht weit. Soll ich Sie jetzt hinbringen?«

Er sah sie an, und Dascha meinte, eine Veränderung in seinem Gesicht zu sehen. Seine Miene wurde weicher. »Oder ist Ihnen, nachdem Sie monatelang die Krankenschwester gespielt haben, vielleicht erst mal mehr danach, irgendwohin zu gehen, wo wir unter einem Sonnenschirm sitzen, ein Bier trinken und die Schmetterlinge beobachten können?«

In seinem Blick lag etwas so Sanftes, Offenes, dass Dascha ins Wanken geriet. Sie war plötzlich so unendlich müde und hatte allergrößte Lust, sich hinzusetzen und Schmetterlinge zu beobachten. Und sie musste praktisch denken. Der Krater war riesig. Jemand, der sich dort auskannte, würde ihr sehr hilfreich sein – wenn es dort etwas zu finden gab. Sie nickte.

»Prima, abgemacht«, sagte Grigor, und die Schatten in seinem Gesicht lösten sich kurz in Luft auf. »Und ich besorge mir eine Einladung in die Wohnung der alten Olga, damit ich mir ihren sogenannten ›Kristall‹ ansehen kann. Ich bin neugierig!«

# KAPITEL 21

Max schlief lange. Ein Klopfen an der Tür weckte ihn, gefolgt von der Stimme eines Zimmermädchens, das fragte, ob er immer noch vorhabe, heute auszuchecken. »Ja!«, schrie Max beinahe. »Herrgott noch mal, ja! Geben Sie mir eine Stunde. Zwei.« Sie nickte und zog sich zurück. Er setzte sich auf. Sein Kopf war schwer wie Blei. Was sollte er jetzt tun? Du musst es Rose sagen, flüsterte eine Stimme. Nein, hielt er dagegen. Nein! Er duschte, betrachtete die Meerjungfrau mit den roten Haaren. Zog sich an. Ging über die Feuertreppe hinunter in die Lobby.

Über den riesigen Speisesaal mit den nutzlosen Balkonen wölbte sich eine Kristallglaskuppel aus braunen und grünen Blumen, durch die ein ungesundes Licht auf das Frühstücksbuffet fiel.

Roter Kaviar, Blini, eingelegtes Gemüse, Rührei, Speck, Toast: Max bediente sich großzügig an allem.

Er setzte sich an einen der leeren Tische in dem großen Saal, holte die Karte hervor und breitete sie aus. Dann nahm er die deutsche Zeitung, die jemand hatte liegen lassen, um Wolkows Karte damit zu bedecken. Schlagzeile: »Drei-Meilen-Wüste: Amerikas kommende Kernkatastrophe.« Das Zugunglück der letzten Woche, bei dem drei Menschen ums Leben kamen, sei ein Vorbote dessen, was noch alles kommen werde, wenn die USA so weitermachten wie bisher. Die US-amerikanische Infrastruktur sei alt und störanfällig und einer deutschen Untersuchung zufolge für den Transport von Gefahrgütern denkbar ungeeignet. Max überflog den

Artikel bis zur Mitte: »Ein weiteres Zeichen für den Niedergang der Weltmacht?«

Bevor Max dahinterkam, wie die deutschen Redakteure diese Frage beantworteten, richtete jemand das Wort an ihn.

»'tschuldigung – sprechen Sie Englisch?«

Max sah auf. Ein großer Mann. Grauer Anzug. Schwer, mit ausladendem Bauch. Er kam Max bekannt vor, aber er wusste nicht, woher. Wahrscheinlich ein Allerweltsgesicht.

»Ja«, sagte Max. »Kann ich helfen?«

»Ach, Gott sei Dank, Sie sind Amerikaner«, sagte der Mann lächelnd. Als würde Lächeln ihm nicht stehen. »Wie kommt man denn hier an Kaffee?«

Max sah sich um – kein Kellner weit und breit. Der Mann setzte sich an den Nachbartisch, so nah, dass sie nebeneinandersaßen. »Haben Sie was dagegen, wenn ich mich zu Ihnen setze?«, fragte der Mann. »Ich muss wirklich mal zur Abwechslung meine Muttersprache hören. Hab schon gedacht«, er nickte Richtung Zeitung, »dass Sie Krautfresser sind.«

»Ich lese gar kein Deutsch«, sagte Max. »Ich blättere nur ganz gerne was durch, während ich meinen Kaffee trinke.«

Der Mann betrachtete die Zeitung und das Bild von dem Unfall in Yucca Mountain. »Bestimmt alles nur ein Haufen Nazipropaganda«, sagte er.

»Wahrscheinlich«, antwortete Max.

»Menschen verändern sich nicht«, fuhr der Mann fort. »Da können Sie sagen, was Sie wollen. Die verändern sich nicht. In welcher Branche sind Sie?«

»Computerteile«, sagte Max. »Verkauf. Und Sie?«

»Hühner«, sagte der Mann und lächelte.

»Ah!«

Die Amerikaner hatten den Hühnermarkt kurz nach dem Zusammenbruch der Sowjetunion komplett an sich gerissen – eine der wenigen echten Erfolgsgeschichten. Amerikaner aßen am liebsten Brust, also bekamen die Russen die Beine. »Bush-Beine« wurden sie genannt. »Die Familie Bush kommt und geht, aber die Beine bleiben.«

»Ja, ja, die Regierung macht einen Riesenaufstand, weil wir sie in Chlor tunken. Drohen damit, den Verkauf zu stoppen, wenn wir nicht damit aufhören. Faseln was davon, das sei EU-Gesetz und bald auch russisches. Kein Dank dafür, dass wir ihnen zu essen gegeben haben, als sie am Verhungern waren, nichts. Null. Nada. Und dann regen sie sich über so ein bisschen Chlor auf! Herrjemine, wenn meine Enkel das essen können, können es die Iwans auch.«

Max nickte zustimmend. Die Hände der jungen Frau auf der Bühne glitten auf eine Art und Weise über die Saiten der Harfe, die nichts mit den zu hörenden Klängen zu tun zu haben schien. Eine Harfe, dachte Max, war womöglich das deprimierendste Instrument, zu dem man frühstücken konnte.

»Was Amerika auszeichnet ...«, sagte der Mann mit einem Nachdruck, als müsse er dringend etwas loswerden, »ist, dass wir alles, aber auch alles erreicht haben, was wir uns je als Ziel gesetzt haben.«

Da war eine Wüste. Ein Verhörraum. Max schaute den Mann genauer an. War er ihm vielleicht schon mal begegnet? Bei einem seiner Auslandseinsätze? In den frühen Nullerjahren hatte ein wahrer Finanzierungsboom eine ganze Reihe interessanter Projekte ermöglicht. Eins davon zielte darauf ab, ältere Agenturmitarbeiter, deren Spezialgebiete nach dem 11. September 2001 nicht mehr richtig gefragt waren, umzuschulen. Damals war Rex noch dabei gewesen – also, ganz zum Schluss. Und Rex hatte Max immer gemocht. Und so war Max ganz schön herumgekommen: Libyen, Gaza, die kurdischen Siedlungsgebiete im Nordirak.

Der Dicke redete immer noch, und zwar immer lauter. »Der Russe dagegen!«, polterte der Mann, dem offenbar der Kellner mit dem Namensschild MIKHAIL entgangen war, der vorsichtig versuchte, sich zu erkundigen, ob er noch etwas Kaffee wollte. »Der Russe! Wacht morgens auf und sieht nichts als Einschränkungen.« Der Mann schlug mit beiden Fäusten auf den Tisch. Dann bemerkte er den Kellner und hielt ihm seine Tasse hin.

Max schüttelte den Kopf. Nordirak? Nein, nicht dieser Weichling. Jemand, der ihm ähnelte vielleicht. Einer mit mehr Rückgrat.

Der Mann trank seinen Kaffee aus und erhob sich. Er reichte Max seine Visitenkarte und griff dann nach Max' Jackett statt nach seinem eigenen. »Sorry!«, sagte er. »Mein Fehler.«

Max zuckte die Achseln. Der feine graue Wollstoff ihrer Anzüge sah sich zum Verwechseln ähnlich. Eigentlich seltsam, dachte Max. Dieser Aufschneider hatte einen deutlich ausgesuchteren Geschmack, als er es von einem normalen Hühnerschenkelbaron erwartet hätte. Der edel gekleidete Typ wandte sich ab und verließ dann, den Bauch vorausschiebend, das Restaurant. Max sah ihm nach. Las den Namen auf der Karte in seiner Hand: Bob Dominion, Texas Chicken Inc.

Max zuckte die Achseln und arbeitete sich durch den mit Essen überladenen Teller. Lehnte sich mit einem zufriedenen Seufzer zurück. Dann schloss er die großformatige deutsche Zeitung. Darunter befand sich zu seiner Überraschung nichts als die polierte Tischplatte. Wolkows Karte war weg.

Max stürzte in die Lobby. Stämmige Pagen gingen auf den Fußballen den dunklen Marmor auf und ab, wie zum Kampf bereit. Am anderen Ende vom sehr langen Messing-Empfangstresen sah der Hotelmitarbeiter sehr klein und sehr geschäftig aus. Die Uhren an der Wand tickten gemütlich weiter in der Zeit von New York und Sydney.

Weit und breit keine Spur von Bob Dominion.

# KAPITEL 22

Max strotzte vor Energie, als er aus dem Metropol auscheckte. Ja, er war regelrecht high. Das war das Jagdfieber. Die Aufregung bei einer Verfolgungsjagd. Max kannte das Gefühl gut, hatte es aber schon länger nicht mehr gehabt. Es hatte Ähnlichkeit mit den Anfängen einer Liebesgeschichte. Jener siebte Sinn, jene Sicherheit. Da war etwas. Etwas, das es zu entdecken galt. Sollte er vorher noch Zweifel gehabt haben – die gestohlene Landkarte hatte sie ein für alle Mal ausgeräumt.

Er überquerte den Roten Platz. Er wirkte bei der Kälte ruhiger, mehr in sich gekehrt. Er ging über die Brücke, bog nach rechts ab und folgte der Moskwa. Roman war der Erste, an den er dachte.

Ach, Roman. Ein Computer-Nerd, der sich zum Umweltaktivisten gewandelt hatte. Ein kleinwüchsiger, zerzauster Fanatiker mit einem nervösen Zucken, den eine solche Angst packte, als er bei einem Skiausflug die sich auftürmende Bergkette aus Müll vor Moskau sah, dass er sofort seinen Job kündigte und quasi im Alleingang die russische Recyclingkultur aufbaute – so, wie sie jetzt war. Einige Jahre lang war sein Öko-Loft in Moskau die Drehscheibe der Bewegung gewesen: Eine kleine Gruppe ähnlich engagierter Mitstreiter trennte für Russlands wenig fortgeschrittene Maschinen alle möglichen Plastiksorten voneinander (Flaschen, Kaffeebecherdeckel, Besteck), häufte auf dem Balkon einen hüfthohen Berg von Papier auf und sammelte Batterien in einem Glas, das dann jemand mit nach Europa nehmen sollte, wenn er dort Urlaub machte. Aus dieser Recycling-Kommune hatte sich eine Art Informationszentrum entwickelt: Bergbau, Energie, in den Boden versickernde Giftstoffe von Handykomponenten. Egal was, sie wussten Bescheid. Oder sie kannten jemanden, der Bescheid wusste.

Am Ende brachte ein unglückliches Dreiecksverhältnis Roman zu Fall. Sie entschied sich für den anderen, das Öko-Loft löste sich auf. Es formte sich neu, aber ohne Roman. Er zog nach St. Petersburg. Startete dort ein neues Programm. Max hatte läuten hören, dass Roman dieser Tage häufiger in Moskau war. Sogar von einer Versöhnung mit der Exfreundin war die Rede.

Ein schneidender Wind wehte über den Fluss, worüber sich ein Gewimmel von Hochhäusern erhob. Ganz in Grau. Mit Fenstern wie leere Augenhöhlen. Das berühmte House on The Embankment – Heim des neuen Öko-Lofts und Max' Ziel. Stalin hatte das Gebäude für die elitärsten Freunde des Regimes errichten lassen. Im Laufe der Jahre hatten Polizeiwagen die meisten von ihnen abtransportiert. Jetzt war das Gebäude bei hier arbeitenden Ausländern ziemlich beliebt. Zwar hieß es, es würde dort spuken, aber die Wohnungen waren attraktiv und der Blick einfach fantastisch. Der berühmteste Bewohner war wohl der norwegische Kulturattaché, der immer wieder ganze Truppen moldawischer Wanderschauspieler und dagestanischer Akrobaten wochenlang bei sich beherbergte – unter der Bedingung, dass sie bei seinen Dinnerpartys etwas vorführten. Max war mal bei einer solchen Gast gewesen. Aufgrund eines perspektivischen Tricks wirkte es so, als sähe man von der Fensterfront aus direkt in den Kreml, obwohl der knapp zwei Kilometer entfernt war. Von der Toilette aus hatte man einen grandiosen Blick auf die riesige goldene Kuppel der wiederaufgebauten Christ-Erlöser-Kathedrale, wie sie unecht vor dem Nachthimmel strahlte. Max hatte sich die Hände gewaschen und war zur Gesellschaft zurückgekehrt, gerade rechtzeitig für die Vorführung der Peking-Oper.

Jetzt passierte Max das ehemalige Kino auf dem Gelände, das Sushi-Restaurant, das in der Lobby eröffnet hatte, sowie eine Supermarktkette und stieg durch eine Tür hinter dem Theater. In den kleinen, miteinander verbundenen Hinterhöfen parkten massenweise teure Autos. Groß, glänzend, ausländisch. Die Max umgebenden leeren, beigefarbenen Balkone kamen ihm vor wie Aussichtspunkte, Max fühlte sich beobachtet. Er kannte das von früheren Besuchen. Das lag an der Architektur. Oder an den Geistern – ganz, wie man wollte. In der Ecke bewegte sich eine gelbe Wippe langsam auf und ab. Max sah sich um. Keine Kinder weit und breit.

Am Treppenhaus 8 tippte er den Code in einen altmodischen Apparat. Ein langer, hoher Piepton erklang, und er stemmte sich gegen die schwere Holztür. Im Treppenhaus war es staubig und behaglich. Breite, niedrige Stufen, und trotz des Schmutzfilms auf den großen Fenstern war es gut beleuchtet. Er nahm den Aufzug in den fünften Stock.

Jeder Quadratzentimeter des Treppenabsatzes war mit Pflanzen zugestellt. Manche klein, die meisten aber groß, fast so groß wie Max: enorme Farne und Palmen und sich schlängelnde Weinranken.

Ein Kahlköpfiger öffnete und bat ihn mit einem Nicken herein, reichte ihm ein Paar orange karierter Hausschuhe. Max zog die Straßenschuhe aus und sah sich um. Von dieser Wohnung war der Blick fast genau derselbe wie von der Wohnung des norwegischen Attachés: Vom Eingangsflur sah man die goldenen Kuppeln des Kremls, abgeschottet von der Welt, wie sie matt unter dem grauen Herbsthimmel glänzten und so nah wirkten, als müsse man nur die Hand ausstrecken, um sie zu berühren. Aber sonst hatten die Wohnungen nichts gemeinsam. Dort weiße Wände, integrierte Leuchten und moderne dänische Designklassiker – hier mit grellen Regenbögen, Bäumen, Blumen und Slogans bedeckte Wände: »Du willst die Welt verändern? Dann fang bei dir an!« – »Recycling Rules!« sollte wohl zweideutig sein, wogegen die Botschaft »Batterien hier« eine klare Anweisung war: Ein Pfeil deutete zu einem großen Glas, das bis zum Rand mit Batterien gefüllt war. Die Küche sah aus wie ein Treibhaus. Heuballen auf dem Hartholzboden dienten als Sitzgelegenheiten. Es war so still, dass man eine Stecknadel hätte fallen hören können.

Eine junge, ebenso kahlköpfige Frau mit einem blassblauen Teddy im Arm tauchte auf. Blieb einfach so hinter ihrem Gefährten stehen. Beide waren sehr dünn und leicht gebeugt, als könnten sie gar nicht aufrecht stehen.

Der glatzköpfige Mann ergriff als Erster das Wort. »Roman lässt ausrichten, es tut ihm leid, dass er nicht hier sein kann«, sagte er mit der festen Stimme einer Führernatur. »Morgen ist eine Greenpeace-Demo in Murmansk, da sind sie alle. Wir wollten da eigentlich auch hin«, er nickte Richtung kahlköpfige Frau, »aber Marina ging es nicht so gut.«

Max musterte die kahlköpfige Frau mit gesteigertem Interesse. Ihre Schädelform war gut erkennbar, aber etwas uneben wie eine fragile Kontinentalplatte. Das war also Marina! Die Femme fatale, die Roman in die Knie gezwungen hatte. Der Glatzkopf musste Romans siegreicher Rivale sein.

Als könnte sie Max' Gedanken lesen, sah die Frau reumütig von ihrem Teddy auf. Ihre Finger waren lang und schmal, zerbrechlich.

»Roman hat gesagt, du bist ein guter Freund«, sagte der Mann. »Vielleicht können wir dir helfen.«

Er bedeutete Max, sich zu setzen. Das Heu piekte. Das kahlköpfige Paar nahm ihm gegenüber auf einem Futon auf dem Boden Platz, neben einer zur Hälfte gefüllten Tonne mit leeren Plastik-Shampooflaschen. »Ach, das«, sagte der Kahle. »Da siehst du mal, wie viel Müll allein dadurch produziert wird, dass man Haare hat. Die Tonne wird bis Ende des Monats voll sein mit Plastik-Shampooflaschen. Und die landen alle direkt im Meer. Wusstest du, dass Wissenschaftler gerade Plastiksplitter in chinesischem Meersalz gefunden haben?«

Max schüttelte den Kopf.

»Wir wollen zeigen, wie viel umweltfreundlicher es ist, keine Haare zu haben.«

Die Frau nickte.

Max' Sitzgelegenheit tat nicht mehr weh. Aber sie juckte. Er sah hinaus, über die Mauern des Kremls hinweg – von hier sahen sie aus wie Spielzeug – zu den glänzenden Kuppeln. Er fand, dass man dieses Blickes nie müde wurde.

»Ja also … Ich wollte Roman was über sibirische Diamanten fragen. Gibt es irgendwelche Gerüchte? Über neue Geheimlager, neue Minen?«

Sie sahen einander an. Die hellgrüne Farbe an den Wänden verlieh ihren blassen Gesichtern eine ungesunde Nuance, als seien sie seekrank. »Hmm, tja, nichts Neues – es gibt die aktiven Minen, die wir gerne stillgelegt sähen, weil das meiste, was da rauskommt, ohnehin nur Industriequalität hat. Diamanten von Industriequalität kann man heutzutage künstlich herstellen, und das ist billiger als der Abbau. Man sollte sowieso jeden unnötigen Bergbau vermeiden. Das ist so ziemlich das Schlimmste, was man der Erde antun kann.«

»Okay«, sagte Max. Die junge Frau war aufgestanden und kam nun mit einem Bambustablett wieder. Darauf standen drei dampfende Bambusbecher. Max nahm sich einen und nippte an dem milchig weißen Getränk. Vanilleduft stieg ihm in die Nase.

»Soja«, sagte sie.

»Lecker«, sagte Max. Im Grunde hatte er nicht erwartet, hier etwas zu finden, aber er war trotzdem enttäuscht. Und jetzt musste er dieses Hippie-Gesöff austrinken. Er holte seine Brieftasche hervor und reichte dem Kahlen das Foto von Sonja. Der nahm es und verzog das Gesicht.

»Kenn ich. Dupres. Von Dynacorp, dem französischen Energieriesen. Die schicken tonnenweise sogenannten ›behandelten‹ Atommüll nach Russland. Seit zwanzig Jahren!«

Die junge Frau hatte das Bild genommen und betrachtete es. Sie zupfte ihren Freund am Ärmel. »Schau mal.« Sie zeigte auf Sonja. »Was hat die mit dem zu tun?«

»Du kennst sie?«, fragte Max.

»Ja«, sagte sie. »Nadeschda Levantal.«

»Wer?«, fragte Max.

»Aktivistin. Aus Sibirien. Ist in einer dieser Nuklearstädte aufgewachsen. Als die SU zusammenbrach, war sie vielleicht zwanzig. Und dann kam peu à peu heraus, dass es da, wo sie herkam, in den Fünfzigern einen richtig üblen Reaktorunfall gegeben hat. Ihr Vater gehörte damals zur Aufräumtruppe. Und daran ist er gestorben, als sie Teenager war. Der Unfall wurde natürlich komplett vertuscht. Sie war fassungslos. Sie ist jetzt Anwältin und hat diverse Klagen eingereicht und betreut. Bei einer ging es um ein 2004 geborenes Mädchen. Die Großmutter des Kindes war eine von zweitausend Schwangeren gewesen, die nach dem Reaktorunfall beim Aufräumen halfen. Mit fünf bekam das

Mädchen Leberkrebs, kurz darauf ist sie gestorben. Aber die Regierung sagte, es gibt keinen Anspruch auf Behandlung oder Entschädigung. Die meinten, der Reaktorunfall sei schließlich in den Fünfzigern gewesen und habe nichts mit einem Kind zu tun, das über fünfzig Jahre später geboren wurde. Was natürlich lächerlich ist. Nadeschda hat sie verklagt und gewonnen.«

»Jetzt verbreitet die Regierung, sie sei ›Agentin ausländischer Dienste‹«, erzählte der Mann und sah sich noch einmal das Foto an. Die strahlende, schöne Frau in einem Cocktailkleid mit tiefem V-Ausschnitt. Der katzenhafte Europäer, der den Arm um sie gelegt hatte. »Ich hab sie erst gar nicht erkannt.« Er schüttelte den Kopf. »Aber doch, das ist sie.« Er sah zu Max. »Sie musste abhauen. Lebt jetzt in Paris.«

Die kahle Frau wandte sich an den kahlen Mann. »Aber ich verstehe nicht, was …«

»Was sie mit ihm zu tun hat?«

Sie nickte. »Stammt sie nicht aus Atomow?«

Er nickte. »Ja, genau. ›World of Hope‹ agiert von da aus.«

»Sie hat ›World of Hope‹ gegründet«, erklärte sie Max.

»Vielleicht haben sie sich in dem Zusammenhang kennengelernt …«, sagte der Kahle. »Atomow ist nicht weit von Dynacorps neuer Lagerhalle entfernt. Wir glauben, dass das bloß eine PR-Maßnahme ist. Dynacorp hatte richtig miese Presse in Frankreich, nachdem in einer Reportage gezeigt wurde, wie Dynacorps Abfall einfach so auf einem Parkplatz außerhalb von Tomsk herumlag.«

Max schüttelte den Kopf. »Könnt ihr mir das ein bisschen erklären?«

»Das läuft so«, erklärte sie. »Die Grundstücke entlang der Grenze gehören überwiegend russischen Firmen. Die europäischen Gerichte entschieden, dass Dynacorp nicht haftbar gemacht werden kann – das sei halt alles Sache der russischen Unternehmen.«

»Das ist alles nichts Neues, aber die Reportage hat in Frankreich für viel Aufruhr gesorgt. Also hat Dynacorp eine Menge Wind gemacht um die neue Lagerhalle, die sie jetzt bauen, und zwar einfach nur so, weil sie so menschenfreundlich sind. In einer Postfachstadt in der Nähe von Roter Fluss.«

»Die liegt in einer Kontrollzone B«, sagte die Frau. »Es gibt keinen Zaun, der Zutritt ist verboten. Wenn man sich nicht erwischen lässt, kann man hin. Ein paar von unseren Spähern waren da, um sich die Lagerhalle ein bisschen anzusehen.«

»Die hatten gerade erst mit dem Bau angefangen.« Der Typ sah zu seiner Freundin. »Wann war das? Vor ’nem Jahr?«

Sie nickte. »So um den Dreh.«

»Seitdem haben wir noch keinen weiteren Spähtrupp geschickt. Aber wir haben merkwürdige Botschaften aus unserem Untergrund empfangen. Es gibt Gerüchte über eine ›Schlafkrankheit‹ in Atomow.«

»Könnte ich da hin?«, fragte Max.

Der Mann schüttelte den Kopf. »Das ist eine Kontrollzone A. Praktisch unmöglich.«

Draußen dachte Max über das nach, was gerade passiert war. Er hatte zwei führenden Umweltaktivisten ein Foto von Sonja Ostranowa gezeigt. Und beide schworen, dass es sich um eine Nadeschda Levantal handelte. Wie konnte das sein?

# KAPITEL 23

Der Wissenschaftskomplex lag mitten im Wald. Alles war schwarz, grau oder weiß. Ein halber Meter Neuschnee lag zwischen den Bäumen und einige Zentimeter auf den nackten Ästen. Marschrutka-Busse und wenige Autos rollten über die weiße Straße. Hier und da gab es Abzweigungen. Manchmal konnte man ein Forschungsgebäude sehen, ein Schneemonument für die Wissenschaft, das zwischen den Baumkronen hervorlugte.

Die Hauptstraße war kurz, die sowjetische Antwort auf die Fünfzigerjahre in Amerika: die gleiche zurückhaltende Architektur, die gleichen vorstädtischen Ladenfronten, der gleiche verstaubte Optimismus. Statt großer Wirbel und Kreise der späteren Kosmonautenära sah man auf den Fassaden abstrakte, schlichte bäuerliche Figürlichkeiten.

Es gab nur eine Straßenecke. Und nur ein Hotel. Dort setzte das Taxi Max ab. Sofort ließ er sich auf das Einzelbett fallen. Das Telefon klingelte.

»Ich bin da!«, sagte eine Jungmännerstimme.

»Wer spricht, bitte?«, fragte Max.

»Maxim, Dr. Samodelkins Assistent. Ich bringe Sie jetzt zu den Büros.«

Maxim war ein schlanker, sehr junger Mann mit gesunder Gesichtsfarbe und großen, fast durchsichtigen Ohren, und er bestand darauf, dass sie sich beide verbeugten. Das würde Glück bringen, weil sie Namensvettern seien. Also machte Max natürlich mit. Ein bisschen Glück konnte nicht schaden.

Maxim ging voraus durch den Schnee zur Marschrutka-Haltestelle und entschuldigte sich. »Früher hatte das Institut noch einen Wolga, in dem man Sie hätte abholen können. Aber das war natürlich vor meiner Zeit. Die neue Regierung unterstützt Dr. Samodelkins Forschung leider nicht. Wie Sie sehen, ist in unserer Wissenschaftsstadt alles hoffnungslos veraltet. Mir gefällt das. Aber ein paar Sachen haben sich schon verändert: Die Uni will expandieren, und dazu wollten sie ein Waldstück roden.« Max nickte, doch Maxim brauchte keinen Ansporn, um weiterzuerzählen. »Die Studenten, die sich für Umweltschutz einsetzen, haben protestiert, und jetzt liegt das Ganze auf Eis. Natürlich sind Bäume wichtig …«, sinnierte der junge Mann, der auch beim Einsteigen in den Marschrutka weiterplapperte. Der Bus fuhr nun die breite, weiße Hauptstraße entlang bis zu den Forschungsgebäuden. »Unter anderem deshalb wurde diese Wissenschaftsstadt ja hier gebaut, in dem Wald, für den Fall, dass die Amerikaner eine Atombombe werfen, weil die Bäume die Forschungsgebäude verstecken, und manche Leute sagen sogar, dass hier, zwischen den Birken, ganz besondere Kräfte herrschen, die die unterirdischen Labore schützen. Das ist natürlich Quatsch. Aber ich meine nicht, dass Bäume immer wichtiger sind als Menschen. Die Uni-Gebäude sind uralt und platzen aus allen Nähten, und die Leitung möchte gerne das Image der Uni in der Welt steigern, und darum finde ich, haben die Umweltschützer mal nicht recht. Hier müssen wir raus.«

Max brummte schon bis dahin der Kopf.

Sie landeten auf der weißen Straße und marschierten auf einer Abzweigung los, Maxim vorneweg. »Ich arbeite erst seit Kurzem für Dr. Samodelkin, aber ich finde seine Forschung ziemlich interessant. In meinen Augen ist er ein Visionär. Aber …« Sie wichen einem Auto aus, das über den vereisten Weg schlitterte, und retteten sich auf ein paar glatte Fliesen, auf denen Max ausrutschte und beinahe hinfiel. Über ihnen erhob sich ein betonfarbenes Bürogebäude.

»Dr. Samodelkin erwartet uns oben. Glauben Sie an die Möglichkeit ewigen Lebens? Also, nicht religiös, sondern rein wissenschaftlich?« Ohne Max' Antwort abzuwarten, fuhr Maxim fort, wobei seine Ohren rosa unter seiner Kappe leuchteten. »Ich weiß immer noch nicht, ob ich daran glaube. Aber ich glaube, die Erforschung solcher Fragestellungen ist sehr wichtig! Wird in unseren pragmatischen Zeiten leider häufig vernachlässigt. Oder?«

Die Eingangshalle bestand aus nacktem Beton und war feucht wie in einer staatlichen Schule. Das weiße Tageslicht schien durch die zur Hälfte verbarrikadierten Bleiglasfenster: gelbe, rote und blaue Sternenexplosionen und organische Formen.

Drei Drehkreuze rotierten beinahe ununterbrochen, während vor allem junge Männer und nur wenige Frauen hinein- und herausgingen. »Programmierer«, vertraute Maxim Max an. »Wir vermieten ein paar der Büros an Webdesigner. Die arbeiten für Australier, Kanadier und Amerikaner.«

Der Aufzug brachte Maxim, Max und eine Handvoll junger Programmierer mit einigem Knirschen nach oben. Maxim plapperte weiter: »Dr. Samodelkin hatte sein Büro früher hier im Hauptgebäude. Sein Forschungsteam wurde nämlich von einem Urgestein der Sibirischen Akademie der Wissenschaften gegründet. Großartiger Mann. Leider ist er letzte Woche gestorben, noch bevor ich ihn kennenlernen konnte. Ein großer Verlust für Dr. Samodelkin natürlich. Dieser Mitbegründer wiederum war ein glühender Verehrer des großen Lichttheoretikers Kosyrew. Kosyrew ist bekannt als der Vater des sowjetischen Weltraumprogramms. Unter Stalin kam er zehn Jahre ins Gulag ganz hier in der Nähe. Harte körperliche Arbeit natürlich. Ich weiß nicht, ob Sie das wissen, aber das waren schreckliche Zeiten!«

Fragend sah er Max an.

»Ja, natürlich weiß ich das!«, sagte Max. »Schreckliche Zeiten!«

Maxim nickte zufrieden. »Nachts hat er die Sterne beobachtet. Und in besonders kalten Nächten, fand er, schienen sie miteinander zu reden. Kosyrew entwickelte eine völlig neue Weltraumtheorie – aber das kann der Doktor besser erklären. Grundsätzlich besagt sie, dass jedes Objekt ständig mit allen anderen Objekten interagiert. Dass wir nicht isoliert, sondern alle Teil eines riesigen, fortlaufenden Dialogs sind. Dass meine Atome mit Ihren Atomen interagieren – jetzt, in diesem Moment. Zum Beispiel. Nachdem Kosyrew aus dem Gulag entlassen wurde, hat er den ersten Antrieb für eine sowjetische Weltraumrakete erfunden. Bemerkenswerter Mann.«

Die Fahrstuhltüren öffneten sich, draußen stand Samodelkin. Ein Bär von einem Mann mit freundlichen braunen Augen. Er trug eine Fellmütze, als wolle er gerade zum Fallenaufstellen und Jagen. Er schüttelte Max mit vollem Körpereinsatz die Hand. »Wunderbar«, sagte er. »Ganz wunderbar, dass Sie kommen konnten. Ein Amerikaner! Von so weit her! Seien Sie herzlich willkommen, alle Völker der Welt sind willkommen!«

Die drei gingen einen großen, ziemlich heruntergekommenen Flur entlang. Zu beiden Seiten standen Türen zu großen Räumen offen, in denen junge Leute saßen und auf Computerbildschirme starrten. Max kam das irgendwie vor wie eine permanente Hausbesetzung. »Sie sind so schweigsam. Maxim hat Sie doch hoffentlich nicht schon völlig fertiggemacht?«

Maxims Ohren wurden knallrot. »Ich habe ihm von Kosyrew erzählt«, murmelte der Junge.

»Ja, natürlich. Seine Entdeckungen sind für unsere Arbeit sehr wichtig. Kommen Sie herein. Kommen Sie.« Eine gut gepolsterte Sekretärin erhob sich, als sie hereinkamen. Alles war in Ochsenblutrot gehalten: der gemusterte Plastikboden, die Schränke, die niedrigen Sofas.

»Tee?«, fragte sie. »Kaffee?«

Samodelkin nahm die Fellmütze ab und schob Max in sein rundum hellbraunes Büro. Maxim folgte ihnen auf Zehenspitzen. Samodelkin holte einen Globus herbei. Ein gelber Papierpfeil klebte mitten im Pazifik und zeigte nach Osten. Ein rosa Pfeil auf Afrika zeigte nach unten. Gedankenverloren drehte Samodelkin den Globus.

»Sie machen also einen Hollywoodfilm über Larissa?« Interessiert sah er zu Max auf.

Max nickte. »Vorausgesetzt, wir bekommen die Zuschüsse«, sagte er.

»Ja.« Samodelkin lächelte traurig. »Vorausgesetzt, Sie bekommen die Zuschüsse. Kenne ich alles! Aber ich vermute, in Hollywood gibt es sehr viel Geld.«

Max zuckte die Achseln, um ihm unverbindlich beizupflichten.

»Und vielleicht können Sie uns sogar bei unseren Zuschussproblemen helfen.«

Max zuckte abermals die Achseln.

»Ja«, sagte Samodelkin nachdenklich. »Sie kennen sicher jede Menge Leute … Wenn es Ihnen recht ist«, sagte er, »erzähle ich Ihnen ein bisschen was über die Hintergründe. Meine persönlichen und die unserer Arbeit.«

»Ja, super«, sagte Max. »Ich höre erst mal einfach zu.«

Samodelkin lächelte glücklich. Seine braunen Augen waren richtig warmherzig. »Eigentlich bin ich Kardiologe, das habe ich studiert«, erzählte er. »1975 wurde ich an den Polarkreis geschickt, um die Auswirkungen von Sonnenstürmen auf das Herz-Kreislauf-System zu untersuchen. Wissen Sie, hier, südlich des Polarkreises, beschützt uns die Atmosphäre. Das heißt, Sonnenstürme beeinflussen uns nicht besonders. Aber da oben, wo die Atmosphäre viel dünner ist, kann man die Auswirkungen förmlich spüren, es ist, als würde man unter einer elektrischen Dusche stehen. Na ja, und da, in Dickson, habe ich den Häuptling kennengelernt. Ein großer Mann, Mitbegründer der Sibirischen Akademie der Wissenschaften hier.«

Samodelkin drehte noch einmal am Globus und seufzte. »Der Häuptling hat in Eigenregie für die Regierung geforscht. Er hat sich mit etwas völlig anderem beschäftigt: An Kosyrews Ideen anknüpfend, untersuchte er Kommunikationspotenziale über große Entfernungen hinweg und das, was Sie im Westen wohl Telepathie nennen – also im Prinzip die Fähigkeit, nicht-linear durch Zeit und Raum zu reisen. Er hatte ziemlich eng mit einem der ganz in der Nähe lebenden sibirischen Volksstämme zusammengearbeitet, der als ›die Zeitreisenden‹ bekannt ist, und er glaubte fest daran, dass wir, wenn wir nur genügend forschten, einige ihrer Geheimnisse knacken könnten.«

»Verstehe«, sagte Max.

»Am Anfang war ich skeptisch. Klar. Aber je mehr Einblick ich bekam, desto mehr glaubte ich, dass er recht hatte. Wissen Sie …«, Samodelkin drehte den Globus abermals und hielt ihn dann mit seiner Pranke an, »wenn man sich mit Sonnenstürmen beschäftigt, beginnt man zu begreifen, dass der westliche Ansatz, das Universum bestehe aus drei Dimensionen, einfach nicht stimmen kann. Wir wissen alle, dass Zeit sich nicht vorwärts bewegt wie die Zeiger einer Uhr: gleichförmig, regelmäßig. Nein, manchmal rast sie und manchmal zieht sie sich hin. Aber sie macht noch mehr. Die Zeit besteht aus Flüssen, aus vielen Flüssen – sie ist so etwas wie ein Meer mit verschiedenen Strömungen. Und man kann diesen Strömungen folgen, auf ihnen ›surfen‹, vorwärts und rückwärts, wenn man sie erwischt. Nicht nur durch die Zeit, sondern auch durch den Raum.«

Die Sekretärin brachte ein Tablett mit Tee und stellte es vor ihnen ab. Samodelkin dankte ihr. Dann drehte er wieder den Globus und redete von Vektoren und magnetischer Anziehung. Max konnte ihm nicht folgen, sosehr er es auch versuchte.

»Aber gut jetzt. Ich will Ihnen von einem Experiment erzählen, das wir mit dem Häuptling gemacht haben. Es wurde von den Sowjets finanziert, kurz vor dem Zusammenbruch der Sowjetunion. Wir suchten völlig wahllos siebenundsiebzig Symbole aus und schickten sie an fünftausend freiwillige Probanden in der ganzen SU. An einem bestimmten Tag wählte ein Computer nach dem Zufallsprinzip drei dieser Symbole aus. Diese drei Symbole gaben wir einem Wissenschaftler, der sich sofort in Dickson in unsere ›Schamanische Zeitmaschine‹ setzte – ich werde sie Ihnen später zeigen. Es ist keine echte Zeitmaschine, aber wir nennen sie der Einfachheit halber so.« Max rollte leicht mit den Augen.

»Also. Wir baten jedenfalls die fünftausend Probanden zu notieren, welche drei Symbole für sie besonders hervorstachen, und uns das zu schreiben. 80 Prozent sahen die, die der Computer ausgespuckt hatte. Aber was noch viel bemerkenswerter war: Ein Drittel davon sah die Symbole einige Tage, *bevor* der Computer sie ausgespuckt hatte.«

»Wow«, sagte Max. »Wie geht das?«

»Na ja. Es zeigt zumindest, dass unser offizielles Konzept von Zeit und Raum absolut unzureichend ist. Die alten sibirischen Schamanen haben da eine viel realistischere Auffassung der Dinge. Ist es Ihnen zum Beispiel schon mal passiert, dass Sie von jemandem geträumt haben und am nächsten Tag sind Sie ihm begegnet?«

Max nickte.

»So. Das kommt sogar ziemlich häufig vor. Aber unsere Gesellschaft ist nicht daran interessiert, dieses Phänomen wissenschaftlich aufzuklären und zu verstehen. Unter den Sowjets war das anders.«

Draußen stürmte es. Max fühlte sich hier seltsam zu Hause, in Sicherheit vor der Kälte und den unberechenbaren Winden – buchstäblich und im übertragenen Sinne. Er mochte Samodelkin.

»Ein weiterer Aspekt dieser gänzlich un-einsteinschen Vorstellung von der Welt ist, dass wir alle energetisch miteinander verbunden sind. Beziehungen sind eine Art von Energie. Sie bilden ein Band, das atomar gesehen tatsächlich existiert. Zwei Menschen können geografisch sehr weit voneinander entfernt sein – aber wenn zwischen ihnen eine emotionale Bindung besteht, sind sie trotzdem immer noch verbunden.«

Max musste an Rose denken, deren Launen er manchmal auf der anderen Seite der Welt spüren konnte. Er nickte gedankenverloren.

»Ich kann mich noch an die Nacht erinnern, in der mir das alles klarer wurde«, fuhr Samodelkin fort. »Ich war in Dickson, und da war plötzlich das Polarlicht. Und ich stellte fest, dass ich mit ihm sprechen konnte. Es antwortete auf meine Gedanken. Von da an habe ich für den Häuptling gearbeitet. Es war, als hätte er den Staffelstab an mich weitergereicht – schließlich wurde er immer älter.«

Max dachte an Rex und dachte: Ja, das kann man nicht ändern.

»Jedenfalls ... Wenn man durch die Zeit reisen will, muss man die Erdanziehungskraft ändern. Es gibt auf dieser Welt Orte – meist heilige Stätten der Vorzeit, wir arbeiten zum Beispiel viel an alten thrakischen Stätten in Bulgarien –, an denen die Erdanziehung weniger ausgeprägt ist. Manche Mineralien helfen natürlich auch. Sibirische Diamanten eignen sich da übrigens am besten. Dank der Beziehungen, die der Häuptling so hatte, konnten wir an einige herankommen und eine Reihe von Experimenten durchführen. Aufgrund ihrer magnetischen Werte haben sie ganz hervorragende Übertragungsqualitäten – fast wie Kristalle in Radios.«

»Na klar ... Kristalle in Radios ...«, sagte Max. Vor seinem inneren Auge sah er das kleine interne Museum der Agentur, das sich in einer Ecke der Lobby der »Fliegenden Untertasse« befand. »Aber das muss doch ziemlich schwer gewesen sein, an die Diamanten heranzukommen.«

»Ja, natürlich«, sagte Samodelkin, der immer mehr in Fahrt kam. »Einmal, noch ziemlich am Anfang unserer gemeinsamen Arbeit, bat der Häuptling mich, synthetische Diamanten zu testen. Ich konnte nach Kiew reisen zu einer streng geheimen Diamantenproduktion. Ja, im Westen ist das kaum bekannt, aber die SU war nicht nur im Kosmos die Erste. Natürlich verlor das Diamantenkartell durch massenproduzierte Edelsteine an Macht. Sie nannten sie ›Silberbären‹, weil sie alle gleich aussahen. Doch selbst nachdem sie in jedem einzelnen Silberbären eine Fuge entdeckt hatten, konnten sie immer noch nicht verstehen – vielleicht konnten sie es einfach nicht glauben –, dass sie nicht natürlich waren. Wenn man eins in dieser Welt nicht unterschätzen sollte, Mr. Rushmore, dann ist es die Macht des Glaubens.«

Max nickte. »Stimmt«, sagte er.

»Sehen Sie, genau so, wie es Orte gibt, an denen der Magnetismus der Erde schwächer ist, gibt es auch Substanzen, die dank ihrer Struktur diesen Magnetismus neutralisieren können. Der Häuptling hat das verstanden. Extrem komprimierte, dichte Diamanten können den Magnetismus nicht nur aufheben, sondern sogar umkehren. Aber natürlich waren die sibirischen Schlote, von denen die Welt nichts wusste, relativ klein und binnen weniger Jahre erschöpft. Also stellte sich die Frage: Würden die Silberbären in Sachen Reduktion der magnetischen Energie genauso viel ausrichten können wie ein ›echter‹ Diamant?« Samodelkin hielt inne. Sein Blick wurde weit, melancholisch.

»Und?«, fragte Max. »Konnten sie?«

»Die Silberbären?« Samodelkin wandte sich wieder an Max. »Nein, hat nicht funktioniert. Überhaupt nicht. Der Effekt war gleich null. Wenn doch nur das Diamantenkartell den Test hätte anwenden können! Dann hätten sie gesehen, dass diese Diamanten kein Werk von Zeit und Druck und der Erde waren.«

Samodelkin schwieg kurz. »Der Häuptling hatte natürlich ein paar sibirische Diamanten. Sonst wäre ein Vergleich ja gar nicht möglich gewesen. Aber die wurden dann einer nach dem anderen verkauft. Wir brauchten Geld. Wir versuchten, immer einen Schritt voraus zu sein. Nach dem Zusammenbruch der SU hatten wir so viel verloren. Die Unterstützung des Instituts, den Wolga, unsere Büroräume. Zwei Jahre lang waren wir heimatlos. Wir mussten sogar die

»Schamanen-Maschine« zurücklassen, weil sie einfach viel zu schwer war, als dass wir sie aus dem Institutskeller hätten entfernen können. Ein großer metallener Zylinder. Wenn man da drin ist, verändert der Apparat die magnetischen Kräfte der Umgebung, und dann erlebt man, was Schamanen so erleben: in erster Linie Visionen. Und ein tieferes Verständnis für den Puls des Universums. Eine ganz wunderbare Maschine. Mit einem mit Fell gefütterten Schlafsack drin, damit man nicht friert.« Er schüttelte den Kopf.

»Jetzt wünschte ich, ich könnte nur einen dieser Diamanten zurückhaben. Sie sind nicht nur hart, sie haben auch ein steifes Kristallgitter ... In den Niederlanden hat der Fachbereich Physik einer Uni gerade bewiesen, dass es ›spukhafte Fernwirkung‹ gibt, indem sie zwei Diamanten miteinander ›verschränkt‹ haben. Die niederländischen Forscher haben je einen Diamanten am einen und am anderen Ende vom Campus platziert, und die beiden Steine vibrierten genau zur selben Zeit. Als wären sie nicht mehr zwei einzelne Objekte, sondern ein ganzes.«

»Wirklich?«, fragte Max.

»Ja!«, sagte Samodelkin und rieb sich die Hände. »Sibirische Diamanten sind natürlich etwas ganz Besonderes. Meine eigene Forschung hat mich zu der Überzeugung gebracht, dass das Geld, das uns der Verkauf der Diamanten eingebracht hat, ein Witz ist im Vergleich zu den Fortschritten, die wir machen könnten, wenn wir die Diamanten noch hätten. Wenn wir einen Diamanten hätten, könnten wir unsere Arbeit so ausrichten, dass wir damit das Interesse westlicher Geldgeber wecken könnten.« Er zuckte die Achseln und seufzte. »Und was machen wir? Wir entwickeln ein Anti-Aging-Wasser. Für Deutschland.«

»Klingt potenziell profitabel«, sagte Max und dachte an

die ständig ins Haus flatternden, schier unglaublichen Rechnungen für Roses Pilates-Training. Hatte er sie alle bezahlt?

»Für einen Jungbrunnen sind die Leute gewillt, tief in die Tasche zu greifen.«

Samodelkin lächelte zerknirscht. »Genau darauf bauen wir«, sagte er. Dann grinste er. »Wollen Sie die alte Schamanen-Maschine mal ausprobieren?«

»Klar«, sagte Max. »Ich meine: Ist sie denn jetzt hier? Gerne.«

Mit langen, forschen Schritten – als würde er durch den Wald marschieren – ging Samodelkin voraus durch einen beigefarbenen Flur zu einer Tür und in einen großen, leeren und sehr niedrigen Raum. Durch eine Fensterreihe sah man die sich im Wind biegenden schneebedeckten Baumkronen. Die schwarzen Äste mit ihrer weißen Last wiegten sich vor dem blassgrauen Himmel. Nicht zum ersten Mal ging Max durch den Kopf, dass es kein Wunder war, dass die Russen so übereifrige Weltraumforscher waren. Die meiste Zeit des Jahres mussten sie sich ohnehin vorkommen, als lebten sie auf halbem Weg ins All.

In der Mitte des Raumes befand sich eine hohe, runde Metallkonstruktion. Sie sah aus wie eine überdimensionale Konservendose, deren Deckel und Boden man entfernt hatte und die man seitlich mit einem Messer aufgeschlitzt hatte, während sie sich drehte: eine große Spirale.

»Die Metallspirale verringert die Erdanziehungskraft – in etwa so, wie ein sibirischer Diamant es tun würde, allerdings deutlich weniger. Und doch erleichtert die Spirale es dem darin Sitzenden theoretisch, einen kleinen Zeitstrom zu erwischen und auf ihm zu ›reiten‹. Aber man muss sich darauf vorbereiten. Meditation, Yoga – wir testen, wann der Proband am empfänglichsten ist für die Mondanziehung. Wenn man unaufgewärmt reingeht wie Sie jetzt, kann es sein, dass man überhaupt nichts merkt.«

»Aha«, sagte Max. Er trat in die Lücke, die der Einstieg war, und zuckte zusammen: Ein kehliges, animalisches Heulen erklang aus der Mitte der Spirale.

Max wich zurück. Sein Herz raste. Er sah zu Samodelkin, der ihn belustigt beobachtete. »Vielleicht ist das eine Einladung.«

»Oder der Wind«, sagte Max.

»Oder der Wind«, wiederholte Samodelkin lächelnd.

Wieder näherte Max sich dem Einstieg. Erneut erklang ein Heulen aus der Spiralmitte. In Max' Brust schwang irgendetwas – eine Art Angst – mit, als wenn auf einer Gitarre ein Akkord gespielt würde. Max ging hinein.

In der Mitte der Spirale stand ein schwarzer Bürostuhl auf Rollen. Max setzte sich. Über sich hörte er das Heulen, als wenn ein Sturm über eine vorzeitliche Behausung hinwegfegen würde. Max starrte an die Aluminiumwand vor sich. Er hörte, wie Samodelkin das Licht ausklickte und den Raum verließ. Max entspannte sich. Sehr. Was auch immer passierte, er würde Rose etwas zu erzählen haben, wenn er wieder nach Hause kam. Seine Lider wurden schwer. Plötzlich sah er eine Frau vor sich. Schmaler Rücken, langer, eleganter Hals. Langsam drehte sie sich zu ihm um. Max hatte keine Angst. Aber sein Körper war wie gelähmt. Er konnte sich nicht bewegen. Sie sah ihn aus tiefen grünen Augen an. Da wusste er es: Es war Sonja Ostranowa.

»Moskau«, sagte sie, wobei sich ihre Lippen so langsam bewegten, als spräche sie unter Wasser. Und ihre Augen flehten: »Hilf mir.« Max schauderte. Sie sagte: »Midnight.«

Das Licht ging an, Max hörte Samodelkins tiefe Stimme. »Alles klar da drin? Das wär's. Zwanzig Minuten sind rum.«

Max bemerkte, dass er die Finger fest um das Taschenmesser gekrampft hatte. Er zwang sie einen nach dem anderen, sich zu lösen, steckte das Messer wieder in die Tasche und erhob sich. Er zitterte, als er die Maschine verließ, und dachte: Das waren doch nie zwanzig Minuten!

»So. Haben Sie etwas gesehen?«, fragte Samodelkin.

Max schüttelte den Kopf. Samodelkin legte eine Pranke auf Max' Schulter und dankte ihm für seinen Besuch. »Normalerweise würden wir Sie jetzt mit einem elektromagnetischen Scanner testen, um zu sehen, ob wirklich ›nichts‹ passiert ist. Aber wir sind zurzeit ein bisschen knapp bei Kasse, von daher …«

Der ältere Mann begleitete Max zum Büro und hielt ihm die Tür auf. Da fiel Max eine massige, merkwürdige, sehr muskulöse Gestalt auf, die in eins der Webdesignerbüros stiefelte. Max gab Samodelkin die Hand und verabschiedete sich schnell. Dann durchschritt er den menschenleeren Flur. Neben der Tür, durch die er gerade den Mann hatte hineingehen sehen, drückte er sich an die Wand. Von dort warf er einen Blick in den Raum. Vielleicht hatte er ja Glück. Der Mann sprach mit einem der Programmierer. Als Max vorbeiging, lächelte er. Seine Zähne waren aus Gold, und im linken oberen Schneidezahn blitzte ein winziger Edelstein.

# KAPITEL 24

Gérard wurde langsam nervös. Er hasste dieses Gefühl, das irgendwo in seinem Bauch anfing, dieses Grummeln, das immer intensiver wurde, bis es so peinigend war wie Katzenkrallen, die sich in seinen Darm rammten. Wenn dieses Gefühl kam, war ihm, als könne er jeden Teil seiner Anatomie klar vor sich sehen; als stünde er vor einem dieser Schaubilder, die sie früher im Gymnasium hatten und auf denen die Biologie des Menschen mit einer farbenfrohen, altmodischen Tuschezeichnung dargestellt war.

Gérard ließ es nur selten so weit kommen. Eigentlich, konnte er sagen, war sein ganzes Leben so aufgebaut, dass es nur einem schlichten Ziel diente: Ebendieses Gefühl des peinigenden Grummelns nicht wieder erleben zu müssen, das ihn innerlich in ein hilfloses Kind zurückverwandelte, in jenes kleine Wesen, das seine Schuhe nicht allein zubinden konnte und den Launen seiner wunderschönen Mutter ausgesetzt war. Seiner wunderschönen Mutter, die ihn allzu oft stundenlang in der Obhut des muffigen Portiers an der Garderobe ließ, um ihre transeuropäischen Liebesaffären in Hotels und Gasthöfen unterschiedlicher Qualität zu pflegen – je nach momentanem Zustand der Beziehung zu ihrem reichen, aber entfremdeten Gatten (Gérards offizieller Vater, der die Situation überhaupt nicht verstand, der auch Gérard von Kindesbeinen an nie verstanden hatte, gab sich ganz der Illusion hin, tatsächlich auch der biologische Erzeuger zu sein).

Gérard hatte seit seinen frühen Teenagerjahren dafür gesorgt, ein Leben zu führen, in dem es so wenige potenzielle Unsicherheiten wie irgend möglich gab. Er hatte sich bei seinem betagten Vater stets lieb Kind gemacht, und als dieser starb – Gérard war gerade mal sechzehn –, zahlte sich der Eifer des Sohnes in Form eines Alleinerbes aus. Er hatte immer darauf geachtet, für die Frauen, mit denen er sich einließ, nicht allzu tiefe Gefühle zu entwickeln – und dasselbe galt für seine Freunde. Er hatte (ziemlich gut) Tennis spielen gelernt, er hatte sich für eine berufliche Richtung entschieden, die ihm einen gewissen Lebensstandard garantieren würde (Handel), ohne dass er sich (dank seiner guten Beziehungen) überarbeiten musste.

Das Problem mit Luxus war natürlich, dass man immer mehr davon brauchte, um sich weiter sicher zu fühlen; und in den letzten Jahren hatte er sich ein bisschen vergessen. Ein paar Dinge waren ihm zu Kopf gestiegen. Und dann Sonja – das war auch ein Fehler gewesen. Das konnte er jetzt ganz deutlich sehen. Eloises Vermögen würde sein reichlich geschrumpftes wunderbar vervollkommnen. Wieso er das nicht früher gesehen hatte als besten Weg! Irgendein geheimer, abenteuerlustiger, unsteter Teil von ihm – vermutlich genetische Reste von seiner Mutter – hatte sich dagegen gewehrt, aber die Angst war groß genug gewesen, um diesen Teil mundtot zu machen. Vielleicht auch ganz tot.

Warum hatte er sich bloß auf die Russen eingelassen? Weil er ein Stück vom PLUTO-Kuchen wollte. Wer wollte das nicht? Aber diese doppelt spielenden, nichtsnutzigen … Das war einfach nicht sein Element. Das wusste er jetzt.

Als er im Dezember den Lagerplatz – diesen Meteoritenkrater – besichtigte, sah alles gut aus. Aber »Die Dinge sind nicht immer so, wie sie aussehen … C.«, so der Wortlaut der ersten anonymen E-Mail, der zahlreiche weitere gefolgt waren. Jede war konkreter und verstörender gewesen als die letzte. Sie erzählten von unbehandeltem Plutonium, Krebs, Schlafkrankheit. Und waren alle mit »C.« unterzeichnet. Schlafkrankheit! Gérard hatte keine Ahnung, wer »C.« war. Oder was es mit der Schlafkrankheit auf sich hatte. Aber er wusste ziemlich viel von unbehandeltem Plutonium. Und wenn das herauskäme, wäre das das Ende von PLUTO – und von seiner Karriere.

Gérard musste an einen Witz denken, den er mal in der französischen Botschaft in Moskau gehört hatte. Wie ging der noch mal? Ein Regierungsbeamter in Moskau soll ein Büro bauen. Er geht zu den Deutschen. Die sagen: »Zwei Millionen.« Er geht zu den Türken. »Eine Million.« Dann geht er zu den Russen. »Drei Millionen«, sagen sie. »Eine für dich, eine für uns und eine für die Türken.« Die Russen kriegen den Zuschlag.

»Liebling?«, fragte Eloise. »Weinst du?«

Wie eine Katze hatte sie das Wohnzimmer ihrer gemeinsamen Pariser Wohnung betreten und stand jetzt auf dem Holzfußboden mitten in dem großen, ruhigen Zimmer mit endlosen weißen Wänden sowie weißen Wandleuchtern und sah sich in ihrem Reich um. »Na, sag …«, forderte sie Gérard auf, der nicht von dem gelben Diwan aufsah, auf dem er deprimiert und kraftlos herumlag. »Erzähl schon, was das Problem ist. Ich helfe dir, es zu lösen.«

Gérard schlug die Hände vors Gesicht und stöhnte. Eloise stand reglos da. Das ungute Gefühl stieg immer höher in ihm auf. Es war unerträglich. Dann spürte er, dann hörte er, wie seinem Körper ein zweites Stöhnen entwich. Für ihn hörte es sich an wie »PLUTO«.

Eloise rührte sich immer noch nicht. Der weiße, ruhige Raum war wieder weiß und ruhig. Gérard sah Eloise vor seinem inneren Auge: rosa Hemdbluse mit Button-down-Kragen, weißer Rock. Ihre weißen Seidenlatschen. Der Kaschmirpullover hing ihr über die Schultern. Eine exklusive, einreihige Perlenkette legte sich so ruhig wie der Meeresgrund über ihre hervortretenden Schlüsselbeine. Sie aß fast nichts, ihre Knochen schienen – wie bei einem Vogel – durch ihre dank zahlreicher Wanderreisen in der ganzen Welt gebräunte Haut. Sie war eine ganz hervorragende Tennispartnerin.

Die Krallen schmerzten immer mehr. Dann ging Gérard auf: Eloise. Natürlich. Eloise. Auf einmal sah Gérard seine Zukunft vor sich, und sie sah aus wie ein langes, flaches, offenes Feld – weizenfarben wie die Felder, die man vom Zug aus sah, wenn man in den Süden fuhr – mit dem Unterschied, dass Gérard nicht aus einem Zugfenster sah, nicht an dem Feld vorbeiraste, sondern auf einem Feldweg stand, mitten in seinem Leben, das um ihn herum heranreifte und bald geerntet werden konnte.

Eloise, kühl wie ein in einem Krug mit Eiswasser hängender Minzzweig, durchdrang jedes Atom dieser Vision. Und Gérard begriff zum ersten Mal, was es bedeutete, sein Schicksal mit ihr zu teilen, und gleichzeitig verstand er, warum er das tat. Ihre Kühle, die ihn so lange so abgestoßen hatte, würde ihnen da durchhelfen. Würde ihm da durchhelfen. Und darum hatte er schließlich zu ihr kommen müssen. Und sie hatte gewartet. Sie hatte gewartet, weil sie wusste, dass er kommen würde. Gérard atmete tief aus und wieder ein. Langsam, ohne sich zu bewegen, beschloss er, ihr die ganze Geschichte zu erzählen, von Anfang bis Ende. Er würde nichts auslassen. Nicht einmal Sonja.

# KAPITEL 25

Der Raum war hell erleuchtet, alles in ihm glänzte wie poliert. Es hätte ein unterirdischer Raum sein können oder die oberste Etage eines Wolkenkratzers – wie alle Räume dieser Art hatte er keine Fenster.

Er hätte sich in Peking oder Vancouver befinden können, in Kapstadt oder Lower Manhattan. Sie sahen alle gleich aus.

Der Raum war voller Männer in schwarzen Anzügen, die sich über schwarze Samttücher beugten. Man hörte sie murmeln: »Mazal u'bracha«, »Mazal u'bracha«.

Ein Mann mit großem, dickem Bauch – der dank eines ungewohnten Frühstücks mit Garnelenbrei rumorte – kam herein. Er war etwas Besonderes: Ein gepflegter Japaner begrüßte ihn (der Raum befand sich in Tokio). Der Geschäftsinhaber bewegte sich schnell und leise, und als er bei dem großen Mann ankam, verneigte er sich. Die beiden zogen sich in einen anderen Raum zurück.

»Möchten Sie kaufen?«, fragte der japanische Händler. Der Amerikaner nickte einmal.

Der Inhaber verteilte eine Handvoll Diamanten auf dem moosfarbenen Stoff. Sie waren atemberaubend: Groß. Rein. Sie funkelten in allen Farben des Regenbogens und blitzten alle rätselhaft blau auf.

»Wunderschöne Ware, mein Herr«, sagte der japanische Händler.

Der große Mann wirkte, als würde er ein klein wenig weich werden. Als sei er erfreut. Dann bot er ein Zehntel des

Marktwertes – einen lächerlich niedrigen Betrag. Der japanische Händler schlug ein, ein bisschen zu schnell.

»Normalerweise würde ich natürlich nicht zu dem Preis verkaufen«, sagte der Japaner. »Aber wir haben in letzter Zeit viele von denen auf dem Markt gesehen.«

Aus den Augen des Amerikaners sprühte Wut. Aber er sagte nichts. Er bezahlte und ließ die Steine in einen mausgrauen Lederbeutel gleiten.

»Mazal u'bracha«, sagte der Japaner, sich der Formel bedienend, die weltweit jeden Diamantenhandel abschließt. »Glück und Segen«.

Mazal u'bracha, in der Tat, dachte der Dicke, als er ging. Irgendjemand wird mehr als Glück und Segen brauchen, wenn ich dieser Sache erst mal auf den Grund gehe. Sein Job war es, sicherzustellen, dass Diamanten weltweit zum richtigen Preis gehandelt wurden. Und dafür, dass er diese Steine so billig hatte erstehen können, konnte es nur einen Grund geben: ein Überangebot. Und ein Überangebot konnte nur dann entstehen, wenn Steine vom Schwarzmarkt kamen. Und der Schwarzmarkt war eigentlich ausgeschaltet worden. Wäre er das nicht, würde es keine Untergrenze geben, und niemand würde mehr Geld damit verdienen. Wenn doch nur diese Ostranowa nicht gestorben wäre! Das war wirklich äußerst ungünstig.

Als der Amerikaner ging, stupste einer der Angestellten den jugendlichen Praktikanten neben sich an. »Weißt du, wer das ist?«, fragte er neugierig. Wenn einer seiner Vorgesetzten das gehört hätte, hätte er seinen Job verloren. Diskretion war hier das oberste Gebot. Der Praktikant schüttelte den Kopf.

»Das ist Mr. Diamond«, sagte der ältere. »Er regiert die

Welt. Du hast gerade den Kaiser unserer Branche gesehen.«

Der Praktikant war beeindruckt. Der Inhaber kam aus dem Hinterzimmer und warf einen Blick in ihre Richtung. Die beiden Männer machten sich wieder an die Arbeit.

# KAPITEL 26

Grigor stand in der frühmorgendlichen Kälte und sah zum Balkon hinauf. Die diversen Fensterfronten wirkten wie eine schiefe Zahnreihe: Sie passten zwar zusammen, aber man verstand nicht recht, wie das funktionierte.

Der Mond war fast voll und warf helles, jenseitiges Licht auf die Straße. Grigor kannte diese Straße gut, zu gut wahrscheinlich. Mit jeder Ecke, jedem Eingang verband er eine Erinnerung – oder gleich mehrere. Der Mathelehrer und seine Familie lebten dort, Pascha, sein bester Freund in Kindertagen, da, und hier hatten Katja und er sich mal geküsst vor ihren Prüfungen. Aber im Mondlicht kam ihm die Straße fremd vor, wie aus einer anderen Welt, wie von einem anderen Planeten. In den Pfützen spiegelte sich das Licht, sie intensivierten es, und er musste sich kurz in den Schatten eines Gebäudes zurückziehen, um sich zu sammeln.

Grigor war glücklich. Und das war ein Gefühl, das er in den letzten Jahren, seit Katjas Tod, nicht oft empfunden hatte. Aufregung, Abenteuer – das alles hatte er aufgegeben, als er heiratete, weil es sich für einen Mann mit Verantwortung nicht schickte. Katjas Tod hatte ihn von diesen Versprechen entbunden, aber der Impuls, sich wieder wie ein junger Mann aufzuführen, war nicht zurückgekehrt. Was er sich gewünscht hatte, hatte er bekommen – und jetzt war es weg.

Heute aber begab er sich in ein Abenteuer. Ja, das war es für ihn: ein Abenteuer! Und zwar – das war das i-Tüpfelchen – zusammen mit der wunderschönen Dascha. Sie war in seinem ruhigen Leben aufgetaucht wie ein … wie ein … er suchte nach einem passenden Bild und dachte schließlich an ein Farbfoto, das er neulich in der Bücherei beim Durchblättern einer Wissenschaftszeitschrift gesehen hatte: die ersten Anzeichen vom Monsun in Bangladesch. Riesige Regentropfen, so groß, dass man sie auf dem Foto einzeln sehen konnte. Durch das Dorf peitschender, die Menschen vor sich hertreibender Wind. Bäume, deren lange grüne Blätter sich zu den Wolken reckten. Dunkler Himmel, nur ein schmaler goldener Streifen in weiter Entfernung, wo der Sturm noch nicht angekommen war. Wie ein Monsun! Luft und Staub aufwirbelnd, jede Menge Wasser im Gepäck, Wasser, Wasser, Wasser, verwandelte sie seine Welt in … ja, in was? Einen Fluss? Schlamm? Etwas Neues, Frisches? Ach …! Er verwarf das Monsunbild, sah hinauf, über die Betondächer der Wohnblöcke im Dorf, zum Mond, wartete noch etwas, genoss die Nacht, das leere, kribbelnde Gefühl in der Brust, das leise Kitzeln wie der Anfang eines Lachens, ganz unten im Hals. Sie war wie eine Außerirdische, und die Nacht war wie eine andere Welt. Grigor hob ein paar Steinchen auf und warf sie wie verabredet vorsichtig gegen Daschas Fenster. Klickklickklickklick. Wie Regen. Oder etwas weniger Materielles – Mondstrahlen, ein Sternensturm. Dann wartete er.

Klickklickklickklick, hörte Dascha. Ein sanftes Prasseln gegen das Fenster. Gott sei Dank. Sie hatte gewusst, dass er kommen würde, und doch waren Wissen und Erleben zwei Paar Schuhe. Leise stand sie auf. Sie war bereits angezogen. Ihre Vermieterin grunzte still. Dascha schlich sich an der Alten vorbei und schloss die Tür hinter sich. Dascha tapste nach unten, und da draußen stand Grigor und strahlte. Sie begrüßten einander mit Blicken und gingen zu seinem Auto.

Erst als sie im Wagen saßen und der Motor lief, fingen sie an zu reden.

»Hat sie dich gehört?«, fragte Grigor. Er war ernst, konnte aber seine Freude über ihre Expedition nicht verhehlen.

Sie lächelte wieder, ihrer Anspannung zum Trotz. Sie musste kurz an Gérard denken. Gerry. Er war so glatt, so elegant. Sie hatte wirklich geglaubt, ihn zu lieben.

»Ach!«, sagte Dascha. »Geschnarcht hat sie!«

Grigor lachte.

Dann fuhren sie schweigend weiter. Grigor kannte die holprigen Straßen wie seine Westentasche. Der Mond schien immer noch so hell, dass die zerwühlte Fahrbahn, die Bäume in der Ferne, die weiten Felder um sie herum deutlich hervortraten. Einen solchen Himmel hatte Dascha noch nie gesehen, nicht einmal draußen auf ihrer alten Pferderanch in Maryland. Sie lehnte sich nach vorn, um durch die Windschutzscheibe nach oben sehen zu können, und Grigor tat es ihr nach. Über ihnen schwappte das Licht am Himmel entlang, helle Punkte ließen das Firmament transparent erscheinen, voller Tiefe, als etwas sehr Schweres, aber auch Leichtes. Es war nicht allein die schlichte Dunkelheit der Städte, in denen sie gelebt hatte: Moskau, Washington, D.C., wo der Nachthimmel einfach nur die Abwesenheit von Sonne bedeutete. Nein, das hier war wie ein eigenes Wesen, ein eigener Gott, ein eigenes Universum. Sie lehnte sich auf dem klapprigen Beifahrersitz des Lada zurück und seufzte.

»Wunderschön«, sagte Grigor, den Blick wieder auf die Straße gerichtet. Sie nickte. Nach einer Stunde bog er plötzlich links ab. Er fuhr quer über ein Feld und kam an einer völlig anderen Straße wieder heraus: breit, asphaltiert, nagelneu.

»Aha?«, sagte Dascha.

Er nickte.

Nach fünfzehn Minuten fuhr er von der Straße ab und parkte den Wagen versteckt hinter einem alten Schuppen. Sie setzten den Weg zu Fuß fort, eine Stunde durch den Wald, zwei Stunden. Die Birken – Dascha hatte ganz vergessen, wie schön sie waren. Ihre Rinde leuchtete im Mondlicht, wie Wegweiser säumten sie ihren Pfad. Auf einmal versperrte ein Zaun ihnen den Weg. Drei Meter hoch, nagelneu, Maschendraht.

»Nicht anfassen«, sagte Grigor. Er bog links ab, und sie folgte ihm. Sie erreichten ein rundes Loch im Zaun, wie ein Mauseloch in Menschengröße. »Hier schaffen die Jungs zusätzliches Brennholz nach Hause, wenn die Chefs gerade nicht gucken. Und Altmetall. Alles, was sie in die Finger bekommen. Sie werden eigentlich ganz gut bezahlt. Aber davor gab es hier jahrelang keine Arbeit, und sie alle haben ihre Familien zu versorgen und wissen nicht, wann vielleicht wieder Schluss ist mit der Arbeit. Da kriechen wir durch – aber vorsichtig, der Zaun steht unter Strom. Zumindest theoretisch. Wenn nicht gerade Stromausfall ist. Aber das müssen wir nicht testen.«

Sie nickte und folgte ihm, legte sich auf den Bauch und robbte hindurch. Als sie sich auf der anderen Seite wieder aufrichteten, flüsterte Grigor: »Warte.« Er verschwand in den Wald und kam dann mit zwei dunkelblauen Arbeitsoveralls wieder. Er lachte. »Die haben die Jungs hier versteckt, für den Fall, dass sie noch mal wiederkommen müssen. Ganz schön clever! Der hier müsste dir passen. Also fast.« Dascha zog sich den Overall über Jeans und Pulli, Grigor tat das Gleiche. Er nickte ihr zu und zwinkerte. Sie gingen weiter. Der Wald endete abrupt. Grigor hob die Hand. »Mir nach«, sagte er. »Als Erstes zeige ich dir unsere beeindruckendste Attraktion hier in der Gegend. Helm auf und los!«

Der Himmel über ihnen wurde immer heller. Dascha fröstelte: Es war ein kalter Morgen. Grigor ging etwas langsamer, vorsichtiger. Dascha hatte ein unheimliches Gefühl, als trüge die Schwärze vor ihnen ein Geheimnis in sich, das sie besser nicht antasten sollten. Sie zögerte kurz. Dann duckte sich Grigor, ging in die Knie und krabbelte weiter. Sie tat es ihm nach. Wenn Grigor anhielt, hielt sie auch. Sie reckten die Hälse über etwas, das wie ein Schmutzrand wirkte. Unter ihnen gähnte ein Vakuum. Ein schwarzes Loch. Ein Nichts. Es war unnatürlich, abweisend. Gleichzeitig übte es eine Faszination und Anziehungskraft aus, als wollte es alles, was in seine Nähe kam, in sich hineinsaugen. Sie schauderte.

»Na?«, sagte Grigor. »Was sagst du zu unserem streng geheimen Krater?«

Er sah sie an – selbst im blassen Licht der Morgendämmerung, dachte sie, musste sie blass und grünlich wirken. Sie lachte. »Du bist beeindruckt! Das sehe ich doch! Tja, für einen Geologen ist das natürlich interessant, auch wenn sie wie bescheuert gebuddelt haben, ohne jeden Respekt, ohne darauf zu achten, die Mineralschichten zu erhalten. Man kann aber immer noch einiges erkennen. Wenn du zum Beispiel da runterguckst, kannst du eine rote Ader sehen, das ist eine Erzablagerung aus dem Paleozän. Wenn wir das alles offiziell untersuchen dürften, dann müssten wir uns nicht bei Nacht hierher schleichen! Wir könnten so viele Theorien widerlegen! Aber wir müssen uns mit dem zufriedengeben, was das Leben uns lässt.«

Er stand auf und ging am Rand des Kraters entlang. Dascha folgte ihm. Er packte sie fest am Arm. »Sei bloß vorsichtig – hier ist nichts abgesichert. Manchmal gibt es kleine Erdrutsche. Wenn wir reinfallen, kommt keiner und rettet uns.«

»Und jetzt zeige ich dir noch was Interessantes«, sagte Grigor. Er führte sie zurück in den Wald, hinüber zu einem anderen Teilstück der Mine. Unter ihnen, in einer Nebengrube, sahen sie etwas, das auf den ersten Blick wie eine Baustelle aussah. Ganz unten in der Grube standen Kräne. Metallpfosten stapelten sich am äußeren Rand der Grube. Drei Zementmischer standen ganz unten. Langsam begriff Dascha, was hier nicht stimmte. Die Lichter waren zwar alle an – aber es waren keine Menschen da. Mehr noch: Alles war von einer so dicken Staub- und Schmutzschicht überzogen, als sei es seit Monaten nicht angerührt worden.

»Am Ende waren die Jungs froh, dass sie ein bisschen was geklaut haben«, flüsterte Grigor. »Eines Tages haben sie aufgehört zu arbeiten. Einfach so. Vor neun Monaten, Anfang Januar.« Er verstummte.

Dascha nickte. Was hier entstehen sollte, war klar. Aber warum hatte man die Bauarbeiten eingestellt? Wo war der Müll?

»Anfang Januar …«, sagte sie. »Bist du dir sicher?«

»Klar bin ich sicher«, sagte Grigor. »Ist alles ziemlich überschaubar hier. Jedenfalls, was die Einwohnerzahlen angeht. Hier sind Geheimnisse Allgemeinwissen.«

Sie gingen weiter. Als die Sonne über der grauen, dunstigen Gegend aufging, schauderte Dascha. Dann standen sie plötzlich vor noch einer weiteren Grube. Hier stapelten sich mit Beton überzogene Abfallcontainer. Planlos. Die von ihnen ausgehende Hitze war selbst auf die Entfernung deutlich zu spüren. Grigor nahm erschreckt die Hand vor den Mund.

»Nichts wie weg hier«, sagte Dascha. »Sofort.«

Grigor nickte. »Ist gefährlich, ja?«

»Ja. Definitiv«, sagte sie und rechnete sich bereits aus, wann sie frühestens in Moskau Bescheid sagen könnte.

# KAPITEL 27

Dass Kunden mehrtägige Reisen auf sich nahmen, um zu Borjas »Fandorin Bar« zu kommen, war nichts Ungewöhnliches – das war es also nicht, was ihn an dem Mann am Tisch im hinteren Bereich des Raumes beeindruckte. Es war ein wirklich spezielles Lokal, mit einer Wand aus großen Glaskugeln – so massiv, dass schon ein Projektil hermusste, um sie kaputt zu kriegen (die eine kleine Spalte in der Wand, die wie eine Zahnlücke wirkte, stammte denn auch tatsächlich von einer heftigen Auseinandersetzung zwischen zwei der Mafia angehörenden Gästen). Immerhin funktionierte die Hälfte der sternförmigen Lampen noch.

Was Borja zu dem Bier trinkenden Mann in der Ecke hinzog, war etwas anderes. Er war sicher Ausländer. Aber das kam hier öfter vor.

Aus irgendeinem Grund flog Borjas Herz dem Mann in der zerknautschten Jacke zu. Er wollte ihm helfen. Sein erster Gedanke galt der Prostituierten im vierten Stock. Gut, die war nicht mehr die Jüngste. Aber sofort verfügbar. Und Borjas Lebenserfahrung – in Bezug auf sich selbst und auf seine Kunden – hatte ihn gelehrt, dass Nähe zu den wichtigsten Gütern zählte.

Er hatte Lenka angerufen, sie war aus ihrer Höhle im vierten Stock des Hotels hervorgekrochen und torkelte nun mit leicht schief sitzender, strohblonder Perücke auf den Tisch in der Ecke zu. Er bemerkte sie erst gar nicht. Sie setzte sich auf seinen Schoß, und er sah sie überrascht an. Dann schüttelte er den Kopf, gab ihr einen Schein und sagte etwas. Sie erhob sich, steckte sich den Schein ins üppige Dekolleté und ging. In der Lobby angekommen, sah sie Borja an und spuckte aus.

Als Nächstes rief er Darenka an. Vielleicht war das mit Lenka ein Fehler gewesen. Sie war zu alt. Und sie hatte sich auch wirklich gehen lassen – das war Borja bis eben gar nicht aufgefallen. Darenka war jung und prall, sie hatte weiche Haut und ein großes Lächeln. Sie war genau das, was der ausländische Kunde brauchte! Darenka ging ans Telefon und sagte, sie bringe gerade ihr Kind ins Bett. »Kostja? Ach, der kümmert sich nicht, der ist unterwegs. Was denkst du denn?« Borja erklärte ihr die Lage. »Ja, ja …«, sagte sie. »Ich komme, wenn der Kleine eingeschlafen ist.«

Aber nein, auch Darenka wollte er nicht. Sie reagierte etwas zivilisierter als Lenka auf die Abweisung – sie spuckte nicht –, aber auch sie wurde weggeschickt.

Die Geschmäcker sind eben verschieden, dachte Borja und fegte hinter der Bar. Neulich hatte es hier eine klasse Schlägerei gegeben, und er fand immer noch Glassplitter. Wenn dieses Zimmermädchen, diese Dascha, noch da wäre, hätte er es mit ihr versucht. Irgendetwas sagte ihm, dass Dascha dem Mann am Tisch gefallen hätte. Sie hatte etwas an sich – sie hatte eine Vergangenheit, das war klar. Und eine Eleganz, selbst wenn sie bloß Böden wischte. Sie wischte irgendwie so – kultiviert. Aber sie war verschwunden, ohne jemandem ein Wort zu sagen. Vor drei, vier Wochen etwa. Kurz nachdem die Bierlieferung gekommen war. Selbst die alte Olga wusste nicht, wo sie abgeblieben war.

Na ja. So etwas passierte eben. Nichts war für immer. Nach diesen Überlegungen hatte der Wirt einen seiner Geistesblitze. Was mögen Ausländer? Andere Ausländer! Er rief bei Heinzchick an, dem Außenseiter der Bewohner von Roter Fluss.

Max sah sich in der Fandorin Bar um, trank einen Schluck Bier und seufzte. Er war so beschwingt gewesen, nachdem Bob Dominion und Wolkows Karte verschwunden waren. Er hatte das berühmte Rushmoresche Bauchgefühl, das ihm sagte, dass hier etwas im Busch war. Das ihm sagte: Bleib dran!

Also hatte er seine Sachen gepackt und sich in ein Flugzeug nach Nowosibirsk gesetzt. Von dort war er per Zug und Laster nach Roter Fluss gefahren, der Stadt, um die Sonja auf der Karte einen Kreis gemacht hatte.

Jetzt war er da. Er hatte Lenka und Darenka weggeschickt und sich geschworen, dem Wirt eine reinzuhauen, wenn er ihm noch eine Frau schickte. Doch da tauchte ein schlanker, blasser, relativ junger Mann auf. Seine Haare waren hellrot und durchsichtig, seine Haut von hellen Sommersprossen übersät. Der Wirt schob ihn Richtung Max.

»Er ist Ausländer«, sagte der Barkeeper und grinste freundlich. »Und du bist Ausländer!«

»Müller-Heinz«, sagte der Mann.

»Rushmore«, stellte sich Max vor. Und an den Wirt gewandt: »Zwei Bier.«

»Der liebe Borja fand wohl, dass Sie einsam aussehen«, sagte der Mann, nachdem Borja sich wieder hinter die Bar zurückgezogen hatte. Er sah sich in diesem Verlassenheit ausstrahlenden Raum um und seufzte. »Ich bin auch selbst ein bisschen einsam.«

»Solange Sie keine Kleinstadtnutte sind, freue ich mich über die Gesellschaft«, sagte Max.

Beleidigt sah Müller-Heinz ihn an. »Selbstverständlich bin ich keine Nutte! Ich arbeite als Umweltberater.« Er seufzte. »Sie können mich Heinz nennen.«

»Aber ist das nicht Ihr … dein Nachname?«

»Ja. Ist eine lange Geschichte. Meine Eltern waren 68er. Meine Mutter hatte viele Lover. Aber sie hat ihrer Mutter auf dem Sterbebett versprochen, zu heiraten, falls sie einen Sohn bekäme. Meine Großmutter war sehr altmodisch. Sie sagte immer: ›Kein Sohn darf ein Bastard sein‹ und ähnlich absurde Dinge. Dann forderte sie von meiner Mutter, ihren Sohn nach ihrem Onkel – dem Bruder ihrer Mutter – zu nennen, der im Krieg gefallen war. Er steckte in einem Lager nicht weit von hier. Hat so viele Jahre überlebt. Und dann, auf seinem Weg zurück nach Hause, ist irgendwo ein Baumstamm von einem Laster gefallen und hat ihn überrollt. So ist das Leben! Und keiner ihrer Lover wollte sie heiraten. In den Kreisen war das damals nicht angesagt. Also hat meine Mutter einen Freund geheiratet, einen Herrn Heinz. So kam ich zu meinem Namen.« Er seufzte wieder. »Ich vermute, Sie sind wegen der Schlafkrankheit hier, Mr. Rushmore?«

»Max reicht schon«, sagte Max. »Aber was meinst du mit Schlafkrankheit?«

»Ach«, sagte der Jüngere. »Du bist nicht hier, um darüber zu schreiben? In den letzten Monaten schlafen ständig Menschen hier in der Gegend ein. Im Gehen, im Stehen, beim Reden, bei der Arbeit – von einer Sekunde auf die andere schlafen sie ein und wachen tagelang nicht wieder auf, egal, was man macht. Du bist so locker gekleidet, da dachte ich, du wärst Journalist. Tut mir leid.«

»Kein Problem«, sagte Max. »Und was hat es mit dieser Schlafkrankheit auf sich?«

»Das weiß halt keiner ...«, sagte der Deutsche und zog die schmalen Schultern sehr hoch. »Die einen sagen, es kommt vom Atommüll in Postfach 23, nur ein paar hundert Kilometer entfernt. Die anderen glauben an Erdgeister, die durch die Bohrungen aufgeschreckt und verärgert werden. Und mindestens ein Wissenschaftler hat geäußert, es handele sich um eine kollektive Halluzination. Trinken wir noch ein Bier? Eigentlich sollte ich die Finger vom Alkohol lassen, ich tendiere nämlich zur Melancholie, und diese Tendenz wird durchs Saufen nur verstärkt. Aber wie sagt man doch so schön in Amerika? ›What the heck!?‹«

»Ja, genau, what the heck!?«, sagte Max und bestellte noch mehr Bier.

»Ich bin eigentlich ein Freund«, sagte Heinz leiser. »Der mit Brüdern arbeitet.«

»Bitte?«

»Ich bin ein Freund«, wiederholte Heinz mit leicht beunruhigender Präzision. »Der mit Brüdern arbeitet. Die mit anderen befreundet sind. Die sich mit Unbekanntem befassen.«

Da kapierte Max: Der BND hatte schon immer sehr merkwürdige Codes gehabt. Wahrscheinlich das Ergebnis von Deutschlands überhumanistischem Bildungssystem. Jeder sollte von sich glauben, er sei der nächste Schiller.

»Okay«, sagte Max.

»Ich glaube, dass du mir helfen kannst«, sagte Heinz. »Einer unserer Mitarbeiter ist jetzt in – wie nennt man das? ›Vaterzeit‹? Er hat ein Kind bekommen, und das ging aus unserem Kalendersystem nicht hervor – Fehler im Sekretariat.« Seine Augen funkelten kurz wütend auf. »Uns fehlt darum gerade ein Mann für einen kleinen Rechercheeinsatz. Das haben wir auch kommuniziert – kennst du diese neue App? Ziemlich beeindruckend, aber wenn du mich fragst, alles andere als sicher – und dein Vorgesetzter hat dich dort eingespeist als ›freier Mitarbeiter‹, der gerade geschäftlich in der Gegend ist – es geht um Holz, wenn ich mich nicht irre?«

Max nickte. Er hatte Dunkirk nicht erzählt, dass der Deal

nicht zustande kommen würde. Wozu auch? War doch eine günstige Gelegenheit, zu versuchen, Sonja Ostranowa auf die Spur zu kommen. Könnte ja sein, dass es ihm gelang. Vielleicht würden sie ihm dann seinen alten Job wiedergeben. Oder wenigstens einen neuen Auftrag. Heinz redete immer noch.

»Ich wollte mich ein bisschen über dich informieren, und jetzt bist du schon da! Und was noch viel interessanter ist: Ich habe dich vorhin wiedererkannt! Du warst auch bei der Feier in der amerikanischen Botschaft, bei der eure Regierung den Gästen ganz demokratisch abgepacktes Essen von Burger King aufgetischt hat. Ein erstaunliches Land! Ich glaube, das war völlig ernst gemeint.«

Heinz lachte in sich hinein, dann fuhr er fort: »Wie du dir vorstellen kannst, lebe ich hier absolut vegan. Die Feier war mein erster Heimaturlaub. Und euer Burger King hat mich krank gemacht. Und wie! Aber egal. Ich dachte, wenn du schon mal hier bist, und da mein Vorgesetzter bereits grünes Licht signalisiert hat, könntest du vielleicht einspringen? Ich …« Heinz sah sich traurig in der Bar um. »Bin hier einfach zu bekannt, als dass ich in irgendwelche anderen Rollen schlüpfen könnte.«

»Ich schätze, wir Amis sind dir was schuldig«, sagte Max. »Nach der Sache mit Burger King.«

»Tails, Max.« Damit hatte Heinz ihre Einsatzbesprechung am folgenden Abend begonnen.

In der Zwischenzeit hatte Max auf elektronischem Wege ein Dunkirk-typisches grünes Licht bekommen. (Er hatte geschrieben: »Du hast Rückendeckung, wenn alles glattgeht. Sonst wissen wir von nichts.«)

Am nächsten Morgen dann schwang Heinz sich den

Rucksack über eine Schulter, und sie machten sich zu Fuß auf den Weg aus der Stadt. Auf der Straße lag eine dünne Schicht aus Dreck und Eis. Über ihnen der flache, kalte Mond.

»Na? Was fällt dir noch ein?«, fragte Heinz.

»Mal sehen«, sagte Max. »Tails ... wenn ein Brennstab in einem Kraftwerk verbraucht ist, bleibt immer ein Abfallprodukt – sogenannte Tails. Die sind nichts anderes als abgereichertes Uran und entsprechend toxisch. Das schmutzige kleine Geheimnis des Atomzeitalters ist, dass keiner weiß, wohin mit dem Abfall. In den USA liegt er einfach in Metallfässern auf irgendwelchen Feldern herum. Das Problem ist aber, dass das Metall rostet und man bei jeder Bewegung der Fässer riskiert, dass Radioaktivität in die Umgebung gelangt. Ganz zu schweigen davon, was passiert, wenn ein Flugzeug genau dort abstürzt. Also nicht ideal.«

»Ganz genau«, pflichtete Heinz ihm bei und eilte schon voraus. Max schüttelte den Kopf und folgte seinem deutschen Kollegen.

»In Westeuropa läuft es aber nicht besser«, sagte Heinz. »Deutschland hat ein paar Versuche unternommen, den Atommüll auf – beziehungsweise in – eigenem Boden zu lagern. Ich habe früher oft die Schule geschwänzt, um gegen das Endlager in Gorleben zu protestieren. Du müsstest mal sehen, wie viel naive Kunst in der Zeit entstanden ist! ›Atomkraft? Nein danke!‹, Buntstiftzeichnungen von Blumen und Gasmasken. Meine Mutter hat ganz viel davon aufgehoben. Manchmal denke ich, man müsste eine Ausstellung machen: ›Kunst von Kindern in Westdeutschland in den Achtzigern‹. Aber das tut nichts zur Sache. Letztendlich ist es einfach viel zu teuer, in Westeuropa sichere Endlager zu bauen.«

»Die Franzosen bringen ihren Müll einfach nach Russland, stimmt's?«, fragte Max. »Laden ihn einfach irgendwo in der sibirischen Pampa ab. So wie hier.«

»Das machen die Deutschen auch«, sagte Heinz. »Oder zumindest haben sie es gemacht. Ein handfester Skandal. Ganz hier in der Nähe gibt es einen Parkplatz, auf dem tonnenweise europäischer Atommüll rumliegt. Die Europäer sagen, die russische Firma ist dafür verantwortlich. Die russische Firma interessiert das nicht die Bohne. Also liegt der Müll da rum. Schrecklich.«

Max schüttelte den Kopf.

»In Frankreich wird der Müll in der Normandie ›aufbereitet‹«, sagte Heinz. »Ein erstaunliches System. Die Lkw mit dem unbehandelten Müll fahren auf völlig normalen Straßen, nur von zwei Motorrädern eskortiert. Bei völlig normalem Verkehr. Alles ist völlig normal. Da wäre es ein Leichtes, einen dieser Lkw anzugreifen. Oder was, wenn es einen Verkehrsunfall gibt? Die Franzosen sind jetzt nicht gerade begnadete Autofahrer. Jedenfalls entfernen die Aufbereitungsanlagen einen geringen Prozentsatz des Urans und recyceln es. Den Rest des Mülls packen sie in Beton und schicken ihn nach Afrika und Sibirien.«

»Klingt abstoßend«, sagte Max.

»Ja«, sagte Heinz. »Aber leider interessiert das keinen. Es gibt natürlich andere Möglichkeiten, und da haben sich zum Beispiel die USA was ausgedacht: Vor zwanzig Jahren erklärten die Russen sich bereit, euer hoch angereichertes Uran – das, was man für Massenvernichtungswaffen braucht – zu nehmen und für euch abzureichern. Das abgereicherte Zeug wird zurück in die USA geschickt. Damit werden eure ganzen Klimaanlagen betrieben. 20 Prozent des amerikanischen Stroms stammt aus in Russland behandeltem Atommüll.«

Max pfiff im Mondlicht. »Das habe ich nicht gewusst.«

»Ja, unsere Schicksale sind enger miteinander verwoben, als uns bewusst ist. Aber weiter. Im letzten Jahrzehnt hat Russland immer mehr Tails angenommen. Bedeutend mehr. Und die Frage ist: Warum?«

»Ist nicht besonders lukrativ«, sagte Max. »Es sei denn …«

»Genau«, sagte Heinz. »Sie haben ihre wichtigsten Uranvorkommen verloren, als die SU zusammenbrach.«

»Das heißt, sie haben vielleicht bald keins mehr«, sagte Max.

Heinz nickte.

»Der Westen lädt also seine alten Tails ab, und die Russen schnorren Uran?«

»Vielleicht.« Heinz nickte. Der Mond war dicker geworden. Er schien jetzt direkt über ihnen zu hängen und erleuchtete die sanft wiegenden Weizenhalme wie eine riesige Laterne.

»Übel«, sagte Max.

»Aber legal«, bestätigte Heinz traurig. »Gemäß internationalem Recht. Wenn wir jetzt aber herausfänden, dass die Franzosen« – sein Blick verdunkelte sich wieder – »den Russen dabei helfen, mithilfe von Tails aus dem Westen waffentaugliches Uran herzustellen, dann könnten wir etwas tun. Wenn wir Beweise hätten, könnten wir sogar einen Bericht nach Brüssel schicken!«

»Und da komm ich ins Spiel?«

»Genau. Rotstadt wurde gebaut, um waffentaugliches Uran zu produzieren. Aber in den Neunzigern haben sie dann die Produktion heruntergefahren. Haben stattdessen Kücheneinrichtungen gebaut, um die Stadt am Laufen zu halten. Und jetzt haben die Franzosen einen Deal gelandet. Sie bauen eine neue Hightech-Anlage für Tails, mit der das restliche Uran effizienter verwertet werden kann. Solange sie das, was sie da anreichern, für den zivilen Gebrauch anreichern, ist es okay, sogar legal. Aber vor allem jetzt, da Deutschland beschlossen hat, sämtliche Atomkraftwerke herunterzufahren, gefällt uns das Ganze gar nicht. Es ist weder sicher noch gesund. Wusstest du, dass man in Bayern bis heute kein Wildschwein essen kann? Tschernobyl lässt grüßen. In der Gegend kam besonders viel radioaktiver Niederschlag herunter. Auch Pilze essen kann man komplett vergessen! Du verstehst, was ich meine.«

Max nickte.

Heinz fuhr fort: »Im Moment sind die Franzosen die Einzigen, die jeden Tag auf dem Gelände sind. Eure NNSA-Leute kommen auch, aber wer weiß, vielleicht wird denen bloß irgendein Potemkinsches Dorf gezeigt? Und darum haben wir beschlossen, ›unsere Kräfte zu bündeln‹, wie ihr Amerikaner immer so schön sagt, und unsere Partnerschaft einzuläuten. Aber dann hat sich mein Kollege«, seine Wut drängte wieder an die Oberfläche, »in seine Vaterzeit verabschiedet. Und die Besprechung ist in zwei Tagen. Du sprichst doch Deutsch, oder?«

Max nickte.

»Musst im Grunde kaum was tun. Nur den ersten Kontakt herstellen. Nächstes Mal kommen wir dann mit einem festen Mitarbeiter wieder. Wir brauchen nur jemanden zum Händeschütteln. Also, wie sieht's aus? Wie sagt ihr immer: Do we have a deal?«

»You've got a deal!«, sagte Max.

# KAPITEL 28

Von Roter Fluss – der echten Stadt, die man auf jeder Landkarte finden konnte – waren es nur hundert Kilometer nach Rotstadt, der ersten der geheimen Städte. Auf diesen hundert Kilometern bewegte man sich von einer existenten Welt in eine andere Zone – oder vielmehr mehrere Zonen, in denen unterschiedliche Regeln galten. Rotstadt war Kontrollzone B – was so viel hieß wie, dass man zwar nur mit Sondergenehmigung einreisen durfte, dass es aber weder Zaun noch Kontrollen gab. Als Russe konnte man meist ungeschoren davonkommen, aber als Ausländer tat man gut daran, die richtigen Papiere dabeizuhaben.

Dank Heinz und dem BND hatte Max die richtigen Papiere. Atomow lag in einer Kontrollzone A – es war von einer bewachten Mauer oder Elektrozäunen umgeben, man musste beweisen, dass man hineindurfte. Und dann gab es natürlich noch die Verbotene Zone. Hier war »der Leuchtturm«, das Gelände, auf dem in den Fünfzigerjahren einer der schlimmsten Nuklearunfälle der Sowjetgeschichte geschah.

Das Hotelzimmer in Rotstadt war so klein und schmal wie eine Mönchszelle. Die geblümte Tapete löste sich von der Wand, darunter kamen Zeitungen zum Vorschein, die den Kleister hatten aufsaugen sollen. Nachrichten von Breschnew, konserviert nicht in Bernstein, sondern in Kleister. Max ging im Etagenbad duschen. Die Fliesen lösten sich in Wohlgefallen auf, als kehrten sie zur Erde zurück. Dann legte er sich auf das schmale Bett.

Am nächsten Morgen lehnte Max sich auf den Tresen im Empfangsbereich. Hinter einer Glasscheibe tippte eine Frau mit lila Locken langsam eine Nummer in ein großes, graues Telefon. Als sie mit ihrem Anruf fertig war, sah sie zu ihm auf.

Er reichte ihr den Brief, den Heinz in einem Internetcafé ausgedruckt hatte.

»Können Sie mir sagen, wie ich zu dieser Adresse komme?«, fragte er in einer Mischung aus mittelmäßigem Russisch und Deutsch, wich aber immer wieder ins Deutsche aus.

Sie kniff die Augen hinter dem mit Edelsteinen besetzten, bronzefarbenen Brillengestell zusammen und studierte die Papiere. Puder hatte sich in den Falten ihres Gesichts gesammelt. Sie nahm den Telefonhörer und wählte wieder ganz langsam. Als sie auflegte, sagte sie: »Okay. Warten Sie kurz. Ein Fahrer holt Sie in zehn Minuten ab.«

Vierzig Minuten später war der Fahrer da. Das Radio in dem Honda war voll aufgedreht, die abgefahrenen Reifen verströmten beim Bremsen den Geruch von verbranntem Gummi.

Die Zentrale der Firma Rotstadt-Toaster befand sich im dritten Stock eines Gebäudes, dessen bröckelndes Wandgemälde mehr aus fehlenden denn aus verbliebenen Fliesen bestand. Der Aufzug war außer Betrieb, Max nahm die Treppe. Er klopfte an und ein kleiner, glatzköpfiger und nahezu kugelförmiger Mann sah zu ihm auf. Er trug einen braunen Anzug mit breitem Revers. Am linken Aufschlag blitzte eine kleine, eckige, goldene Anstecknadel. Bei genauerem Hinsehen identifizierte Max sie als Toaster.

»Ich grüße Sie. Haben Sie meinen Brief erhalten?«, fragte Max.

Der Mann schüttelte den Kopf.

»Wie ärgerlich«, sagte Max. »Ich hatte schon so was befürchtet. Aber macht nichts. Ich bin Gerd Schröder von der Firma Schröder Toaster.«

»Na prima. Ich heiße Victor Barowski ...«, sagte der Mann. »Aber ich habe mich daran gewöhnt, dass die Leute hier Toastowski zu mir sagen.« Er grinste, als hätte er nichts dagegen.

»Na dann. Freut mich«, sagte Max. »Ich möchte Ihnen gerne, wenn Sie kurz Zeit haben, meine Firma vorstellen. Wir sind ein kleiner, aber wenn ich mir die Bemerkung erlauben darf, solider Produzent von Toastern mit Kunden in der ganzen Welt. Unser Sitz ist in Gütersloh, einer ganz entzückenden Stadt in Deutschland, die im Krieg leider zu großen Teilen zerstört wurde. Mein Großonkel war es, der mit der Toaster-Produktion anfing. Er verwandelte die damalige Schmiede in einen modernen Produktionsbetrieb für Elektrogeräte. Wir möchten gerne in den Osten expandieren, aber dafür brauchen wir verlässliche Partner. Darum bin ich jetzt hier auf Reisen, um potenzielle Geschäftspartner kennenzulernen. Bisher habe ich allerdings noch nicht den richtigen gefunden.«

Der Mann hatte sich nickend hinter den einzigen Schreibtisch in dem kleinen Raum gesetzt und die Hände gefaltet. Sein Kinn ruhte auf den erstaunlich langen Fingern, er stieß einen langen, traurigen Seufzer aus. Statt zu antworten, bückte er sich und wühlte unter seinem Schreibtisch herum. Max hörte das Klirren von Glas. Der Mann stellte eine Flasche und zwei trübe Schnapsgläser auf den Schreibtisch. Schweigend schenkte er ein und reichte Max ein Glas. »Na sdarowje!«, sagte der Mann. Seine Anstecknadel blitzte auf, als er den Arm hob.

Er schenkte noch mal ein. Das Tageslicht wurde von einer

dicken Staubschicht auf der Fensterscheibe gefiltert und waberte über einen Minidschungel aus fast ganz durchsichtigen Grünlilien.

»Gütersloh …« Seine Stimme klang wehmütig. »Wenn ich die Augen schließe, sehe ich es fast vor mir. Ich würde Ihre Fabrik sehr gerne sehen …«

»Gerne«, sagte Max. »Wir haben die Produktion vor dem Tod meines Vaters modernisiert und es nicht bereut. Wir Deutschen haben eine lange Handwerkstradition, wie Sie sicher wissen. Es gibt nicht viele Bodenschätze, wir müssen unsere Ressourcen bestmöglich ausnutzen. Immer, wenn Sie verstehen, was ich meine.«

Der Chef von Rotstadt-Toaster nickte. »In Russland«, sagte er und schenkte eine weitere Runde ein, »sind wir nicht mit Knappheit gesegnet. Unsere Wälder, unser Boden, unsere Flüsse – Gott hat uns von allem reichlich gegeben. Und uns so erlaubt, eine verschwenderische Nation zu werden.«

Max zuckte unverbindlich die Achseln, als wolle er sagen, die Wege des Herrn sind unergründlich. Dann erhob er sich und ging auf die Vitrine zu, deren Lack absplitterte und die eine ganze Wand einnahm.

»Darf ich?«, fragte er, und als er ein Nicken zur Antwort bekam, öffnete er die Glastüren. Er nahm einen Stahltoaster heraus, dann noch einen und bewunderte jeden Knopf, jeden Schalter und den typischen Rotstadt-Toaster-Schwung der drei ausgestellten Modelle. Dann setzte er sich wieder.

»Ahh. Gut«, sagte er. »Schön, schön.«

Sein Gesprächspartner strahlte. »Herr Schröder, haben Sie Lust auf eine Stadtführung?«

Gerd Schröder streckte in einer Geste tiefster Dankbarkeit beide Hände aus, die Handflächen nach oben. Sein Gastgeber verstand.

Während der Lada durch das Industriegebiet von enormen Ausmaßen tuckerte, erklärte Toastowski die verschiedenen Sehenswürdigkeiten unter den riesigen Lagerhallen: Eine hatte ein metallenes Vordach, so verdreht, als sei ein Hurrikan darüber hinweggefegt; die kaputten Fenster einer anderen waren mit Brettern und Alufolie ausgebessert.

»Da drüben haben sich unsere französischen Freunde niedergelassen – das sind die Silos von Dynacorp«, sagte Toastowski. »Die lachen uns natürlich aus. Das ist eine Nuklearstadt, sagen sie, also wieso macht ihr in Toaster? Aber ich sage: Leute, die Nachfrage nach Waffen ist immer nur so groß wie die Regierung, die dahintersteht. Toaster dagegen – jede Hausfrau der Welt will einen Toaster. Toaster sind, wie sagt man, unsterblich?«

»Da bin ich ganz Ihrer Meinung«, stimmte Max zu. »Kriege kommen und gehen. Frühstücken muss man immer.«

Toastowski klopfte ihm auf den Rücken. Dann seufzte er. »Ich kann mir in etwa vorstellen, wie das für Sie aussehen muss, Herr Schröder aus Gütersloh!«

Max nickte einmal kurz zustimmend.

»Meine Familie stammt eigentlich aus dem Süden Russlands«, fuhr Toastowski fort und schrie fast gegen das Motorengeräusch an, während der Wagen über die unebene Straße holperte. »Während des Krieges war alles ganz anders als während der Sowjetzeit. Das halbe Dorf hat mit den Deutschen kollaboriert. Mein Vater hat mir davon erzählt, als er im Sterben lag. Verrückt, oder? Er lag in meinen Armen und hat sich an damals erinnert. An die Bauern, denen die Sowjets ihre Höfe weggenommen hatten – darum sympathisierten sie mit den Deutschen. Unsere Familie wohnte in einem guten Haus, also wurde einer der deutschen Offiziere dort einquartiert. Als mein Vater im Sterben lag, konnte er sich an

Szenen von damals erinnern wie an einen Kinofilm. Wie er mit dem Offizier Karten gespielt hat, Siebzehn und Vier. Als Einsatz diente die finnische Butter, die die Deutschen immer bekamen. Sie wurde in Spezialpaketen geschickt. Mein Vater konnte sich noch genau an das Wachspapier erinnern. Und er hat gesagt, später ist ihm aufgefallen, dass der Offizier ihn hat gewinnen lassen. Damit er die Butter bekommt. ›Ach, du kleiner Millionär‹, sagte der Offizier. Den Satz hat mein Vater noch behalten, bis er im Sterben lag. ›Ach, du kleiner Millionär.‹ Tss …«

Sie erreichten eine Lagerhalle, die genauso heruntergekommen aussah wie alle anderen. Eine Schranke öffnete sich, der Lada passierte.

»Später wurden sie in die Ukraine geschickt. Die ganze Familie. Als Landarbeiter. Im Prinzip waren sie Sklaven. Aber weil sie selbst direkt auf dem Feld arbeiteten, hatten sie immer genug zu essen. Deshalb haben sie überlebt.«

Der Wagen hielt, die beiden Männer stiegen aus. Sie gingen auf einen Glaskasten zu, Toastowski sprach mit der darin sitzenden Frau. Wortlos reichte sie ihm einen Aluminiumbehälter von der Größe eines Zahnbürstenetuis. Um ihn herum verlief eine Schnur, wie mit heißem Wachs befestigt, wie versiegelt. Toastowski schraubte den Deckel auf und brach das Wachssiegel.

»Ziemlich altmodische Sicherheitstechnologie«, sagte er und zog einen Schlüssel aus dem Behältnis. »Aber immer noch sehr wirkungsvoll.«

Sie betraten eine Halle von der Größe eines Flugzeughangars. »Hier haben wir Forschung und Entwicklung, Produktion, Vertrieb«, sagte Toastowski.

Die Anstecknadel des Russen blitzte wieder auf, als er herumdeutete:

Jede Menge Rohre und Riemen und alte Metallpressen, geweitet, wuchtig, wie ein Denkmal für eine tote Zivilisation oder das Ende der Welt.

»Schau an, schau an«, sagte Max und nickte. Er folgte Toastowski in die Ruinen.

»Die hier«, fuhr Toastowski fort und zeigte auf eine Stahlpresse mit einem Hebel zur manuellen Bedienung, »stammt aus Deutschland. Nach dem Krieg requiriert. Funktioniert immer noch einwandfrei.«

Max betrachtete die Presse wie eine verlorene Verwandte, der er nicht unbedingt wiederbegegnen wollte. Er ließ den Blick weiter durch den Raum wandern. Metallene Sarkophage, groß genug für ganze Familien, grün gestrichen. Klapprige, zu geflickten Baumhäusern aus Metall führende Leitern. Relikte aus einem Zeitalter mit viel manueller Arbeit. Es gab Räder zum Drehen, Knöpfe zum Drücken, Hebel, mit denen man Dinge in Gang setzen und wieder anhalten konnte. Schmale Metalltürme reichten bis an die Decke, voller Dellen und altersbedingter Verfärbungen. Breite Förderbänder aus Metall reckten sich gen Horizont und sahen ähnlich gebeutelt aus. Eine Maschine ganz hinten in der Halle zog Max' Aufmerksamkeit auf sich. Sie war ganz glatt und weiß und glänzte und sah im Vergleich zu den sie umgebenden Apparaten sehr nach Weltraumzeitalter aus. In blauen Buchstaben stand »Dynacorp« darauf.

»Und … Was ist das?«, fragte Max.

»Ach! Das ist unser ganzer Stolz!«, sagte Toastowski und lächelte, dass sein ganzes Wesen strahlte. »Ein Laserschneidgerät, mit dem kann man Diamanten schneiden! Haben wir zum Schnäppchenpreis bekommen. Die Maschine ist so präzise, auf einen tausendstel Zentimeter genau! Und so vielseitig, dass sie mit den richtigen technischen Einstellungen –

die mein Enkel vornimmt – einen Regler für einen Roten Toaster herstellen kann. Damit Ihr Toast dunkel, mittelbraun oder golden geröstet – oder einfach nur ein wenig aufgewärmt wird.«

Er klatschte in die Hände. »›Vom Atem eines Engels angehaucht‹, wie meine Frau sagt. Absolut großartig!«

»Das Ding kann nicht wirklich Diamanten schneiden …?«, fragte Max.

»Ach, das ist bloß so eine Ausdrucksweise hier.«

»Wieso? Hier gibt es doch gar keine Diamanten.«

»Nee. Die Minen sind alle im Norden. Obwohl, es gibt da auf dem Weg nach Atomow, nicht weit von hier, einen Krater. Da ist vor Ewigkeiten mal ein Meteorit eingeschlagen. Dabei entstehen schon mal Diamanten, aber nichts, das es wert wäre, ausgegraben zu werden. Aber die alten Frauen auf dem Land reden davon, dass in dem Krater Diamanten begraben seien.« Er schnaubte durch die Nase. »Das sind aber auch dieselben Frauen, die meinen, sie könnten durch die Zeit reisen. Natürlich ist nichts davon ernst zu nehmen. Trotzdem glaubt meine Frau alles. Aber mit Wissenschaft hat das nicht viel zu tun.«

»Natürlich nicht«, sagte Max. »Aber wir müssen unseren Frauen vielleicht ihre kleinen Träume lassen. Und abgesehen davon, ist das ein ganz wunderbarer Laser.«

»Ja! Aber wie ich gerade sagte: Wieder der Fluch des Überflusses! In Atomow haben sie einfach viel zu viel Geld wegen der Franzosen, die dort investieren. Und davon kaufen sie Maschinen, die sie nicht brauchen!«

»In der Tat«, sagte Max. »Die Franzosen sind ein völlig anderer Menschenschlag. Aber das ist doch nur gut für Sie.«

Toastowski grinste. »Für uns war zumindest das Timing perfekt. Mit dieser Maschine konnten wir unsere Produktionsqualität von gut auf hervorragend verbessern. Ich hoffe, dass eines Tages jede einzelne Hausfrau in Russland einen Rotstadt-Toaster benutzt.« Er atmete tief durch.

Gerd Schröder bewunderte die Maschine wie ein Rennpferd: mit gebührendem Abstand und Respekt vor seiner Anmut und Kraft.

»Atomow«, murmelte er. »Das ist aber eine geschlossene Stadt.«

»Ja«, sagte Toastowski. »Ich selbst bin auch noch nicht da gewesen. Das Leben in diesen Städten ist natürlich immer etwas seltsam. Wir hier haben uns geöffnet. Aber da leben Generationen im Verborgenen. In Atomow gab es mal eine Soziologin, Nadeschda Levantal. Sie wollte erforschen, was das mit den Menschen macht, wenn sie so leben.« Er zuckte mit den Schultern.

»Ich halte Soziologie jetzt nicht für eine richtige Wissenschaft. Sie bekam auch keine Erlaubnis. Dann ist sie stattdessen unter die Umweltleute gegangen. Hat immer wieder Ärger gemacht. Eingebildete Krankheiten und so. Fantasiegeschichten. Unglaublich, was die alles behaupten! Dieses Jahr heißt es nun, die Bewohner von Atomow leiden alle an einer Schlafkrankheit. Ich bitte Sie! Angeblich ist die ganze Stadtbevölkerung eingeschlafen! Als Nächstes werden sie uns einreden, dass alles von Dornengestrüpp überwuchert ist und nur der Kuss eines Prinzen sie wieder wecken kann.« Er grinste. »Sie sehen, ich kenne mich mit deutschen Märchen aus, Herr Schröder. Denn das ist es doch … ein Märchen.«

Er schüttelte den Kopf und zuckte die Achseln: Er machte Geschäfte mit Toastern, nicht mit Diamanten. Es ging doch nichts über eine schöne, leicht geröstete Scheibe Brot. Voller Ehrfurcht betrachtete Toastowski seine neue Maschine. »Für uns war das ein Wunder. Wer kennt schon den Ratschluss Gottes? Seine Wege sind unergründlich, Herr Schröder. Unergründlich.« Beide lächelten.

Nachdem er sich von Toastowski verabschiedet hatte, klickte Max die Rückseite von seinem Low-Tech-Handy auf. Er entfernte den Akku, entnahm die SIM-Karte und setzte eine chinesische ein. Er setzte alles wieder zusammen und wurde mit zwei lauten Pieptönen belohnt. Er bat den Fahrer vom Rücksitz aus, ihn am Kino abzusetzen.

»Was wollen Sie denn im Kino?«, fragte der Fahrer. »Ihr Hotel ist doch der reinste Luxus, was das angeht: Fernsehen im Zimmer, zwölf Programme. Im Kino zeigen sie nur alte Schinken. Keine Actionfilme, nichts.«

Gerd Schröder hatte wenig Lust, dagegen anzuargumentieren. »Bringen Sie mich bitte einfach dahin«, sagte er in gebrochenerem Russisch als üblich. »Ich bin kulturell interessiert.«

Der Fahrer hob die Augenbrauen. »Ach, übrigens«, brummte er. »Wenn Sie wieder nach Hause kommen, sagen Sie der NATO einen schönen Gruß, sie soll gefälligst aufhören zu expandieren. Warum bedroht ihr das russische Staatsgebiet? Wir sind ein souveräner Staat! Eine Bande Kriegstreiber seid ihr, alle miteinander, im Westen! Aber eines Tages werden wir euch schlagen. Ihr werdet schon sehen!«

Gerd Schröder neigte respektvoll den Kopf, und der Fahrer regte sich wieder ab.

Die Strecke vom Industriegebiet zurück ins Stadtzentrum war vollkommen unspektakulär. Kahles Land, hier und da kraftlose Wälder. Die Straße war ziemlich ausgefahren, und der Fahrer, dessen Interesse an Politik nachgelassen hatte, musste ab und zu Schlenker fahren, um den schlimmsten

Schlaglöchern auszuweichen. Auf beiden Seiten der Straße fanden sich Hinweise darauf, dass diese Strecke einst streng beobachtet wurde: Laternenpfähle in unregelmäßigen Abständen, verräterische Erdhügel. Die Abhörmasten sahen verlassen aus. Aber das konnte täuschen. Selbst mit relativ simpler Sowjettechnik wäre es möglich, ihr Gespräch im Auto zu überwachen. Bereits in den Vierzigerjahren hatten Gefangene in einer von Stalins Scharaschkas – Arbeitslager für Wissenschaftler und Ingenieure – eine Möglichkeit entwickelt, mithilfe der Vibrationen einer Fensterscheibe Stimmen zu identifizieren.

Mit einem Mal waren sie mittendrin in Rotstadt. Klein, sauber, verblasst. Verschlafen. Statt Werbung sah man Parolen. »Vertrauen in die Kader!«, lautete die eine. »Für immer Oktober!« die andere. Selbst die Einwohner sahen aus, als seien sie aus einer anderen Zeit: Matronen in violetten Kleidern und praktischem Schuhwerk. Männer mit Hüten trotz des milden Nachmittags. Auf dem Gehsteig spielende Kinder.

»Wir gegen die«, sagte der Fahrer und lachte. »Das haben wir immer gespielt.«

Sie kamen an einer ganzen Reihe gedrungener, ramponierter Bürogebäude vorbei, gefolgt von einer Reihe fast identischer gedrungener, ramponierter Wohngebäude. Im Stadtzentrum war ein Kreisverkehr, in dessen Mitte stand Lenin und blickte auf den ereignislosen Verkehr herunter.

Vor dem Kino »Komet« hielt der Fahrer. Max bezahlte ihm mehr als nötig und bat ihn, ihn in zwei Stunden wieder abzuholen, wenn der Film fertig war. Der Fahrer zuckte die Achseln.

Die Decke im Eingangsbereich hing voller Sternschnuppen, von denen die meisten ihren Schweif verloren hatten.

Die Hälfte der Lichter funktionierte. Das Café in der Ecke war dicht, die Stühle standen aufeinandergestapelt. Die Kartenverkäuferin war ganz in ihr iPhone versunken. Max musste an die Glaswand klopfen, damit sie auf ihn aufmerksam wurde. Er kaufte seine Eintrittskarte und ging in den Saal.

Das Licht war bereits aus. Max' Augen brauchten eine Weile, um sich an die Dunkelheit zu gewöhnen. Er steuerte die letzte Reihe an, wie es die SMS ihm aufgetragen hatte. Auf Platz 4 saß eine einsame Gestalt. Max ließ den Blick durch den Saal schweifen und stellte fest, dass außerdem nur zwei weitere Zuschauer da waren – ältere Damen, die in der ersten Reihe saßen und hinaufsahen zu einer riesigen, schwarzweißen Projektion der Potemkinschen Treppe. Die triumphale Filmmusik von *Panzerkreuzer Potemkin* erdröhnte. Max setzte sich neben die Frau in der letzten Reihe.

Dann wurde ein stolzer Militärmarsch gespielt. Im gedämpften Licht beobachtete Max seine Nachbarin. Sie musste an die siebzig sein. Korpulent auf gemütliche Weise. Sie hielt den Kopf hoch: Sie interessierte sich noch für die Welt. Beobachtete sie. War offen. Intelligent. Sie trug Rollkragen. Während sie so dasaßen, konnte Max jedoch die Angst spüren, die sie ausstrahlte. In Schüben.

»Sollen wir irgendwo hingehen?«, murmelte er.

Sie schüttelte den Kopf, nein. »Hier ist es am besten. Die beiden Alten da vorn sind stocktaub.«

Max wartete, bis Ewgenia, die Sekretärin von »World of Hope«, sprach. Auf der Leinwand griffen die Männer des Zaren an. Eine stabile Linie aus schwarzen Uniformen, die sich unaufhaltsam vorwärtsbewegte. Tod brachte. Er mochte solche Filme. Er hatte mal gehört, dass der Filmregisseur Eisenstein – gänzlich unsowjetisch – gerne mal versaute Cartoons gezeichnet habe. Bullen, die mit Männern auf Kruzifixen Sex haben, trächtige Kühe, die von Spechten penetriert werden. Blödsinn eigentlich, aber irgendwie niedlich. Das wurde natürlich verschwiegen. Der Leiter der Eremitage versteckte in den Archiven eine geheime Sammlung davon.

»Sie sind vollkommen verrückt, hierherzukommen«, sagte sie schließlich. »Man wird Sie festnehmen.«

»Lassen Sie das meine Sorge sein«, erwiderte Max.

Sie schüttelte einmal den Kopf. Max reichte ihr das Foto von Sonja und Gérard.

»Ist das Nadeschda Levantal?«, fragte er.

Mit zitternden Händen und langsamen Bewegungen holte sie eine Lesebrille aus der Handtasche. Sie setzte sie auf. Sie hielt sich das Foto dichter vor die Nase. Ihre Miene entspannte sich.

»Nein«, sagte sie. »Nein, das ist sie nicht. Obwohl das Mädchen ihr sehr ähnlich sieht.« Sie seufzte tief. »Nadja hat einen Schönheitsfleck. Direkt links unter der Lippe. Nein«, wiederholte sie. »Das ist nicht Nadja.«

Sie gab Max das Foto zurück, und er studierte es zum x-ten Mal. Kein Schönheitsfleck. Die beiden Damen in der ersten Reihe keuchten. Unwillkürlich sah Max zur Leinwand, wo der Kinderwagen kurz auf der obersten Stufe balancierte. Als er kippte und stürzte, wandte er sich wieder an die Frau neben sich. »Und was ist mit ihm?«

Sie schüttelte den Kopf. »Keine Ahnung.«

»Haben Sie schon mal von Dynacorp gehört?«

»Natürlich«, sagte sie. »Dynacorp lagert hier Abfälle. Mehr weiß ich nicht. Jetzt erst recht nicht. Seit Nadja weg ist – wir wissen nicht, wie intensiv sie mich beobachten. Die Kommunikation ist bis auf Weiteres eingestellt. Ist auch besser so.«

»Warum haben Sie zugestimmt, sich mit mir zu treffen?«, fragte Max.

Aus der ersten Reihe war Heulen und Wehklagen zu hören. Die Sekretärin von »World of Hope« ignorierte das. Sie war voll und ganz auf Max konzentriert. »Ich war in Tschernobyl dabei. Ich habe beim Aufräumen geholfen. Ich habe gesehen, was passierte. Hab gesehen – wie sie die Männer mit Wodka abgefüllt und ihnen eingeredet haben, das würde sie schützen. Wie sie die Fässer mit Spiritus draußen vor den Arbeitsplätzen abstellten und ihnen sagten, sie sollten nach der Arbeit einfach reinsteigen. Als wenn das genug wäre. Es war nicht genug. Das habe ich auch gesehen. Männer, denen das Fleisch von den Knochen geschmolzen ist. Später, nachdem sie bezahlt und nach Hause geschickt worden waren. Männer, denen die inneren Organe zum Mund herauskamen, die an ihnen erstickten. Und ihre Frauen. Weinende Frauen.«

Die Angst der Frau war verflogen. Selbst in der Dunkelheit des Kinos konnte Max ihre Augen funkeln sehen. Mit beiden Händen fasste sie sich an den Rollkragen, zog ihn herunter. Eine grobe, rote Narbe verlief im Zickzack über ihre Kehle.

»Wissen Sie, was das ist?«, flüsterte sie.

Max hielt die Luft an. »Ein Tschernobyl-Collier«, sagte er.

»Da war mal meine Schilddrüse«, sagte sie. »Ich habe Glück gehabt, ich habe nur ein Collier.«

Sie schwieg. Dann: »Ich dachte lange, es sei meine Pflicht. Zu schweigen. Mich patriotisch zu zeigen. Dann lernte ich Nadja kennen – Nadeschda Levantal. Sie ist nämlich in Atomow aufgewachsen. Als sie erfuhr, was passiert war, warum ihr Vater gestorben war, schwieg sie nicht mehr. Sie fing an zu kämpfen. Sie hat mein Leben verändert.«

»Muss ja eine bemerkenswerte Frau sein«, sagte Max.

Die Sekretärin nickte. »Ich weiß nicht, wie viel Zeit mir noch bleibt. Aber ich werde sie nutzen, um gegen dieses Schweigen anzuarbeiten. Dieses Hinnehmen.«

Sie versteifte sich. Zwei Männer hatten den Kinosaal betreten. Sie setzten sich in eine der mittleren Reihen.

»Sie gehen jetzt besser«, sagte die Frau.

»Danke«, sagte Max. »Danke, dass Sie sich mit mir getroffen haben.«

Mit diesen Worten erhob Max sich und verließ den Saal. In der Lobby musste er blinzeln. Die Kartenverkäuferin sah nicht auf, auch nicht, als sich ein junger Mann an Max' Seite materialisierte. Leise und bedrohlich raunte er: »Kommen Sie bitte mit, Herr Schröder. Ganz leise und unauffällig.«

Max ahnte die Waffe mehr, als dass er sie tatsächlich spürte. Max war ein sich in Kontrollzone B aufhaltender Ausländer. Heinz hatte ihm gute Papiere beschafft. Trotzdem konnte dieser Provinzsheriff des FSB im Prinzip mit ihm machen, was er wollte.

»Herr Schröder«, sagte der FSB-Beamte, als sie es sich in seinem Hyundai bequem gemacht hatten. »Zeigen Sie mir bitte Ihre Papiere.«

Max zog sie hervor und reichte sie ihm. Der Jungspund war etwa fünfundzwanzig, hatte eine Stupsnase und einen gar nicht so unintelligenten Blick. Dunkles Haar, blasse Haut. Sah gesund aus. Dienstbeflissen. Er ließ sich Zeit bei der Durchsicht. Er drehte den Schlüssel im Zündschloss, ohne Max die Papiere zurückzugeben. Als sie losfuhren, sah Max die Sekretärin von »World of Hope« Ewgenia das Kino verlassen. Die beiden Männer hatten sie in ihre Mitte genommen. Sie ging hoch erhobenen Hauptes. Stolz und stur. Der Rollkragen verbarg ihr teuer erkauftes Collier.

»Machen Sie sich um sie keine Sorgen«, sagte der FSBler. »Mit ihr wird alles gut. Aber was ist mit Ihnen, Herr Schröder?«

»Wie, was ist mit mir? Ich verstehe überhaupt nicht, worum es hier eigentlich geht. Ich habe alle Formulare korrekt ausgefüllt. Warum nehmen Sie mich fest?«

»Ich nehme Sie nicht fest«, sagte der Mann. »Aber warum waren Sie im Kino?«

»Ich bewundere und schätze das Werk von Sergei Eisenstein«, sagte Max. »*Panzerkreuzer Potemkin* war ein Meilenstein der Filmgeschichte. Damit hat Eisenstein das moderne Kino neu definiert.«

»Warum sind Sie mittendrin rausgegangen?«

»Weil ich müde war«, sagte Max.

Sie erreichten den Kreisverkehr. Lenin blickte auf sie herab, als sie einmal um ihn herumfuhren.

»Und warum haben Sie sich dann mit der alten Unruhestifterin unterhalten?«, fragte der junge Mann und klang plötzlich sehr unangenehm und höhnisch. »Was die alles von angeblichen Strahlenkrankheiten faseln – das sind doch alles bloß Schmarotzer, die auf Staatskosten leben wollen. Sie glauben denen doch wohl nicht etwa?«

»Ich interessiere mich in erster Linie für Toaster«, entgegnete Max leicht beunruhigt.

Hinter ihnen fing jemand an zu hupen. Der junge Mann sah in den Spiegel, fluchte und fuhr rechts ran. Ließ den Motor laufen. Das andere Auto hielt hinter ihnen. Ein älterer Mann stieg aus und kam auf sie zu.

»Darf ich mal fragen, was du hier machst?«, schnauzte er.

Der junge Mann wirkte verlegen. »Ich befrage einen verdächtigen Ausländer«, sagte er und wurde blass.

»Ich glaub's nicht, Leonid«, sagte er. »Gib mir mal die Papiere.«

Der junge Mann reichte sie ihm. Der ältere Mann zeigte wütend auf die Unterschrift.

»Guck mal da«, sagte er. »Wer hat das O.K. erteilt? Du? Ich? Oder deine Großmutter?«

»Sie«, sagte der junge Mann leise.

»Eben! Also Schluss jetzt.« Er wandte sich Max zu.

»Herr Schröder«, sagte er und duckte sich, um durchs Fenster zur Rückbank zu sehen. »Bitte entschuldigen Sie vielmals. Und grüßen Sie bitte Herrn Müller-Heinz. Es ist mir immer wieder ein Vergnügen, mit ihm Geschäfte zu machen.«

Max nickte kurz.

»Leonid bringt Sie jetzt zurück. Sie sind im Sunrise Hotel, richtig?«

Wieder nickte Max.

»So! Geklärt!«

Den Rest des Weges schwiegen sie.

In der Fandorin Bar hatte Borja einen neuen Cocktail kreiert: »Schlafkrankheit Special«, ein dreifacher Wodka in einem Wasserglas. Na ja, dachte er, man muss mit der Zeit gehen.

Heinzchick war nicht interessiert. Der war ja auch Ausländer. Von Ausländern konnte man nicht viel Verständnis erwarten. Er bestellte zwei Flaschen Bier.

Als der andere Mann aufkreuzte, fing Heinzchick an zu strahlen wie ein Weihnachtsbaum. Ja, so waren sie, die Ausländer! Redeten unheimlich gerne miteinander. Wenn Borja irgendwann mal ins Ausland müsste (Gott bewahre!), würde es ihm wahrscheinlich ähnlich gehen, wenn er einem Landsmann begegnete. Selbst wenn der aus Moskau kam.

Als Max das Fandorin betrat, wartete Heinz bereits.

»Dein FSB-Obermotz hat mir den Arsch gerettet«, sagte er.

»Gut«, sagte Heinz. »Das war auch sein Job. Der kann den jungen Emporkömmling genauso wenig leiden wie wir.«

Max zuckte die Achseln. Dann erzählte er Heinz, was Toastowski gesagt hatte. Heinz geriet ganz aus dem Häuschen, als er das hörte.

»Dynacorp – in Atomow? Bist du dir sicher, Max? Absolut sicher?«

»Das hat er gesagt«, entgegnete er.

»Abgefahren!«

Max holte sein Taschenmesser hervor und öffnete die beiden Biere. Gennadys Wachs verschleierte immer noch den Glanz des Edelsteins. Nachdenklich spielte Max mit dem Messer. Er fragte sich, was Rose wohl gerade tat. Sie würde sich bestimmt über einen Diamanten freuen. Wenn er sein Berufsleben erst wieder im Griff hatte, würde das zu seinen ersten Amtshandlungen gehören: Er würde Rose einen schönen, großen Diamanten kaufen.

»Dein Messer ist nicht gerade, na, wie heißt das? Politically correct?«, bemerkte Heinz.

»Da hast du recht«, sagte Max. »Und zwar mehr, als du glaubst.«

# 4. TEIL

# KAPITEL 29

Der Flughafen war überschaubar. Max durchquerte das aus einem einzigen Raum bestehende Gebäude, das die Abflughalle darstellte, und ging direkt hinaus aufs Rollfeld. Zwei Belader stritten sich.

»Komm, wir trinken erst mal einen, Wodka hilft gegen Verstrahlung.«

»Und Arbeit ist gut gegen den Hungertod.«

»Ach, leck mich doch am Arsch.«

»Leck du mich doch am Arsch.«

»Scheiß drauf. Wir trinken jetzt was. Und dann arbeiten wir.«

»Okay.«

Max schritt über die leere Landebahn zu dem einsamen Flugzeug – einer armeegrünen Propellermaschine. Sie wurde gerade mit Lebensmitteln beladen. Der Pilot stand daneben und rauchte. Max wollte es auf einen Versuch ankommen lassen und ging auf ihn zu. Er schaltete um auf perfektes Russisch.

»Könnt ihr mich mitnehmen?«, fragte er. »Ich war im Ausland. Ich will meine Großmutter besuchen.«

Der Pilot war ein grauhaariger Mann mit Schulterklappen auf seinem dicken Mantel. Die Sonne war herausgekommen, es war ein kalter, weißer Tag. Der Winter hatte Einzug gehalten und alles mit Schnee gepudert. Max rechnete schnell aus, wie viel Bargeld er noch übrig hatte, und bot dem Piloten die Hälfte.

Der Pilot zuckte die Achseln und nahm das Geld.

»Sie können hinten sitzen«, sagte er. »Auf dem Klopapier.« Er grinste. »Ist der beste Sitzplatz an Bord.«

Max kletterte durch den Frachtraum und bis zum Klopapier und machte es sich darauf bequem. Seine Aussicht bestand aus einer Palette Algendosen.

Der Flug dauerte vier Stunden. Kurz vor der Landung rief der Pilot ihm zu, er solle sich gut festhalten und auf ein Zeichen von ihm warten, dann solle er rausspringen. Max willigte ein. Die Landung fiel ziemlich holprig aus, weil kaum Fracht an Bord war. Als der Pilot ihm das Zeichen gab, sprang Max hinaus.

Der Flughafen lag im Stockfinsteren. Max ließ sich von Lkw-Fahrern mitnehmen, sie setzten ihn an einem Gasthaus am Stadtrand ab. Das war also Diamansk.

Das Gasthaus war eine ziemlich derbe Absteige – teils Rasthof, teils Bordell. Max mietete eins der Stundenzimmer und setzte sich an die Bar neben einen Mann, der schwer gegen die Wand gelehnt auf seinem Hocker hing und schlief. Max aß ein zähes Steak und trank ein halb giftiges Bier aus der Gegend. Er hatte lange kein so köstliches Mahl gegessen.

Als er das dritte Bier trank, starrte der Mann neben ihm ihn plötzlich an. Seine Sachen waren völlig verdreckt. Er schlug Max vor, ihn auf ein Bier einzuladen. Max ließ sich darauf ein. Der Mann taute auf.

»Hast du die Uhrzeit?«, fragte er, und seine Augen glühten dabei wie Kohlen hinter einem Vorhang aus schwarzen Haaren.

»Ach … Zeit. Zeit ist eine Landschaft«, sagte Max. »Man kann darin vorwärts und rückwärts laufen, kreuz und quer.«

»Stimmt auch wieder …«, sagte der Mann und schlief kurz darauf tatsächlich wieder ein.

Am nächsten Morgen fuhr Max per Anhalter mit einem Lkw nach Diamansk hinein. Es waren minus fünfzehn Grad. Im Bekleidungsgeschäft im Zentrum kaufte er sich einen schweren schwarzen Mantel, eine Baseballkappe, Handschuhe und Wollsocken.

»Mir ist mein Koffer geklaut worden«, erklärte er dem Verkäufer. »Im Zug. Mitten in der Nacht. Musste ohne Mantel hierher fliegen.«

»Pech«, sagte der Verkäufer. »Meiner Schwiegermutter haben sie mal die Schuhe geklaut. War sie selbst dran schuld. Man muss sie sich unter den Kopf legen, wenn man schläft.«

Entsprechend gerüstet marschierte Max über den Platz zum Hotel Diamantenpalast. In seinem Zimmer angekommen, ging er erst mal duschen, dann sah er aus dem kleinen Fenster. Der Platz, das Hotel, das schäbige Einkaufszentrum. Die Stadt sah aus wie jede andere. Nur dass hier alles auf Stahlgerüsten gebaut war: Riesige, tief in dic Erde gerammte Träger sollten verhindern, dass die Gebäude im kurzen Sommer, wenn die Tundra auftaute, im Sumpf versanken. Im Winter wurde es so kalt, dass Gummi zersplitterte wie Glas. Natürlich war Diamansk nicht Mirny – die Stadt, die direkt neben dem drittgrößten Loch der Erde gebaut worden war. Einem Loch so riesig, dass für Flugzeuge das Risiko bestand, durch Abwinde hineingesogen zu werden. Der Schlot bei Diamansk war kleiner, die Stadt selbst der Großzügigkeit oder Sparsamkeit der Erde weniger verpflichtet: Weil die Edelsteine, die hier gefunden wurden, von so außergewöhnlich hoher Qualität waren, hatte Diamansk über die Jahre nur die besten Juweliere Russlands angezogen. Die besten Diamanten aus anderen sibirischen Minen wurden immer noch zum Schleifen hierhergebracht. Dadurch war die Stadt nicht eingegangen, als die Mine versiegte.

Über ihm verdunkelte sich der Vormittagshimmel und versprach mehr Schnee.

Max ging hinunter; in der Bar kaufte er eine Schachtel Zigaretten. Offiziell hatte er ja aufgehört mit dem Rauchen. Er ging hinaus, auf den Platz. Hockte sich in eine Ecke. Zündete sich eine Zigarette an, zog ausgiebig daran. Die Frage war, was er als Nächstes tun würde.

»Alter! Haste mal 'ne Kippe?«

Max sah auf – und dachte kurz, er würde halluzinieren. Ein junger Mann mit Racingkappe balancierte auf den Pedalen seines Fahrrades, sodass er noch größer wirkte, als er ohnehin schon war. Max' überraschte Miene musste ihn ermuntert haben, denn er stieg grinsend ab und ließ das Rad ein bisschen über das Eis gleiten. Max hielt ihm die Schachtel hin.

»Hier, kannste haben«, sagte er. »Ich rauche nicht.«

»Nein, nein, nein!«, sagte der Mann mit dem gesund strahlenden Teint und dem athletischen Körper. »Ich rauche auch nicht! Ich will nur diese eine schnorren. Danke.«

Er nahm sie, gab Max die Schachtel zurück und streckte dann die Hand aus. »Alexej. Kannst Aljoscha sagen.« Er sah über den Platz. Max erwiderte: »Freut mich. Ich bin Max.«

Aljoscha schnaufte gelangweilt. »Ich bin hier aufgewachsen. Absolut tote Hose. Ich sag dir, hier ist weniger als nichts los. Aber ich kann nicht nach Hause. Meine Freundin ist letzte Woche bei mir eingezogen. Jetzt wohnt sie also bei mir.« Er grinste und fasste sich mit beiden Händen an den Kopf. »Und sie redet die ganze Zeit mit meiner Großmutter. Die ganze Zeit! Ich werde wahnsinnig!«

Max zuckte mitfühlend die Achseln.

»Meine Freundin ist Programmiererin, kann überall arbeiten«, erzählte er mürrisch. Dann hellte sich seine Miene auf. »Max! Biste verheiratet?«

»Hmhm«, machte Max, und ein Bild von Rose, die sich lächelnd eine Schürze umbindet, tauchte vor seinem inneren Auge auf.

»Führt wohl kein Weg dran vorbei. Früher oder später.« Aljoscha grinste. »Ich bin Elektriker. Bei der Arbeit bin ich der Chef! Ich komme, wann ich will. So um zehn oder so. Ich sag meinen Leuten, was sie zu tun haben. Die kommen um neun! Und dann fahre ich Rad. Ob Schnee, ob Eis – mir egal. Ist ein gutes Leben. Aber langweiliger, als ich dachte. Warst du bei der Armee?«

Max nickte verwirrt. Aljoscha fuhr fort:

»Ich weiß noch, wie das war. Musste da hin. Mit achtzehn. Die Schuhe, die wir da gekriegt haben, hatten alle die falsche Größe. Sind alle …« Er packte seinen Fuß und tat, als würde er Schuh und Sohle voneinanderreißen. »Also, was machen wir? Warten, bis die Offiziere schlafen. Und schleichen uns nachts rein und klauen bessere Schuhe. Manchmal kommen wir damit durch. Manchmal werden wir bestraft. Dann müssen wir mit der Nagelschere den Rasen mähen!« Aljoscha grinste. »Waren die zwei besten Jahre meines Lebens!«

Jetzt grinste auch Max. In einem verlassenen Schuhputzstand am anderen Ende des Platzes fing ein Mann plötzlich an, mittelmäßig Gitarre zu spielen.

»Willst du wissen, was hier so abgeht?«, fragte Aljoscha.

»Klar!«, sagte Max.

»Siehst du den Typen da, der Gitarre spielt? Das ist sein ›halturka‹ – das heißt sein Nebenjob, um sich nach Feierabend was dazuzuverdienen. Früher haben das nur Professoren und Ingenieure gemacht. Jetzt sogar die Gauner! Und ich sage dir, wir haben ganz schön üble Gauner hier. Hier in Diamansk muss selbst die Mafia für ein paar Kröten auf der Straße Gitarre spielen. Warum? Ich sag's dir, Max. Weil es hier gar keine Diamanten gibt! Seit fünfzehn Jahren ist die Mine durch. Und was macht die Mafia? Sie spielt Gitarre! *Stairway to Heaven.* Halturka. Aber soll ich dir ein Geheimnis verraten?«

Max bat darum.

»Naa, eigentlich hab ich zwei. Das erste ist: Wir müssen Geschäfte zusammen machen. Du und ich. Ich habe eine super Idee. Wir machen was für Touristen. Gespenster! Touristen mögen Gespenster. Also brauchen wir ein Schloss. Vielleicht in Schottland? Ich glaube, Schottland wäre gut für Touristen-Gespenster. Also, Max, du kaufst ein Schloss. Ich besorge mir ein Laken. Schneide ein paar Löcher rein für die Augen, und dann arbeite ich für dich. Als Gespenst!«

Aljoscha, der Elektriker, klopfte Max auf den Rücken. »Ich trinke nicht, ich habe mit dem Rauchen aufgehört, du wirst es nicht bereuen. Das Laken habe ich schon. Du besorgst das Schloss und musst mir nur Bescheid sagen.«

»Und das zweite Geheimnis?«, fragte Max.

Aljoscha wurde leiser: »Da unten gibt es noch mehr Diamanten. Die Mafia wird nicht mehr lange auf Halturka angewiesen sein. Nur Elektriker müssen für die Touristen Gespenst spielen. Nicht vergessen. Also abgemacht, Max? Nicht jemand anderen anheuern. Du wirst kein besseres Gespenst als mich finden.« Er hob die Arme und machte laut »Huuuuuhhhh«.

»Ich werd's mir merken«, sagte Max, der den Gitarrenspieler nun etwas interessierter beobachtete. Der Mann schien das zu bemerken, er lächelte. Sein Mund war voller Gold. Sein linker Schneidezahn blitzte weiß. Merkwürdig, dachte Max. Hatte der Mann, den er bei Samodelkin gesehen hatte, nicht ein ganz ähnliches Lächeln gehabt?

»Hier kann man nichts unternehmen!«, sagte Aljoscha. »Aber ich kann noch nicht nach Hause. Und du bist Tourist, du musst hier was erleben. Eine Tourist-Info gibt's hier nicht. Also muss ich mich wohl drum kümmern. Wenn ich das gut mache, dann kaufst du doch das Schloss, oder? Ich muss echt raus hier. Ich hab schon zwei Zimmer für meine Großmutter renoviert. Tapeziert, neuen Schrank gebaut. Haste noch 'ne Kippe für mich, Alter? Danke. Also, was meinste?« Er rückte näher. »Ich kann dir die Stelle zeigen.«

»Welche Stelle? Die Mine?« Max traute seinen Ohren kaum. »Wie denn?«

»Ganz easy«, sagte Aljoscha. »Ist natürlich nicht erlaubt. Und auch schwer möglich. Aber es gibt einen Warenaufzug. Den hab ich mal nachts entdeckt, als ich mit dem Rad unterwegs war. Ist kein Problem für mich. Ich bin ein ziemlich guter Elektriker. Ich krieg den schon an. Und dann fahren wir runter. Und schau'n mal, was wir finden! Ach, warum ist meine Freundin bloß so langweilig? Die will nie was mit mir unternehmen.« Betrübt schüttelte er den Kopf. »Na, egal. So was macht man sowieso besser mit Männern! Nur mit Männern! Ist schließlich gefährlich. Na los!«

»Okay.« Max stand auf.

»Aber zuerst!« Aufgerichtet war der schlaksige Aljoscha einen guten Kopf größer als Max, über zwei Meter. Er hob die Hand: »Stopp! Sehen wir uns die Aussicht an.« Er schloss sein Fahrrad an ein Geländer und spazierte mit Max im Schlepptau in die Hotellobby. »Ich bin der Elektriker!«, rief er dem Rezeptionisten zu und marschierte Richtung Aufzug.

Das oberste Stockwerk war so was wie ein provisorisches

Casino – »der Kristallhimmel«. Zwei Tische mit rot-blauen Plastiktischdecken und eine gelangweilt aussehende junge Frau in einem glitzernden Minikleid.

»Das ist der höchste Punkt der Stadt«, erklärte Aljoscha und nickte der Frau im Minikleid zu. Sie lächelte.

»Wir sind befreundet«, flüsterte er. »Aber erzähl's nicht meiner Freundin. Die ist krankhaft eifersüchtig.« Wieder fasste er sich mit beiden Händen an den Kopf und tat, als wolle er eine Melone auspressen.

Max folgte Aljoscha an die Spiegelglasfenster, blickte hinaus und sah – nichts. Oder fast nichts. Man sah die Lichter der Stadt, sie bildeten ein gelbes Gitter in der Dunkelheit. Aber nur zwei, drei Blocks weit, dann brach es jäh ab. Dahinter war Nacht. Oder ein Loch. Oder beides. Finsternis.

Max hatte Luftaufnahmen von Diamansk gesehen und wusste, dass die Stadt wie ein Spielzeug an den Rand einer gigantischen, kegelförmigen Grube gebaut worden war. Aber von hier, aus der Nähe, konnte man gar nichts Genaues sehen. Wie der Mont Blanc, dachte er: Nur mit der Vorstellungskraft zu begreifen.

»Gut«, sagte Aljoscha. »Auf geht's!«

Er ging Max voraus wieder hinaus, schloss sein Fahrrad auf und marschierte abermals Max voraus die Straße entlang.

»Du kennst doch VKontakte, Max?«

Max nickte: Jeder kannte das russische Facebook.

»Und, bist du bei VKontakte?«

»Nein«, sagte Max.

Aljoscha blieb wie angewurzelt stehen. »Was? Und wie klaust du dann Musik?«

Doch bevor Max antworten konnte, plapperte er auch schon weiter:

»In Russland haben wir die besten Computerleute der

Welt. Wir kaufen überhaupt nichts! Man geht einfach nur auf VKontakte und kriegt da alles, was man haben will! Und zwar schnell. Ich sag's dir, Max. Die Chinesen sind schnell. Aber die Russen sind schneller. Neuer Hollywoodfilm. Mit Bruce Willis zum Beispiel. Die Chinesen haben eine Raubkopie. Aber vorher kommt der rote Teppich. Und noch davor ist der Film auf VKontakte! Noch bevor die überhaupt mit Schneiden fertig sind. Zack – haben wir ihn! Wir können ihn sehen! Irre.«

Er wandte sich wieder nach vorn und ging weiter.

Sie erreichten den Stadtrand. Auf den Bildern hatte es so ausgesehen, als würde der Gehsteig direkt in die Grube führen, dort abbrechen. Aber das echte Leben ist eben nie wie auf Fotos. Das hier war eine ganz normale Stadt. Max hatte gedacht, er würde hier etwas empfinden – eine seltsame Hohlheit, eine Leere, den Schlund der Erde –, aber nein. Nichts. Außer dem Wissen, dass irgendwo da draußen, ihnen voraus, dieses riesige Loch war. Aber der Wind heulte wie ein einsames Tier. Vielleicht bildete Max sich das auch nur ein. Schließlich erreichten sie einen Maschendrahtzaun. Mit seinen langen Armen und Beinen hatte Aljoscha ihn binnen Sekunden erklommen und landete auf der anderen Seite. Max folgte ihm deutlich weniger elegant.

»Okay«, sagte Aljoscha, als sie beide drüben waren. »An deiner Parcours-Performance müssen wir noch arbeiten, Max. Ich nehm dich mal mit in meine Chruschtschowka. Weißt du, was das ist? Chruschtschowkas sind kleine, superbeschissene Wohnungen, unter Chruschtschow gebaut. Sind ganz gutes Training, nicht zu hoch, fünf Stockwerke. Okay, auf geht's.«

Aljoscha schaltete die Taschenlampe an seinem Handy an, und in ihrem wackelnden Schein bahnten sie sich einen

Weg durch komplett im Dunkeln liegende und ziemlich verlassen wirkende Lkw und Baumaschinen. Rechter Hand erhob sich ein kleines, quadratisches Gebäude. Als sie näher kamen, erkannte Max, dass es genau das war, wonach es aussah: Statt eines Gebäudes ohne einen Aufzugsvorraum war es ein Aufzugsvorraum ohne Gebäude. Und als sie noch näher kamen, konnte er sehen, dass der Aufzug sogar verziert war. Die Glastüren waren mit Ketten gesichert. Die Bodenfliesen innen waren – wie in jedem anständigen Aufzug – gemustert, kleine geometrische Blumen. Aljoscha rüttelte an den dicken Ketten, die die Türen sicherten. »Aaaarghhhh!«, rief er wie Tarzan. Dann zwinkerte er, ging um den Vorraum-ohne-Gebäude herum und zog an der Metallverkleidung. Sie ließ sich leicht entfernen, und die beiden Männer betraten den Vorraum. Aljoscha brachte die Metallwand wieder an, so gut es ging. Dann drückte er auf den Rufknopf. Nichts. »Aaaarghhhh!«, rief er. Dann zwinkerte er. Er marschierte auf etwas zu und öffnete dann einen Kasten, den Max gar nicht bemerkt hatte. Er bückte sich und machte sich mit (wie Max meinte, übertriebenem) Treten, Gebrumme und Fluchen an die Arbeit. Dann richtete er sich wieder auf, ging zum Rufknopf (es gab nur einen »nach unten«) und drückte darauf. Lichter gingen keine an, aber es war ein langsames, mechanisches Geräusch zu hören. Einem Rumpeln tief in der Erde folgte das etwas unmittelbarere Rumpeln der Aufzugtüren, als sie sich langsam öffneten.

»Das hier ist verdammt gefährlich, Max! Aber wenn du mich nicht begleitest, stirbst du ganz bestimmt – vor Langeweile. Also los!«

»Alles klar. Bin dabei.« Max folgte seinem neuen Freund in den Aufzug. Eine Meile hinunter in die Erde. Sie atmeten eine Weile still durch und lauschten den metallischen Geräuschen um sie herum.

»Das Einzige«, sagte Aljoscha schließlich, »das Einzige, was man in einem Aufzug wie diesem nicht machen kann …« Er ging ein klein wenig in die Knie und machte Anstalten, hochzuspringen, »ist hüpfen!« Im selben Augenblick kam der Aufzug endlich zum Stehen, wobei das Getriebe wenig vertrauenerweckende Geräusche machte. Oh Gott, dachte Max, jetzt ist er wirklich im Eimer.

Aber nein, die Türen öffneten sich quietschend. Aljoscha knuffte Max mit dem Ellbogen in die Rippen. Sieben Minuten hatte ihre Abwärtsreise gedauert, aber es war ihm wie eine Ewigkeit vorgekommen. Sie traten aus dem Aufzug, und Max fiel auf, dass es nach gar nichts roch. Ein bisschen nach Erde, ein bisschen nach Staub. Und ein bisschen muffig. Aber im Großen und Ganzen roch es nach nichts.

»Jetzt mach dir mal keinen Kopf, Max, ich habe hier unten schon mal gearbeitet und kenn mich also aus. Die Elektrik ist kompletter Schrott! Was willst du zuerst sehen? Die Grube oder die alten Diamantenzimmer? Heutzutage gibt es neue, moderne, über Tage. Früher hat man hier unten gearbeitet. Hat mir meine Großmutter erzählt. Die war Diamantenschleiferin. Eine ganz tolle Frau, meine Babuschka! Ach, weißt du was, ich finde, zuerst die Grube. Die ist näher.«

Max' Ohren waren zu wie im Flugzeug. Er gähnte. Er hatte das Gefühl, das Gewicht der Erde über ihnen spüren zu können. Er schauderte, schüttelte es ab, folgte Aljoscha, der, die Taschenlampe in der Hand, einen dunklen, mit Stahlträgern abgestützten Gang hinuntereilte. Sie marschierten durch den Tunnel. »Pass auf!«, warnte Aljoscha und rüttelte an dem metallenen Geländer. »Nicht sonderlich stabil!«

Schweigend standen sie da. Erst war überhaupt nichts zu

sehen. Der Balkon ragte in ein riesiges schwarzes Loch. Aber das Loch übte eine gewisse Anziehungskraft aus. Während sie schweigend dastanden, nahm es neue Formen an. Max sah sich bewegende, unterschiedliche Schwarz-Schattierungen. So ähnlich muss es im Weltall sein, dachte Max. Ab und zu wehte die kalte Luft merklich aus der Grube.

»Irre, oder?«, sagte Aljoscha.

»Ja, nicht schlecht«, pflichtete Max ihm bei.

Dann gähnte Aljoscha. »Komm, es wird noch besser. Wir gucken uns die Diamantenzimmer an!«

Sie krochen denselben Weg zurück, den sie gekommen waren, und bewegten sich dann durch ein weiteres Flurlabyrinth. Aljoscha kannte sich hier wirklich verdammt gut aus, dachte Max. An einem großen Tor blieb Aljoscha plötzlich stehen. »Sesam, öffne dich!«, rief er, und die Torflügel schwangen nach innen auf. Aljoscha knuffte Max in die Rippen und richtete das Licht der Taschenlampe auf einen Hebel am Boden. »Cool, oder?«

»Sehr cool!«, sagte Max.

Kaum waren sie drin, trat Aljoscha vermutlich auf einen weiteren Hebel, denn das Tor schloss sich schwer und mit langem Widerhall. Sie befanden sich in einer riesigen Höhle.

»Warte!«, sagte Aljoscha und stürzte sich auf ein Rohr, das Max noch gar nicht gesehen hatte. Aljoscha fummelte in der Dunkelheit an etwas herum, dann sprang er zurück und betätigte einen Schalter.

»Voilá!«, rief er, als eine einzige Glühbirne die Höhle erleuchtete. Der Fußboden hätte besser in einen Ballsaal oder ein Sanatorium gepasst als in eine Mine unter Tage: breite, marmorfarbene Steinplatten mit langen, schmalen Adern. Hier und da gerissen, aber grundsätzlich intakt. Über ihnen schimmerten die vielen Arme eines riesigen, bronzenen

Kronleuchters. Sämtliche Birnen an den Enden der Tentakel waren zerborsten. Entlang der einen Wand zog sich ein hüfthohes, mit schmutzigem, rotem Samt bezogenes Regal.

Max pfiff. »Und du bist noch nie mit deiner Freundin hier unten gewesen?«, fragte er.

»Spinnst du?«, sagte Aljoscha. »Die würde doch ständig nur sagen: ›Iih, ist das dreckig hier, Aljoschka, wann kaufst du mir einen Hyundai, Aljoschka, Aljoschenka?‹ Frauen! Argh!« Wieder presste er seinen Kopf. »Max! Nächstes Zimmer!«

Aljoscha sprang auf. Kurz bevor er die Birne aus der Fassung drehte, entdeckte Max etwas. Er bückte sich und hob zwei schmutzige Steinchen auf. Er steckte sie sich in die Tasche, als es dunkel wurde. Vom anderen Ende des Raumes hörte Max Aljoscha fluchen. Er rüttelte an einer Tür.

»Ich wollte dir die alte Werkstatt zeigen, wo früher die Diamanten geschliffen wurden!«, sagte Aljoscha. »Hier hat meine Großmutter gearbeitet. Aber irgendein Vollhorst hat abgeschlossen. Wieder ein Schlag gegen die Tourismusbranche! Na ja. Komm weiter.« Aljoscha packte Max am Arm.

Aljoscha kannte das unterirdische Labyrinth wirklich wie seine Westentasche. Nach einer Stunde in dem dunklen Gangsystem und weiteren ungenutzten Industrieräumen gelangten sie mit einem anderen Aufzug wieder an die Erdoberfläche.

»Danke für den Ausflug«, sagte Max, als sie zurück Richtung Stadtmitte liefen.

»Schon okay«, sagte Aljoscha. »Das war nun die beste Attraktion der Gegend hier! Aber sag mal … Willst du mir nicht zeigen, was du da in deiner Tasche hast?«

Max holte die beiden Steinchen hervor und gab Aljoscha einen davon. »Fifty-fifty.«

»Okay«, schlug Aljoscha freudig ein. »Zeig ich meiner Großmutter. Vielleicht ist es ja ein Diamant!«

Sie kamen zur Hotellobby und verabschiedeten sich freundschaftlich. »Jetzt aber nach Hause!«

Max wurde plötzlich unwohl zumute. Er sah sich in der Dunkelheit um. Nichts. Die Hotellobby war menschenleer. Er drückte den Aufzugsknopf, und in den Rauchglasspiegeln an den Wänden sah er Aljoscha hinausgehen. Plötzlich tauchte aus der Dunkelheit des leeren Platzes eine dunkle Gestalt auf. Bewegte sich auf den unglückseligen Elektriker zu. Max sah eine Klinge aufblitzen. Der Junge klappte zusammen, sein Angreifer fasste ihm in die Tasche. Max drehte sich gerade noch rechtzeitig um, um den Mann lächeln zu sehen. Ein goldenes Lächeln. Mit einem hellen Blitzen.

Max unterdrückte den Impuls, dem jungen Mann zu Hilfe zu eilen. Er lag völlig reglos da, es hatte keinen Sinn. Und Max konnte es sich nicht leisten, mit den Behörden zu tun zu bekommen.

Er packte. Schnell. Von seinem Zimmer aus konnte er sehen, wie sich erst zwei, dann drei Menschen um den Jungen am Boden versammelten. Sie strahlten weder Eile noch Dringlichkeit aus. Es war Zeit für Max, zu verschwinden.

# KAPITEL 30

Einen Tag später stieg Max aus einem der tausend identischen, blauen, ramponierten Waggons aus, die wie Wirbel hintereinander aufgereiht auf endlosen Metallschienen kreuz und quer durch das Land zogen. Der Bahnsteig war grau und überfroren, und Max' Füße knirschten auf dem Schnee, der sich unter dem munteren, stillen Himmel auf die Eisschicht legte. Eine heftige Bö fuhr Max unter den schwarzen Mantel aus Diamansk, den er in der Kohleofenhitze an Bord des Zuges geöffnet hatte. Max klapperte mit den Zähnen. Mit schweren Schritten stieg er die Metalltreppe hinauf.

Im Bahnhof war alles aus rosa Marmor. Breite Fußböden. Hohe Decken. Bogenfenster umrahmten riesige Topfpflanzen. In einem Café hatte er sich Tee bestellt, den er jetzt langsam trank.

Als er den Bahnhof verließ, näherte er sich einer Gruppe rauchender, immer wieder aufstampfender Männer in schwarzen Jacken. Einer von ihnen nickte, und Max stieg auf der Beifahrerseite ein. Max gab ihm die Adresse in der Stadtmitte. Nowosibirsk flog an ihm vorbei: gedrungene Backsteingebäude, deren Fassaden sich schon längst aufgelöst hatten, mit verbeulten Überhängen aus Metall. Je näher sie dem Zentrum kamen, desto höher und glatter wurden die Gebäude. Graue Flocken rieselten herab.

Sie kamen zu einer Reihe niedriger, kunstvoll verzierter Holzgebäude. Einstöckig, grün gestrichen, die Farbe blätterte ab. Bevor die Sowjets hier eine Großstadt aus dem Boden stampften, war es nicht mehr als ein Außenposten mit pittoresken Lebkuchenhäusern wie diesem gewesen.

Auf einem Schild vor der Tür stand: Heimatverein Nowosibirsk. Ein ziemlich abgenutzter, aber angenehmer Raum mit Spitzenvorhängen. Die gesund aussehende junge Frau am Schreibtisch spielte mit ihrem Telefon. Max sagte ihr, er sei weniger an der Vergangenheit als an der Zukunft interessiert. Sie gähnte, stand auf und führte ihn in eine Ecke des Raumes. Sie hob ein breites Fußbodenbrett an und zeigte auf Stufen, die in die Dunkelheit führten. Unten in der Hehlerhöhle war es muffig und feucht. Max beeilte sich. Als er wieder herauskam, wirkte der graue Himmel sehr hell. Max pfiff. Das schmutzige kleine Steinchen hatte ihm zehntausend Dollar eingebracht.

»Zum Marriott«, sagte er.

Der Fahrer nickte. Drei turmhohe Sowjetpioniere aus schwarzem Marmor salutierten. Nach Osten, Westen und Norden. In der Ukraine wurden ähnliche Figuren abgebaut. Es hieß, in Charkow sei ein Fuß übrig geblieben, ein Ohr wurde als Andenken aufgehoben.

»Kalt«, sagte Max, als er eine digitale Zeit-, Datums- und Temperaturanzeige sah.

»Minus sieben ist nicht kalt«, erwiderte der Fahrer. »Minus siebenundvierzig ist kalt.«

Die Oper mit ihrem rundlichen, flachen Dach. Wie ein Ufo. Der neue Intendant hatte die Kirche beleidigt, als er Jesu Kreuzigung auf der Bühne inszenierte, worauf er außer Landes floh. Stämmige alte Frauen in beigefarbenen Mänteln und mit um den Kopf gewickelten Schals verhökerten vor dem Eingang Eintrittskarten.

Gleich gegenüber war das Marriott. Nagelneu. Sibiriens

erstes Fünf-Sterne-Hotel. Gebaut von Nowosibirsks reichstem Geschäftsmann. Damit seine Geschäftspartner vernünftig untergebracht waren, wenn sie zu Besuch kamen. Der Taxifahrer erzählte Max, dort habe mal eine Gemüsebude gestanden. »Abgebrannt«, sagte er. »Sehr praktisch. Das Hotel hat das Grundstück bekommen.«

Die Lobby war modern und sauber. Von der Decke regnete es Kristalle. Ein offenes Restaurant. Nicht billig. Große Männer in pastellfarbenen Polohemden. Kleine Hamburger auf großen, asymmetrischen Tellern. Max setzte sich und bestellte einen. Doch als er kam, bekam Max keinen Bissen herunter. Keinen einzigen.

Der Nachmittag wurde dunkler. Max bezahlte und schlenderte über die Straße zur Oper. Nachmittagsvorstellung für Kinder. Es wimmelte von Dreikäsehochs. Kleine Mädchen mit Schleifen im Haar. Geduldig, brav. Kleine Jungs in Pullis. Zappelig. *Schwanensee.* Max sah sich im Eingangsbereich um, in den die riesigen Schwingtüren regelmäßig eiskalte Luft ließen, kaufte sich von einem der Großmütterchen eine Schwarzmarktkarte und ging hinein. Die Halle war gigantisch, mit Stein verkleidet, in verschiedenen Nuancen alter Zähne mit komplizierten Details. Beeindruckend. Die Kinder wuselten herum. Gesittet. Wie in einem Bienenstock. Da, endlich, entdeckte Max ihn. Einen großen, dünnen, nervösen Mann, der anstand, um seinen Mantel abzugeben. Max stellte sich woanders an – die Hakenreihen füllten den gesamten Raum aus, das System war erstaunlich effizient. Binnen Minuten wurden Tausende von Jacken und Mänteln entgegengenommen und ausgehändigt. Dann ging er auf den anderen Mann zu.

»Max«, sagte er.

Der andere zuckte zusammen. Er war blond, wie Max jetzt, da er seine Wollmütze abgenommen hatte, sehen konnte. Blasses, dünnes Haar umrahmte sein mageres Gesicht.

»Gehen wir«, sagte er und öffnete eine dem Personal vorbehaltene Tür. Max folgte ihm durch einen langen, dunklen Flur zu einer weiteren Tür, durch einen weiteren Flur, bis er fast die Orientierung verloren hatte. Ab und zu hörten sie Stimmen, aber sie begegneten niemandem. Schließlich öffnete der Mann eine Tür, durch die sie in einen der größten Räume gelangten, den Max je gesehen hatte. Und was ihn fast noch mehr beeindruckte: Er war bis unter die Decke vollgestopft mit Requisiten und Kostümen. Eine Fantasiewelt. Weiße Plastikschwäne. Riesige, kirschrote Lollis. Ein enormer, lachender Teufelskopf. Bestickte Vorhänge. Tüllröcke. Flügel aus schwarzen Federn. Schwerter und Schilde. Rüstungen. Hunderte von seidenen Spitzenschuhen. Hingen da wie eine Wand der Verdammten.

»Fundus, Bühnenbilder … unser bescheidenes Lager«, sagte der Mann, der sich als Stas Kowalski vorstellte. Und mit einem Anflug von Stolz fügte er hinzu: »Der größte Lagerraum der Welt.«

»Okay«, sagte Max. Zwei überdimensionale, mit rotem Samt bezogene Throne standen wie Wohnzimmersessel in einer Ecke. Max setzte sich auf einen. »Dann wollen wir mal.«

»Ewgenia – die Sekretärin von World of Hope – hat vermutlich nicht viel erzählt«, sagte der Blonde namens Kowalski und setzte sich Max gegenüber auf den anderen Thron.

Max schüttelte den Kopf.

»Sie hat auch allen Grund, Angst zu haben«, sagte er und ergriff eine große, glänzende Krone. Er hielt sie hoch und betrachtete sie im Schummerlicht. »Keiner weiß, wo die

Grenzen verlaufen, bis man eine überschreitet. Und dann kann das System gnadenlos sein. Dann interessiert es niemanden, dass man neunzig Jahre alt ist und sein ganzes Leben dem Vaterland gedient hat – dann wird man in ein Arbeitslager gesteckt.« Sein Gesicht zuckte, als er das sagte. Er wandte sich Max zu. »Ich war mal Journalist. Beim russischen Fernsehen. In den Neunzigern.«

Max nickte. In den Neunzigern blühte die Presse- und Medienlandschaft auf – Fernsehen, Zeitungen, Zeitschriften. Manche wurden gekauft. Da konnten die Oligarchen sich so richtig austoben. Aber einiges war auch echt gut. Pressefreiheit in bester Tradition. Investigative Reportagen. Idealisten. Damit war es jetzt vorbei. Der Mann gluckste. Er setzte sich die Krone auf, schief, und öffnete seinen Mantel. Darunter trug er eine Pistole. »Ich gehe niemals ohne aus dem Haus«, sagte er. »Ich bin bloß rein zufällig Aktivist geworden, müssen Sie wissen. Sind wir wohl alle. Bei mir war das so …«

In dem Moment fing das Orchester an, die Instrumente zu stimmen. Der Graben musste ganz in der Nähe sein. Oder es handelte sich um eine akustische Täuschung. Von dem Lärm bekam Max Kopfschmerzen. Oder war es vom Staub um ihn herum? Er kämpfte gegen eine merkwürdige, plötzlich aufkommende Woge der Erschöpfung, während Kowalski seine Geschichte erzählte.

Er war in Moskau aufgewachsen, aber die Familie seiner Mutter stammte aus dem Süden, aus einer Gegend, die als die zentrale Schwarzerde-Region bekannt war. Reich und fruchtbar. Berühmt für ihre Eichenwälder und die dort lebenden Geister. Wunderschöne Landschaft. Leider enthält Schwarzerde auch Nickel. Das Gebiet steht unter Naturschutz, darum darf kein Bergbau betrieben werden. Aber ein Privatunternehmen hatte – unterstützt vom Kreml – doch auf einmal vor, dort zu graben.

»Das würde die ganze Region kaputt machen«, sagte Kowalski. »Da haben wir beschlossen, zu protestieren.«

Er und seine Freunde organisierten das, was dank der Teilnahme der Bevölkerung zur größten lokalen Umweltprotestaktion wurde, die es je gegeben hatte. Selbst die Kosaken machten mit.

Im Orchestergraben wurde die Ouvertüre angestimmt. *Schwanensee* begann.

»Kosaken?«, fragte Max. »Ich dachte, die unterstützen das Regime?«

»Normalerweise schon«, sagte Kowalski, und unter der dünnen Haut seines Gesichts zuckte es – wie Max annahm vor Angst. »Sie sind wertkonservativ. Da stimmen ihre Interessen mit denen des Regimes überein. Aber eigentlich sind sie unabhängig – mehr, als das Regime glaubt. Respekt vor dem Land und der Natur ist Teil ihrer Ideologie. Sie sind umwelt-konservativ.« Er lachte leise.

»Und sie waren mit ihren Peitschen bei unserem Protest dabei. Das war wirklich hilfreich, als Gewalt ausbrach. Zumindest am Anfang. Die haben Schläger auf uns gehetzt. Einen Kumpel von mir, der mitorganisiert hatte, haben sie ins Koma geprügelt. Der wird wahrscheinlich nie wieder der Alte.«

»Herrje«, sagte Max.

Kowalskis Miene veränderte sich. Er versteifte sich. Wie eine Statue. Dann schüttelte er sich und erwachte wieder zum Leben.

»Ich bin dann da weg«, sagte er. »Hab mich in Moskau versteckt. Da hab ich mir die Knarre besorgt. Ich war dann sogar im Fernsehen, in den Nachrichten. Da haben sie Filmaufnahmen von einem Auto mit einem Koffer voller Geld gezeigt und gesagt, ich sei bestochen worden, um Unruhe zu stiften. Da wusste ich, dass ich in diesem Land keine Chance mehr hatte. Ich wollte nach Hause, zu dem Freund, bei dem ich wohnte, um zu packen, aber eine Frau an der Tür sagte mir, sie würden oben auf mich warten. Ich machte auf dem Absatz kehrt und ging. Nachts bin ich über die Grenze nach Georgien. Bei den Kämpfen dort war die Grenze durchaus löchrig, wenn man die richtigen Leute kannte. Die meisten von uns sind jetzt in den baltischen Staaten. Im Exil. Wir tun, was wir können.«

»Und was machen Sie hier?«, fragte Max. »Ist das nicht gefährlich?«

Kowalski senkte den Blick. »Meine Mutter hat Geburtstag«, sagte er. »Ich – ich muss sie einfach sehen. Und ich verschwinde, sobald ich bei ihr war. Natürlich ist es gefährlich. Aber so ist das Leben nun mal.« Er zuckte die Achseln. »Sie wollten was über Atomow wissen, oder?«

Max nickte. Eine neue Woge der Erschöpfung packte ihn. Die Orchestermusik schwoll an. Konnten sie wohl schon auf dem Ball sein?, fragte sich Max. Aus dem Augenwinkel glaubte er, im Halbdunkel ein schwarzes Cape aufflattern und sich wieder senken zu sehen. Er schüttelte sich.

»Ist natürlich sehr schwer zu sagen, weil wir keine Fakten haben. Wir wissen nichts über den Grad der Verunreinigungen nach dem Desaster in den Fünfzigern. Wir wissen nicht, wie es heute steht. Aber wir haben ein paar Informanten vor Ort.«

Überrascht hob Max eine Augenbraue.

»Nicht viele, aber ein paar. Dynacorp darf eigentlich nur eine Sorte Abfall hinschicken – sogenannten ›behandelten‹ Abfall. Aber es sieht ganz so aus, als wäre dort, in Atomow, eine Art Mülltrennung geschehen. Was darauf hindeutet, dass zwei Sorten Müll dort eintrafen. Dynacorp hat nicht nur einen, sondern zwei Lagerplätze finanziert, mit unterschiedlichen Bauvorgaben. Der Bauunternehmer hat sich mit dem Geld für beide aus dem Staub gemacht, und jetzt wird der Abfall einfach in ein Loch gekippt. Keine ungewöhnliche Geschichte. Und wahrscheinlich nicht mal illegal.«

»Was ist mit der Schlafkrankheit?«, fragte Max. »Haben Sie davon gehört?«

Der irre König nickte. »Das könnte darauf hinweisen, dass zumindest Teile dieses Abfalls hochtoxisch sind. Aber bei so Sachen weiß man nie.«

Er stand auf, nahm sich einen langen, roten Samtumhang mit Hermelinbesatz und legte ihn sich um. Er hüpfte auf den großen Teufelskopf. Er verneigte sich und wedelte mit dem Umhang. »Sie finden allein raus«, sagte er und verschwand.

Max stand auf, und wieder wurde ihm schwindelig. Er hielt sich an der goldenen Armlehne seines Throns fest. Dann ging er zum Teufelskopf. Dahinter befand sich eine Art Falltür. Er machte sich durch die langen, dunklen Korridore auf den Weg zurück. Allein.

# KAPITEL 31

Der Flughafen: klein und aus Glas. Neu. Ein Tor zum Osten. Man konnte alle Schalter auf einen Blick sehen. Aber nur einer war besetzt. Gefährlich auf Hochglanz polierte Böden. Draußen stockfinstere Nacht.

Max war wachsam. Ständig musste er an den armen Jungen Aljoscha denken. Der Glanz des Fußbodens machte ihn schwindelig.

Max hatte noch viel Zeit, bis sein Flug zurück nach Moskau ging. Wieder stieg Angst in ihm auf. Eine Tasse heißer, schwarzer Tee. Mit viel Zucker. Das war es, was er jetzt brauchte, um wieder zu sich zu kommen. Er schlenderte auf das blitzende neue Café zu und erhaschte in einer perfekt spiegelnden Auslagenvitrine etwas, das ihm das Blut in den Adern gefrieren ließ. Ein untersetzter, muskulöser Mann durchmaß, von den Toiletten kommend, die Abflughalle und ging hinaus.

Max musste nicht erst auf das Blitzen des Schneidezahns warten, um genau zu wissen, wer das war. Wie lange brauchte der, um eine Zigarette zu rauchen? Fünf Minuten. Max hatte fünf Minuten. Nur ein Schalter war besetzt. Der letzte Passagier checkte ein, die Stewardessen machten sich daran, zu schließen.

Max eilte auf sie zu und legte den Pass von Pascha, dem Stückeschreiber, vor. Der Flug ging nach Venedig, direkt. (Gut, dass Pascha sich ein Schengen-Visum besorgt hat!, dachte Max und dankte im Stillen Paschas anspruchsvoller Frau dafür, dass sie auf dem Korsika-Urlaub bestanden hatte.) Die junge Frau am Schalter hatte Mitleid mit ihm. Nahm sein Geld. Reichte ihm ein Ticket. Sagte ihm, er solle sich beeilen. Max' Herzschlag beruhigte sich erst wieder, nachdem er die Sicherheitskontrollen passiert hatte, quer durch das kleine Terminal geprescht war und an Bord der Maschine saß. Die Türen des kleinen Flugzeugs schlossen sich, und Max machte einen Stoßseufzer. Er schloss die Augen. Venedig. Das Flugzeug war neu – und kaum hatte Max es sich auf seinem Sitz bequem gemacht, schlief er auch schon ein.

Kurz vor der Landung wachte er auf. Verschlafen guckte Max aus dem Fenster und sah die zwei Fische. Maul an Maul aneinandergedockt. In einem ewigen Kampf. Oder Kuss.

»Wir landen«, bellte der Kapitän.

Die Stewardess, die Max an Bord geleitet hatte, marschierte schnell und effizient durch die Reihen, überprüfte Gurte, Tische, Rücklehnen. Als sie an Max vorbeikam, reichte sie ihm ein glänzendes Faltblatt, ging sofort weiter und murmelte: »Gurte …Tische bitte … Ihre Rückenlehne …« Max sah sich das Faltblatt an. Es war blau und grau. EINE WUNDERBARE ZUKUNFT, stand darauf. Und darunter: HERZLICH WILLKOMMEN ZUR INTERNATIONALEN NUKLEARKONFERENZ. Er blätterte den Flyer auf und hielt die Luft an. Unter der Überschrift HAUPTREDNER war ein Foto von einem ihm bekannt vorkommenden, grauhaarigen Herrn. Gepflegt, katzenhaft. GÉRARD DUPRES, DYNACORP. Die Fluggäste applaudierten, als die Maschine sanft landete. Als Adresse war ein ehemaliger Palazzo am Canal Grande angegeben.

Das Wassertaxi kämpfte sich vom Flughafen durch einen schmalen Kanal, dann gelangten sie auf die offene Lagune.

Das Wasser war grüngrau und kabbelig. Über ihnen kreiste eine Möwe und schoss auf und ab. Ihr Schrei klang einsam.

Das Taxi setzte Max an der schwimmenden Anlegestelle ab. Ihr geriffelter Metallboden hob und senkte sich, bis das Vaporetto ankam, um die wartenden Passagiere in die Stadt zu bringen. Sie passierten die hohen, roten Backsteinmauern des Friedhofs. Hohe Zypressen. Symbole des Todes. Ein kurzer Blick hinein. Ein Aufstand der Farben: Rosa- und Rottöne, Gelb, Orange. Plastikblumen.

# KAPITEL 32

Als sie sich der Altstadt näherten, brach die Sonne durch die Wolken. Das Wasser färbte sich blass smaragdgrün. Terrakottafarbene Mauern strahlten verlockend. Ach, Venedig. Wann war er zuletzt hier gewesen? Vor zwanzig Jahren? Nur für eine Nacht, rein und wieder raus. Mafia. Früher hatten sie ihn manchmal in Mafia-Angelegenheiten eingesetzt, weil er ein Jahr in Bologna gelebt hatte. In der »Roten Stadt«, die aufgrund ihrer Architektur so genannt wurde, wegen der intensiven Farbe über den langen, hohen Bögen und aufgrund ihrer Politik, die der Grund dafür war, dass die CIA sich in den Fünfzigern dort niedergelassen und einen inzwischen viel lukrativeren Einkommenszweig beschritten hatte: Sie knöpften den klügsten Köpfen Europas für ein Jahr waschechter amerikanischer Ausbildung zusammen mit ein paar waschechten amerikanischen Studenten ein Vermögen ab. Eine Kellnerin hatte ihm Italienisch beigebracht. »Wir schieben zwischen den Laken noch eine Italienischstunde ein«, sagte sie immer und kicherte angesichts seines wachsenden Vokabulars. Aber das war alles schon sehr lange her.

Als das Vaporetto die Haltestelle antuckerte, sprang Max von Bord. Er warf einen Blick auf das Faltblatt. »Il Majestico!«, stand da.

Max verlief sich auf seinem Weg durch die Gassen nur zwei Mal. Die Touristenschwärme wurden größer und dichter. Die Anzahl der feilgebotenen Karnevalsmasken nahm zu. Er fand die Nummer auf Anhieb. Il Majestico war ein heruntergekommener Palazzo, der in ein Luxushotel vom Feinsten verwandelt worden war.

Die dunkle, goldene Lobby war bevölkert von langweiligen Männern in teuren Anzügen. Max entschied sich nach einigen logischen Gedankenspielen über den mysteriösen Flyer zu einem kleinen Experiment. Er fuhr sich mit den Fingern durchs Haar und steuerte den Empfangstresen an.

»Rushmore«, sagte er zu der jungen Frau. Sie lächelte, warf einen Blick in ihren Computer und lächelte abermals. »Zimmer 213, Signore.«

Max las sich das Programm durch, duschte in seinem sarggroßen Badezimmer und war gerade rechtzeitig für die Hauptrede wieder unten. Er holte sich sein Namensschild und hängte es sich um den Hals – wie eine Schlinge, dachte er. Auf der Bühne dessen, was sicher einmal ein Bankettsaal gewesen war, stand tatsächlich Gérard Dupres vor einer gigantischen, blau-weißen PowerPoint-Projektion. Ein Klick, und auf der Leinwand erschien sein Name: Gérard Dupres. Noch ein Klick, dann: SENIOR VICE PRESIDENT. Ein dritter Klick, und in der dritten Zeile stand: DYNACORP.

Nach der eher politisch klingenden Präsentation, von der Max so gut wie gar nichts verstand – es ging um einen »Súper« und Estland als Vorbild für Unabhängigkeit in Sachen Energieversorgung –, folgte Max Gérard nach draußen. Er war von Kollegen umringt, Max musste auf den richtigen Augenblick warten. Der bot sich in der ziemlich plüschigen Herrentoilette. Der Mann wusch sich gerade die Hände, als Max ihm auf die Schulter tippte.

»Gérard Dupres?«, sagte er. »Ich würde gerne mit Ihnen über Sonja Ostranowa reden.«

Gérard trocknete sich die Hände ab. Dann drehte er sich

langsam um und sagte: »Wie bitte?«, wobei er seine wenig imposante Gestalt mit beeindruckender Präsenz kompensierte. Das Seltsame war, dass er gerade an Sonja gedacht hatte. Also indirekt. Neulich in Paris. Auf dem Weg zum Abendessen war er an ihr vorbeigefahren. Oder an einer Frau, die ihr so ähnlich sah, dass ihm die Luft wegblieb. Er sah, wie die Frau sich bückte und einem Kind das Gesicht abwischte. Also war es natürlich nicht Sonja. Sonja hatte keine Kinder. Trotzdem war er seltsam durcheinander gewesen.

»Sie haben mich schon verstanden«, sagte der Mann, der ihn da anpöbelte. »Ich möchte mit Ihnen über Sonja Ostranowa reden. Ihre Freundin. Ex. Was auch immer.«

Gérard fröstelte. »Wenn Sie mich auf mein Zimmer begleiten wollen«, sagte er leise. »Ich gebe Ihnen fünfzehn Minuten.«

Gérards Zimmer war größer als das von Max. Eine Schar von Engeln sah von der Decke auf sie herab. Bewunderten wahrscheinlich die luxuriösen, cremefarbenen Laken auf der dicken Matratze. Der Teppich war dick, weich und sauber. Das Zimmer strahlte Frieden aus, Sicherheit, tiefe Behaglichkeit. Max schloss die Tür ab und schaltete den Fernseher ein. Er wünschte sich die gute alte Zeit zurück, in der man einfach einen Bleistift in das Safe-Schloss stecken und sicher sein konnte, alle Überwachungskameras neutralisiert zu haben. Was sollte die nächste Generation machen? Zur Hälfte im Äther leben, unter ständiger Beobachtung, ständig unerreichbar. Na ja, dachte Max, würde wohl kaum sein Problem sein.

»Also«, sagte Max. »Sonja Ostranowa. Erzählen Sie mir von ihr. Und Ihnen.«

»Ich wüsste nicht, was Sie das angeht«, sagte Gérard.

»Lassen Sie es mich so sagen: Die Vereinigten Staaten interessieren sich für ihre Bürgerinnen und Bürger«, sagte Max. »Vor allem dann, wenn sie für unsere Sicherheit arbeiten und wir vermuten, dass etwas nicht mit rechten Dingen zugeht.«

Bei diesen Worten zuckte Gérard leicht. »Nicht mit rechten Dingen?«, fragte er. »Sie ist an einem Herzinfarkt gestorben. Sehr traurig – obwohl wir zu dem Zeitpunkt bereits getrennte Wege gingen. Ich werde demnächst heiraten.«

»Klar«, sagte Max. »Und jetzt erzählen Sie mal.«

Gérard seufzte. Er setzte sich auf einen der schweren Eichenstühle und wendete die Handflächen nach oben, zu den Engeln. »Es war eine affaire du cœur, mehr nicht. Und natürlich auch nicht weniger. Wir waren entflammt. Wie Papier. Brannten. Kurz und heftig. Ihr Tod kam für mich überraschend. Natürlich eine Tragödie.«

»Aber kein schwerer Schlag«, sagte Max.

»Nein, Monsieur«, bestätigte Gérard und schüttelte andeutungsweise den Kopf, von einem Mann von Welt zum anderen. »Wie ich bereits sagte, unsere gemeinsame Zeit war vorbei. Jedenfalls von meiner Seite. Wir haben uns in Ihrer Hauptstadt kennengelernt, ich fühlte mich dort nicht zu Hause. Und Sonja – sie war anders. Eine Außenseiterin wie ich. Und natürlich eine attraktive Frau.«

»Wie haben Sie sie kennengelernt?«

»In irgendwelchen dienstlichen Zusammenhängen, glaube ich. Cocktailparty in der Botschaft – zur Feier der atomaren Friedenssicherung, so was …«

»Hat sie Ihnen je von ihrer Arbeit erzählt?«

»Nein. Ehrlich gesagt war es weniger ihre Kompetenz in Nuklearangelegenheiten, für die ich mich interessierte. Wenn Sie verstehen, was ich meine.«

»Hat sie sich denn für Ihre Kompetenz in Nuklearangelegenheiten interessiert?«

Gérard zuckte die Achseln. »Frauen interessieren sich immer für die Arbeit eines Mannes«, sagte er. »Dagegen können sie gar nichts machen … c'est naturelle. Meine Arbeit ist eigentlich ziemlich banal – das meiste ist Verkauf und Marketing. Nichts Geheimes.« Er hielt inne, als würde er wirklich nachdenken, und fügte hinzu: »Vielleicht war das einer der Gründe, weshalb ich sie mochte. Dadurch, dass sie in derselben Branche arbeitete, musste ich nur wenig über das sprechen, was ich mache.«

»Sie war Inspektorin in Roter Fluss«, sagte Max.

»Ach ja?« Gérard klang gelangweilt.

»Das ist nicht weit von Atomow.«

Gérard sah aus, als wäre ihm nicht ganz wohl in seiner Haut, fand Max. Aber das ging schnell vorbei.

»Haben Sie sie umbringen lassen, weil sie Ihrem kleinen Abfall-Trennsystem auf die Schliche gekommen war? Oder haben Sie da gemeinsame Sache gemacht?«

Max beobachtete Gérard sehr aufmerksam. »Umbringen lassen« löste keine Reaktion bei ihm aus, »Abfall-Trennsystem« dagegen schon. Max beschloss, alles auf eine Karte zu setzen. »Und was ist mit Diamansk?«, sagte er. »Hat sie sich da für die Diamanten interessiert?«

Gérards Gesicht nahm eine ganz leichte grünliche Färbung an. Der Diamant!, dachte er. Wie hatte er nur so blöd sein können? Er sah es alles genau vor sich. Das brasilianische Restaurant mit dem dämlichen Namen an der Columbia Road. Genau: Der Grill aus Ipanema. Hochsommer. Heiß, stickig.

War das wirklich schon ein Jahr her? Länger. Die schwüle Luft war »zum Schneiden«, hatte er gesagt und gelacht, und sie hatte auch gelacht. Warum hatte sie über seine Witze gelacht? Sie war wunderschön. Er konnte ihr einfach nicht widerstehen, wenn sie lachte. Draußen, vor dem Restaurant, küsste er sie auf beide Wangen. Legte ihr die Hände auf die Schultern, hielt sie armlang auf Abstand. Damit er sie betrachten konnte in voller Größe. Lange Beine, dunkle Haare, strahlende Augen, die Brauen, die Brüste. Er hatte einen Tisch reserviert. Sie setzten sich nebeneinander auf eine an der hinteren Wand verlaufende, gepolsterte Lederbank. Sie trug ihren rosa Angorapulli, den er so gerne mochte. Trotzdem fror sie wegen der Klimaanlage. An das Lokal selbst erinnerte er sich nur vage – dunkel, Braun- und Schwarztöne, Schatten und Tischdecken. Sie hatte nur Augen für Gérard – »Gerry«, wie sie ihn immer nannte –, da war er sich ganz sicher. Er legte den Arm um sie.

Er bestellte Champagner (»Ja, ich weiß, dass er nicht aus Brasilien ist«, hatte er gesagt und den Korken knallen lassen), und nachdem sie angestoßen hatten, zog er eine Schachtel aus der Manteltasche. Klein, samtig, königsblau. Sonja japste. Sie hatte noch nie so etwas Schönes gesehen. Mit goldener Prägung auf dem Deckel. »Mach's auf«, hatte er gesagt. Sie klappte die Schachtel auf. Darin befand sich ein Ring. Er war natürlich perfekt. Schlicht. Elegant. Der Diamant fing das spärliche Licht im Lokal ein und reflektierte es tausendfach in allen Farben des Regenbogens. »Der lupenreinste der Welt«, hatte Gerry gesagt. Und damit wiederholt, was Ruslan, der russische Bauunternehmer, ihm gesagt hatte. Ruslan hatte auch gesagt, dass der Diamant ein Geschenk war, mit dem er ihm, Gérard, für gute Geschäfte dankte. Dass die Russen gerne Geschenke machten und dass dies Ruslans Geschenk für ihn war. Gérard hatte noch nie einen schöneren Stein gesehen. Er wollte ihn Sonja schenken. Und das tat er dann auch. »Der lupenreinste der Welt«, wiederholte er. »Genau wie du. Wie deine Augen.«

Er hatte ihre Hand genommen, sie geküsst, ihr lange ins Gesicht gesehen und mit erstickter Stimme geflüstert: »Wie deine … Seele.« Das hatte ihr gefallen. Sehr sogar. Und selbst als diese blöde Kellnerin diesem amerikanischen Erdferkel von einem Mann den Platz neben ihnen anwies und der Sonja auch noch Komplimente zu dem Ring aussprach, hatte das Gérard nichts ausgemacht. Sie hatte gelacht und ihn gezeigt. Stolz.

»Ich weiß nicht, wovon Sie reden«, entgegnete Gérard kraftlos. Aber er hatte eine klare Ahnung. Zum ersten Mal hatte er nun eine klare Ahnung von allem.

Max erhob sich. Ging auf und ab. Er spürte, dass dem Franzosen etwas aufgegangen war, und er wollte wissen, was. Plötzlich tanzten vor Max' Augen schwarze Sternchen. Gefolgt von hellen, blendenden Blitzen. Ihm wurde ganz leicht im Kopf. »Vorsicht!«, rief der Franzose. Max hörte einen dumpfen Aufschlag. Ziemlich weit weg. Dann überkamen ihn Angst und Übelkeit; es wurde dunkel um ihn.

# KAPITEL 33

Als Max aufwachte, hörte er etwas wie Meeresrauschen, wie sanfte Wellen. Rollende Wellen. Wellen, die seicht über eine lange, flache Sandbank hereinkamen. Ein angenehmes Geräusch. Ein Geräusch, das ihn fast wieder in den Schlaf einlullte. Dann bemerkte er, dass er fror. Und dass er nass war. Er war nass, ihm war kalt, und er hatte Schmerzen. Und müde war er. Er legte sich anders hin und drückte das Gesicht ins Kissen, setzte sich dann würgend auf. Er spuckte Sand aus. Kein Kissen. Max sah sich um. Er lag am Strand. Am Lido.

Über ihm, über dem Wasser, brach ein kalter, grauer Tag an. Eine Möwe stürzte herab. Schrie. Ein weißer Blitz. Mit einiger Anstrengung wandte Max den Kopf zur Seite und betrachtete den Horizont. Vor ihm nichts als Wasser: Als befände er sich am Ende der Welt. Links nur Sand. Rechts dasselbe. Und eine kleine, dunkle Gestalt. Ein Punkt. Der sich stetig auf ihn zubewegte. Mit dem unverwechselbaren Gang eines Polizisten.

Das war jetzt das Letzte, was er gebrauchen konnte. Stöhnend rappelte Max sich auf. Er sah in seinen Taschen nach. Brieftasche war da. Sogar mit Geld drin. Schlüsselkarte, Taschenmesser. Alles da. Er bewegte einen Fuß, hob ihn an und setzte ihn im Sand ab. Der Sand gab ein wenig nach. Gut. Nächster Fuß. Schritt für Schritt kam er voran.

Zurück in seinem kleinen Zimmer im Il Majestico sah es nicht danach aus, als wenn in der Zwischenzeit jemand da gewesen wäre. Wenn jemand es durchsucht hatte, dann äußerst professionell. Er ging zur Tür, öffnete sie zum Flur. Er hob den als Fußabtreter dienenden Orientteppich an. Tastete den bronzefarbenen Plüschteppich darunter ab. Er hob auch diesen Teppich an und atmete erleichtert auf. Paschas Pass war noch da: Er konnte sofort zurück nach Russland. Paschas Frau würde ihn nicht umbringen, wenn er sie sah.

# KAPITEL 34

Fleckige weiße Tischdecken, durchgesessene Polster – der Speisewagen des Nachtzugs von Venedig nach Paris hatte sich nicht verändert. Max hatte einen Tisch für sich allein. Sein Gedeck war schmutzig. Während der Zug über die Lagune tuckerte, bestellte Max sich eine Karaffe Rotwein. Als sie kam, stieß er auf die Vergangenheit an.

Die Adresse war nicht weit vom Père Lachaise entfernt. Es war ein bedeckter Morgen. Kühl. Er marschierte über den Friedhof, einfach so zum Spaß. Grabsteine, Steinpfade. Hier und da ein zerrupfter Baum. Eine Miniaturausgabe der Stadt. »Je suis belle, ô mortels! comme un rêve de Pierre …« Drei Jugendliche in einer Art Schuluniform saßen vor Jim Morrisons Grab und rauchten Gras.

Die Wohnung lag im dritten Stock, nach hinten, kein Aufzug. Es roch ziemlich intensiv nach Gebratenem. Nadeschda Levantal öffnete nach dem dritten Klingeln. Sie war erstaunlich schön. Ihr dunkles Haar trug sie zurückgebunden, was ihre Wangenknochen betonte. Sie hatte Lachfältchen um Mund und Augen, und unter ihren vollen Lippen, links, befand sich ein dunkler Schönheitsfleck. Sie lächelte und reichte ihm die Hand. Ihre Bewegungen waren elegant. Wie die eines Schwans, dachte Max. Wenn Sonja nur halb so viel Ausstrahlung hatte, musste sie eine tolle Frau sein.

»Max Rushmore«, sagte er. »US-Regierung.«

Wieder lächelte sie. »Kommen Sie herein.«

Die Wohnung war klein, aber hübsch. Holzfußboden,

Wildblumen in Glaskrügen. Aus einem der Zimmer war ein ziemliches Toben zu hören.

»Entschuldigen Sie … meine Jungs«, sagte sie. »Wirklich schwer zu disziplinieren. Bei meiner Tochter ist das einfacher, die ist sechs und geht zur Schule. Aber die Jungs sind zehn und vierzehn und sprechen noch kein Französisch. Darum sind sie zurzeit zu Hause.«

»Wie lange sind Sie schon in Paris?«, fragte Max. Aus dem Kinderzimmer waren das Zersplittern von Glas und ein Schrei zu hören.

»Ich musste im Januar weg«, sagte sie. »Als sie verbreiteten, dass ich ›Geheimagentin‹ sei. Im Fernsehen gab es mehrere Berichte. Ich sei eine Verräterin. Der frühere Chef des KGB, der nie Interviews gibt, hat zwei Interviews zu mir gegeben. Mein Anwalt hat gesagt, als Nächstes werden sie mich wohl festnehmen. Wir sind seit acht, neun Monaten hier. Lang genug, um ein Baby zu bekommen. Jetzt beantrage ich hier in Frankreich Asyl.«

»Verstehe«, sagte Max. Auf einmal wurde ihm schummerig. Er bekam weiche Knie. Setzte sich auf den schmuddeligen, plüschigen Zweisitzer. Er sah aus wie vom Flohmarkt, aber nur, wenn man sehr genau hinsah. Max schlug ein Bein über das andere. Nadeschda lehnte sich gegen den schmalen Marmorsims über dem Kamin. Ein großer, farbloser Spiegel umrahmte sie, obwohl seine geäderte, fleckige Oberfläche ihre Umrisse nur sehr vage wiedergab: Hinterkopf, Nacken. Sie beobachtete Max, und Max hatte den Eindruck, er würde ihr gefallen. Vielleicht mochte sie das Stämmige. »Könnten Sie mir denn etwas über Ihre NGO erzählen?«

Nadeschda lächelte. Es war ein überraschendes Lächeln, derb und unbezähmbar. »Natürlich«, sagte sie. Sie durchquerte das winzige Wohnzimmer, ihre Bewegungen waren unbeschwert, ihr langer Rock flatterte. Sie setzte sich auf die kleine Samtcouch Max gegenüber. Schlug die Beine übereinander, wieder irgendwie ätherisch. Dass sie schöne Beine hatte, konnte man selbst durch den langen Rock hindurch sehen. »Ich fange am besten ganz von vorne an«, sagte sie. Ihr Lächeln wich einem ernsten Zug um den Mund. Sie atmete durch.

»Ich bin in Atomow aufgewachsen. Das ist eine der ›geschlossenen Städte‹, Sie wissen schon. Tja, ich wusste nie, wie mein Vater sein Geld verdient hat. Er hat erzählt, er würde Bonbonpapier produzieren. Meine Mutter war Ärztin. Ich hörte sie manchmal das Wort ›Verstrahlung‹ sagen. Während unserer gesamten Kindheit und Jugend wussten wir, dass unsere Stadt geheim war. Dass wir nie ihren Namen sagen durften. Eine meiner Großmütter lebte in Jekaterinburg. Wenn ich sie besuchte, schärften meine Eltern mir ein, niemandem zu erzählen, wo ich wohne, weil sonst ein schwarzes Auto kommen und meine Eltern mitnehmen würde. Ich habe das hingenommen, keine Fragen gestellt. Wir waren junge Patrioten. Wir dachten von jedem, er würde spionieren.«

»Aha«, sagte Max.

»'83 dann … wurde mein Vater krank. Er wurde nach Moskau geschickt, in die Klinik Nummer 6 – die ist auf Strahlenopfer spezialisiert. Dann hat er angefangen zu trinken. '85 ist er gestorben – da war ich zwölf.«

Max schüttelte den Kopf. Der Verkehrslärm nahm zu und drang durch die zugigen Fenster. Unablässig. Nervig. »Das tut mir leid«, sagte er.

»Erst '91 erfuhr ich die Wahrheit. Dass er mit achtzehn nach Atomow gekommen und Teil des Aufräumtrupps gewesen war. Dass die Mutter meiner Mutter, die an Krebs gestorben war, ebenfalls Teil des Trupps gewesen war. Großmutter und ihre Kinder waren im Großen Vaterländischen Krieg aus dem bombardierten Kiew geflohen und nach dem Tod meines Großvaters nach Russland gekommen. Meine Großmutter ließ sich in der Nähe von Atomow nieder. Nach dem Desaster hat sie mit aufgeräumt. Wir haben von alldem nichts gewusst. Absolut nichts. Es wurde gesagt, der Unfall sei nicht so schlimm gewesen. Als die Leute anfingen, Fragen zu stellen und Dinge zu behaupten, hat die Regierung gesagt, sie würden lügen.

Ich bekam dann mein erstes Kind. Und war damit abgelenkt. Später fing ich an, Soziologie zu studieren. Und dachte, das kann doch nicht sein, dass so viele Menschen lügen. Dann bekam ich noch drei Kinder. Und dann lernte ich endlich etwas über Zivilgesellschaften. Von den Müttern von Drogenabhängigen. Und ich gründete World of Hope. Ich fing an, Jura zu studieren. Und einzelne Fälle vor Gericht zu bringen.

Das Problem ist nämlich, dass niemand etwas sagt. Die Kinder der Strahlenopfer werden vom Staat versorgt, bis sie achtzehn sind. Und mit achtzehn heißt es dann: Wie? Dir fehlt gar nichts? Für die zweite und die dritte Generation ist keine staatliche Versorgung vorgesehen. Der Staat lehnt sich zurück und sagt: ›Der Unfall war 1957.‹ Als wenn er nichts mit dem zu tun hätte, was heute passiert! Vollkommen absurd!«

»Allerdings«, erwiderte Max.

»Wir haben einiges erreicht. Die Menschen in Atomow sind heute freier. Früher konnten nur Mütter ohne besonderen Grund zu Besuch kommen. Einmal im Jahr, maximal zehn Tage. Jetzt ist das mit den Besuchen einfacher. Weniger Papierkram. Aber die Einschüchterung wurde unerträglich.

Sie waren mit den Steuern hinter uns her. Sie kamen zu uns nach Hause. Das Fernsehen. Und am Ende …«, sie seufzte, »war es einfach zu viel.«

Ein weiterer Schrei, wieder das Zersplittern von Glas.

»Entschuldigen Sie …«, sagte sie lächelnd. Sie erhob sich, schlich zur Tür. »Geh mit deinem Bruder in den Park! Jetzt! Nein, nicht später. Nein, ich gebe euch kein Geld. Dann geht auf den Friedhof! Lernt mal was! Wie kann man nur so ungezogen sein!«

Zwei völlig zerzauste Jungs tauchten auf, grüßten Max und verschwanden durch die Wohnungstür. Sie rannten die Holztreppe hinunter, ihre Schritte hallten nach.

Nadeschda setzte sich, schlug unter dem weiten grünen Rock die Beine übereinander und erzählte weiter: »Irgendwann also wollte ich eine soziologische Studie zu diesen geschlossenen Städten anstellen«, sagte sie. »Ich bin fest davon überzeugt, dass die intersoziale Mentalität der Bewohner eine ganz besondere ist und erforscht werden muss. Aber das wurde natürlich nicht erlaubt.«

»Kennen Sie eigentlich Sonja Ostranowa?«, fragte er nach einer Pause.

Überrascht sah sie ihn an. »Ja, sicher. Sie ist meine Cousine.«

»Ich dachte, sie hätte keine Verwandten?«

»Jaaa. Ich wusste auch lange nicht, dass es sie gab. Unsere Mütter waren Schwestern. Zwillingsschwestern, um genau zu sein. Aber sie haben sich irgendwann fürchterlich zerstritten, keine Ahnung, warum. Wahrscheinlich wegen einem Mann. Sonjas Mutter ist dann weg, so mit sechzehn oder siebzehn. Ist nach Moskau und hat jeden Kontakt abgebrochen. Ich glaube, sie hat allen erzählt, sie sei Waise. Ich meine … das waren damals ja viele.

Meine Mutter hat mir erst auf dem Sterbebett von ihrer Schwester erzählt. Ich habe versucht, sie ausfindig zu machen. Dass ich Sonjetschka tatsächlich fand, war purer Zufall. Witzig, dass sie ausgerechnet Atomwissenschaftlerin geworden ist!«

»Wann haben Sie sie gefunden?«

»Letztes Jahr, kurz bevor ich zur Geheimagentin erklärt wurde. Da haben wir uns ein Mal getroffen. Sie lebt in den USA.« Sie lächelte. »Aber das wissen Sie ja sicher. Und sie arbeitet immer noch in Russland. Sie war auf einer Kontrollreise in Roter Fluss und hat sich nachts heimlich rausgeschlichen – wollte nicht, dass ihre Kollegen was von ihrem Privatleben mitbekommen. Kann ich gut verstehen! Stellen Sie sich das vor! Sie wusste nichts. Absolut nichts. Weder über unsere Großmutter, die nach dem Desaster aufgeräumt hat, noch dass ihre eigene Mutter in Kiew geboren war. Als wir uns begegneten, war natürlich völlig klar, dass wir miteinander verwandt sind. Wir könnten Zwillinge sein!«

Ihr Blick verfinsterte sich. »Sie wirkte ziemlich aufgewühlt, als ich ihr von meiner Arbeit erzählte. Vor allem ein Fall von Strahlenschäden in der dritten Generation, den ich vor Gericht gewonnen hatte. Es ging da um ein Mädchen, das mit drei verschiedenen Krebserkrankungen zur Welt kam. Ihre Urgroßmutter hatte bei der Aufräumaktion geholfen. Drei Generationen!« Sie atmete tief ein. »Genau wie unsere Großmutter. Genau das Gleiche.« Sie hielt inne, als lausche sie auf etwas im Treppenhaus. »Ich habe sooo ein Glück gehabt mit meinen Kindern! Selbst diese ungezogenen Racker sind kerngesund.« Sie lachte leise.

Sie schlug die Beine andersherum übereinander. Ihr Rock wischte dabei über den rissigen Holzboden. Ganz automatisch bewegte sich Max auch und schlug ebenfalls die Beine neu übereinander, das linke über das rechte. Ein gutes Zeichen. Nadeschda sah ihn an. Ihre Augen waren tiefgrün. »Die Regierung stritt in dem Fall jegliche Verantwortung ab«, sagte sie. »Wie üblich. Das Mädchen wurde nicht einmal ein Jahr alt. Aber wir sind vor Gericht gezogen, und wir haben gewonnen. Die Entschädigung war natürlich ein Witz, nichts kann für ein krankes, für ein totes Kind entschädigen. Aber der Fall hat Präzedenz geschaffen. Und das ist wichtig.«

»Na aber!«, sagte Max. »Allerdings!«

»Seltsam war auch, dass Sonja nicht wusste, dass Dynacorp seinen Betrieb von Rotstadt nach Atomow verlegt hat. Wo sie doch die Inspektorin war. Das hatte man wohl vor ihr geheim gehalten. Na ja, die haben ja viel geheim gehalten. Selbst völlig unwichtige Sachen. Das ist Teil ihrer ekelhaften Mentalität. Geheimnisse und ewiger Patriotismus.«

»Hatten Sie seither noch mal Kontakt mit ihr?«

Von der Straße waren kreischende Bremsen zu hören. Hupen, wütende Stimmen. Dann ließ alles wieder nach. Der normale Verkehrslärm. Nadeschda schüttelte den Kopf. »Ich habe einfach so viel um die Ohren gehabt … Ich wollte ihr schreiben. Mach ich noch.«

Max nickte. »Können Sie denn mit Ihrer Arbeit von Paris aus weitermachen?«

»Das hoffe ich«, sagte sie.

# KAPITEL 35

Max fand eine Mitfahrgelegenheit nach Berlin. Der Profi-Clown fuhr nach Hause, er war blond und hatte stechend blaue Augen. Er imitierte sowohl tote wie lebendige Politiker so gut, dass Max Bauchweh bekam vor Lachen. Das größte Problem des Clowns mit seiner Mutter war – so erzählte er Max –, dass sie glaubte, der Verzehr eines Apfels sei die Lösung für jedes Problem, das ein Mensch in seinem Leben haben konnte. »Und das von einer Psychiaterin!«, sagte er kopfschüttelnd. Gegen Mitternacht erreichten sie Berlin. Max verbrachte die Nacht in einem drittklassigen, für seine laxe Türkontrolle bekannten Techno-Club und ließ den Kopf über einer Flasche Bier baumeln. Anonymität hatte ihren Preis.

Morgens nahm er sich ein Taxi zum Hotel Adlon. Dort marschierte er direkt zum Pool, wo er duschte und sich rasierte. Oben in der Lobby setzte er sich in eine Ecke und bestellte eine Tasse Kaffee. Er schmeckte schrecklich, aber er erlaubte ihm, in dem Sessel ein kleines Nickerchen zu machen. Um zehn winkte er ein Taxi heran, das ihn nach Charlottenburg bringen sollte.

»Ah! Herr Rushmore!«, sagte der Schneider, als Max den Laden betrat und die Messingglocke über der Tür klingelte. »Mit Ihrem Anzug ist doch wohl alles in Ordnung, will ich hoffen?«

»Ganz wunderbar, er hat schon eine Menge mitgemacht«, sagte Max. »Wissen Sie … ich bin gerade zufällig wieder in der Stadt und dachte, vielleicht sollte ich mir noch einen machen lassen. Vielleicht in etwas schwererer Qualität? Was meinen Sie?«

»Da habe ich genau das Richtige für Sie!«, sagte der Schneider. Er verschwand hinter einem dicken Samtvorhang. Max hörte seine durch das Hinterzimmer schlurfenden Schlappen. Er hatte eine Minute, maximal zwei. Er schnappte sich den Quittungsblock, den der altmodische Schneider neben der Kasse aufbewahrte, und blätterte zurück zum Juni. Er hörte Schritte und ließ den Block fast fallen. Die Schritte entfernten sich wieder. Max fand seine Quittung. »Rushmore, M.« Und daneben das, was er suchte: »Dominion, R.«

Die Schritte des Schneiders wurden lauter. Schnell legte Max den Block wieder zurück. Der gebeugte Schneider präsentierte Max fröhlich einen weichen, dunklen Wollstoff. Max befühlte ihn. »Sehr schön«, sagte er. Dann zwinkerte er. »Gut. Ich muss erst meine Frau fragen. Wenn sie Ja sagt, komme ich wieder. Auf bald!«

»Happy wife, happy life!«, sagte der Schneider mit starkem deutschem Akzent und zwinkerte zurück.

Als die Messingglocke hinter ihm schrillte, hatte Max die Erleuchtung. Robert Diamond! Natürlich. Er schlug sich mitten auf der Straße gegen die Stirn. Wieso war er da nicht schon früher draufgekommen? War wahrscheinlich zu offensichtlich gewesen. Direkt vor seiner Nase.

Eine Windbö fuhr in die Kastanien. Es regnete orangefarbene Blätter. Max erinnerte sich an Bob Diamonds Biografie. Er hatte sie in einem der Rundschreiben zu »Personen von besonderem Interesse« gelesen, von denen Rex damals stets verlangte, dass sie die auswendig lernten. Sein Vater – ein gewisser Michael Dyamant – war Juwelier in einer elsässischen Kleinstadt gewesen. Vor den Nazis geflohen. Hatte in Tel Aviv seine Frau kennengelernt. Sie mochte das Klima in Israel nicht, darum zog die Familie in den Sechzigern in die USA. Nach Texas, wo das Wetter auch nicht viel besser war. Dort gab Mike Diamond (den Namen hatte er Ellis Island und seinen Nachbarn zu verdanken) das Juweliergeschäft auf und wandte sich dem Öl zu. Er hatte ziemlichen Erfolg damit. Als er sich zur Ruhe setzte, übergab er das Geschäft seinem ältesten Sohn. Der verlor das meiste beim Glücksspiel.

Der jüngere Sohn, Bob, war ein Kind der Liebe: zwanzig Jahre jünger als sein Bruder. Bob war Teenager, als das Geld ausging. Er brach die Schule ab. Wandte sich dem ursprünglichen Familiengeschäft zu. Sein Name hatte etwas Prophetisches: Er hatte ein unglaublich gutes Auge für Edelsteine. Er arbeitete hart und stieg in den Reihen des internationalen Diamantkartells kometenhaft auf. Das Diamantkartell war bekannt für Geheimniskrämerei. Aber dem Rundschreiben zu »Personen von besonderem Interesse« zufolge ging man davon aus, dass Bob Diamond für das Diamantangebot und die Preise weltweit zuständig war. Er war der erste Amerikaner auf diesem Posten.

Max eilte den Ku'damm hinunter und zog seine Brieftasche hervor. Er sah sie durch. Bob Dominions Karte lag zwischen irgendwelchen Zetteln – Zugfahrscheinen, Restaurantquittungen. Während Max das Logo der frei erfundenen Texas Chicken Corporation inspizierte, flatterten die anderen Zettel zu Boden. Max war nicht schnell genug. Eine neue Windbö trieb sie weiter den Ku'damm hinab. Er fluchte. Die Auslagen würde er nun nicht mehr erstattet bekommen.

# KAPITEL 36

»Ich sag's Ihnen …« Der Taxifahrer plapperte weiter und reckte den Hals, um Max im Rückspiegel sehen zu können. »99 Prozent meiner Kundschaft sind gegen diesen neuen Flughafen. Und warum?«

Er nahm die Hand vom Steuer und zählte mithilfe der Finger auf: »Ein Taxi nach Tegel kostet zwanzig Euro. Ein Taxi zum neuen Flughafen wird vierzig, fünfzig Euro kosten. Das ist zu viel. So viel wollen normale Leute nicht zahlen. Dann der Zeitfaktor. Es dauert einfach zu lange, dahin zu kommen. Vierzig, fünfzig Minuten statt fünfzehn oder zwanzig. Gefällt den Leuten nicht. Und dann sind da die Brandenburger Taxifahrer, mit denen müssen wir dann konkurrieren. Und der Lärm! Die Leute in Zehlendorf sind gegen die neue Flugschneise. Ich wohne im Wedding. Da macht uns der Lärm nichts aus! Sind ja dran gewöhnt. Nein«, er schüttelte den Kopf. »Totale Katastrophe.«

Max nickte verständnisvoll.

»Und da dreht sich dann alles nur ums Shoppen! Kapitalismus hoch zehn! Vierzig, fünfzig Minuten shoppen, bevor man sein Flugzeug kriegt«, sagte der Taxifahrer. »Hier kann man direkt zum Gate fahren. Das mögen die Leute. Und ich auch! Wenn ich in die Türkei fliege, zu meiner Familie, da fliege ich immer von Tegel. Fünf Minuten, null Shopping. Super.«

»Na ja«, sagte Max, als sie ins Zentrum des sechseckigen Flughafenterminals fuhren. »Vielleicht wird der neue ja nie eröffnet.«

»Wollen wir's hoffen.«

»Die Hoffnung stirbt zuletzt«, sagte Max und bat um eine Quittung. Er stieg aus, ging die paar Meter zu seinem Gate und bewunderte wie immer die aus den Siebzigern stammende Ausstattung. Im Entwurf des Architekten damals war alles enthalten gewesen: die Farben, die Fliesen, die Beschilderung, ja sogar die Schrifttypen. Dreieckige, graue Deckenfliesen. Rote Türklinken in den Toiletten. Unglaublich. Die Visitenkarte der Stadt. Bald schon ganz leer. Er checkte an einem der grau verkleideten Schalter ein. Bei einer russischen Billigfluggesellschaft.

Der Flug war völlig unspektakulär. Als sie landeten, sah Max aus dem Fenster. Seltsam, dachte er. Auf dem Schild stand »Moskau-Scheremetjewo«. Er sah auf seinem Ticket nach. Das war nicht sein Zielflughafen. Ein kleiner Schauer der Angst durchlief Max. Alle blieben, wo sie waren. Eine Stunde verging. Zwei. Keinerlei Durchsagen. Max überlegte, ob er sich Sorgen machen sollte und er vielleicht der Grund für diese Unregelmäßigkeit war. Aber der gesunde Menschenverstand sagte ihm, dass dies nichts mit ihm zu tun hatte. Trotzdem war irgendetwas seltsam. Er drehte sich um, sah zu den anderen Passagieren. Alle ganz entspannt. Lächelnd. Das war es: Sie standen seit zwei Stunden am falschen Flughafen herum, und niemand hatte sich auch nur mit einer Silbe beschwert. Es war kein einziger Westeuropäer an Bord.

Drei Stunden später hob die Maschine wieder ab. Der Flug von einem Moskauer Flughafen zum anderen dauerte erstaunliche fünfundzwanzig Minuten.

Max reihte sich in der Schlange für »alle anderen Nationalitäten« ein. Er stellte sich kurz auf die Zehenspitzen und lächelte: Er hatte seine Lieblings-Grenzbeamtin an ihrem schönen Hals erkannt.

Gedankenverloren fasste Max in die Tasche und umschloss das Messer mit den Fingern. Mit einem Taschenspielertrick war es ihm gelungen, es durch die Sicherheitskontrolle zu schmuggeln. Er spürte ein Prickeln im Nacken. Wie ein Tier. Max drehte sich um und ließ den Blick über die Menschen in der Schlange schweifen. Ganz hinten fiel ihm ein Flughafenmechaniker auf, der ihm seltsam bekannt vorkam. Max fixierte ihn. Der Mann im blauen Overall sah auf. Sah Max in die Augen. Lächelte. Seine Zähne glänzten golden. In seinem linken Schneidezahn blitzte ein Stein.

Max schob sich immer weiter nach vorn. An der gelben Linie angekommen, wartete er, bis er das Zack-Rumms hörte, dann marschierte er schnurstracks zum Schalter. Ohne aufzusehen, schob Elena Viktorowna eine braune Strähne zurück. Klemmte sie unter ihr blaues Käppi.

»Bitte warten Sie, bis Sie dran sind, Sir«, sagte sie. »Sonst rufe ich die Security.«

»Jelenotschka«, sagte er verzweifelt. »Jelenotschka, bitte, bitte, wenn du mich jetzt sofort durchlässt, heirate ich dich.«

»Mr. Rushmore«, sagte sie. »Zufällig weiß ich, dass Sie bereits verheiratet sind.«

»Jelenotschka«, sagte er und verbannte jeden scherzhaften Ton aus seiner Stimme. »Bitte.«

Da sah sie ihn an. Aus ihren faszinierenden Katzenaugen. Sie blinzelte. Dann sagte sie: »Ihren Pass bitte.«

Max brach vor Erleichterung der Schweiß aus. Er reichte ihr das Dokument.

»Grund der Reise?«

»Geschäfte.«

»Geplante Dauer des Aufenthalts?«

»Drei Wochen.«

Ein Klick, Zack-Rumms, dann war er drin.

# 5. TEIL

# KAPITEL 37

Max durchmaß mit langen, schnellen Schritten die Ankunftshalle. Es wimmelte von Menschen. Gut. Er entdeckte eine junge Frau in High Heels, engen Jeans und einer üppigen Pelzweste, die vollauf damit beschäftigt war, dafür zu sorgen, dass ihre zwei Kinder nicht in der Menschenmenge verschwanden. Perfekt. Im Vorbeigehen langte er in ihre große Handtasche, so schnell, dass sie es gar nicht mitbekam. Im Stillen dankte er Pedro in Quito nicht zum ersten Mal dafür, dass er ihn in die Kunst des Taschendiebstahls eingeführt hatte.

Im Taxi betrachtete Max seine Beute: ein in einer Silikonhülle mit großen Hasenohren steckendes iPhone. Max hatte das Gefühl, zu fallen. Er hielt sich am Türgriff fest. Der Schwindelanfall verflog. Max schnickte die Hasenohren beiseite, dann googelte er »Strahlenkrankheit«. Symptome: Übelkeit. Müdigkeit. Schwindel.

Er sah aus dem Fenster auf die lange, dunkle Schnellstraße. Es hatte angefangen zu regnen. Grau. War Iwan der Schreckliche hier auf Falkenjagd gegangen? Max sah eine Plastikkuppel am Straßenrand – lediglich ein Trampelpfad entlang der Schnellstraße wies darauf hin, dass auf dieser Hauptroute in die Stadt nicht nur Autos verkehrten. Er bat den Fahrer, rechts ranzufahren.

Auf dem Weg hinunter zur U-Bahn warf Max das Telefon in einen zerbeulten Metallabfallbehälter. Am Bahnsteig klaute er noch eins – dieses Mal ein ganz schlichtes Handy – und rief Dunkirk an.

»Jim«, sagte er. »Ich muss mich mit dir treffen.«

»Heute kann ich nicht, tut mir leid.« Dunkirks Stimme klang sehr weit weg, dann wurde sie lauter: »Ich bin bei den Ersten Olympischen Kriegsspielen. Irgendwo außerhalb von Moskau. Mann, ist das ein Scheißwetter. Oh nein. Moment mal – ich – jetzt spielen sie Schostakowitschs erstes Panzerballett. Großer Gott! Da unten rollen vier Panzer und tanzen. Ich werde echt zu alt für diesen Job. Wie? Max, komm einfach morgen zur Datsche. Das Wetter soll besser werden.«

Wohlbehalten erreichte Max die Stadtmitte. In der Metro war es warm und stickig wie in einem überheizten Wohnzimmer. Angenehm. Beruhigend. Max schlurfte durch den unterirdischen Bahnhof. Wieder wurde ihm komisch. Er lehnte sich gegen eine Wand aus lila Marmor.

»Geht es Ihnen nicht gut, junger Mann?«, fragte eine alte Frau in einem Regenmantel mit Leoparden-Print und sah ihn durch dicke Brillengläser an. Max versicherte ihr, es gehe ihm gut. Die mittlere Rolltreppe war außer Betrieb, die Menschen stauten sich. Da sah Max ihn wie eine flackernde Fata Morgana.

Es war seine Haltung, daran erkannte Max ihn wieder. Kopf voraus. Bauch raus. Ein Mann, der sich seines Appetits nicht schämte. Bob Diamond befand sich ganz vorn in der sich stauenden Menschenmenge. Er betrat die Rolltreppe. Sie trug ihn hinauf, auf und davon.

Max würde es niemals durch die Menschenmenge schaffen. Also tat er das Nächstbeste – er rannte zur stillstehenden Rolltreppe und lief die braunen, gezackten Stufen hinauf. Er holte auf. Diamond hielt den Kopf geneigt. Max rannte weiter, er keuchte. Seine Lungen schmerzten. Er strengte sich noch mehr an, der Abstand schmolz. Das bräunliche Licht. Die weiß glühenden Stäbe. Übelkeit stieg in ihm auf, Max unterdrückte sie. Eine Frau auf der Rolltreppe lächelte ihn aufmunternd an, als er an ihr vorbeikam. Max' Lungen brannten. Er merkte, wie er langsamer wurde. Seine Beine waren das Problem. Die Stufen waren hoch und nicht dafür gedacht, sie hinaufzusprinten. Er wurde noch langsamer.

Diamond fuhr weiter. Die aufmunternde Frau holte Max ein. Dann wurde sie an ihm vorbeigetragen wie auf Flügeln. Traurig lächelte sie ihm zu. Max blieb stehen, japste nach Luft. Konnte gerade so das Kuppeldach des Bahnhofs erkennen.

Der Mann verließ die Rolltreppe. Es war vorbei. Er war weg.

Als Max wieder zu Atem gekommen war, schlurfte er langsam weiter.

Draußen fand irgendeine Versammlung statt, eine sich langsam bewegende Prozession. Max kämpfte sich durch die vielen Menschen, ohne sie richtig zu sehen: Er hielt Ausschau nach Diamond. Aber er kam nur sehr langsam voran, als würde er sich durch einen Fluss schieben. Er drehte sich um und sah in ein Paar leere Augen. Er drehte sich in die andere Richtung, noch ein Paar leere Augen. Und noch eins. Niemand schien ihn zu bemerken. Sie trugen große Transparente. Max verrenkte den Hals und sah, dass auf dem einen ein riesiges Schwarz-Weiß-Foto prangte. Ach, das waren die *Bataillone der Unsterblichen*, dachte Max. Der Präsident hatte die Bürger neulich angeregt, mit diesen Paraden das Gedenken an ihre im Zweiten Weltkrieg, ihrem Großen Vaterländischen Krieg, gefallenen Lieben wachzuhalten.

»Tote sind immer die besten Freunde von Diktatoren«,

hatte Max mal von einem Akademiker auf einer Künstlerparty in St. Petersburg gehört. »Bataillone der Unsterblichen« oder »Zombie-Armeen«, je nach politischer Ansicht.

Max hatte noch nie eine aus der Nähe gesehen. Max kämpfte, als die Menge mit Macht weiterdrängte.

Kein Diamond. Endlich hatte Max es auf die andere Seite der Prozession geschafft. Hustend gelangte er auf den gegenüberliegenden Gehsteig. Da war keiner. Absolut niemand. Er stolperte in eine Seitenstraße. Kirchenglocken läuteten mit einer Dringlichkeit, als würde es irgendwo brennen. Dabei war es nur Sonntag.

# KAPITEL 38

Er versprach den Telefongöttern, dass dies das letzte Handy war, das er heute klaute. Max setzte seine letzte chinesische SIM-Karte ein. Fast noch im selben Augenblick fing das kleine schwarze Nokia, das der rechtmäßige Besitzer vorwiegend dazu benutzt hatte, verheiratete Frauen zu sich auf einen Drink einzuladen, an zu klingeln.

»Maxikowski! Na endlich! Seit vierundzwanzig Stunden rufe ich ständig bei dir an! Wo bist du, verdammt noch mal? Sag bitte Moskau, sonst bin ich ein toter Mann.«

Es war Pascha, der Stückeschreiber.

»Ja, ich bin in Moskau. Alles gut«, sagte Max.

»Wo solltest du auch sonst sein? Mit meinem Pass? Nein, antworte mir bitte nicht, ich will es nicht wissen. Pass auf – wir treffen uns am Fitnessstudio. Und bring verdammt noch mal meinen Pass mit, sonst entsorgt meine Frau meine Männlichkeit. Und deine auch.«

Das Fitnessstudio Lermontow war ein Produkt des Ölbooms. Wenn man erst mal die Schiebetüren hinter sich gelassen hatte, merkte man nichts mehr von einer sich im Sturzflug befindenden Wirtschaft. Hier war alles ganz weich, leise und satt. »Schööön«, sagte Max, als Pascha zum ersten Mal mit ihm hier gewesen war. »Hier fühlt man sich wirklich wie in der Ersten Welt.«

Drei junge Frauen in der allerallerallerneuesten Moskauer Uniform – Khakihosen und lange blonde Pferdeschwänze – reichten Max auf seinem Weg in die Umkleide drei Handtücher. Der Geruch von Chlor hing in der Luft. Er fand Pascha an der Saftbar und reichte ihm ein aufgerolltes Handtuch, in dessen Mitte sein Pass steckte. Pascha nahm Max groß und breit in den Arm.

»Karottensaft?«, fragte er.

Max nickte, und die Kellnerin goss dicke Sahne in die knallorange Flüssigkeit. Max nippte daran und fühlte sich gleich viel gesünder.

»Pascha«, sagte er. »Kannst du mir helfen? Wie kann ich an diesen Constantin Fuks rankommen? Du weißt schon.«

»Der Restaurant-Baron?«, sagte Pascha. »Hm, ich glaube, der logiert die meiste Zeit im Blackout – das war Mitte der Nuller eine echte Geldmaschine. Jetzt läuft es wohl nicht mehr so gut. Braucht Publicity. Damit könntest du ihn kriegen. Erzähl ihm, du würdest für irgendeine amerikanische Zeitschrift schreiben.«

»Pascha«, sagte Max. »Du bist ein Genie. Ein Held.«

»Geh mal schwimmen, Max!«, sagte Pascha. »Du siehst ja schrecklich aus.«

# KAPITEL 39

Nach seinem Treffen mit Pascha setzte Max sich an einen kleinen Tisch auf einer der Galerien unter dem Glasdach des GUM. Hier herrschte ein ständiges, beklemmendes weißes Rauschen. Eine natürliche Barriere zwischen ihm und elektronischen Lauschern. Jetzt rief er erst mal in London bei einer Analystin für die Lebensmittelindustrie an. Die berichtete ihm reichlich von rasant zunehmendem Diebstahl und Fällen von Lebensmittelvergiftungen in russischen Restaurants.

»Klasse«, sagte er, das Telefon zwischen Ohr und Schulter geklemmt, und machte sich handschriftliche Notizen. »Super. Vielen Dank.«

Dann versuchte er es bei der PR-Abteilung der Bar-Wodka-Gruppe. Max hatte sich deren Website angesehen. Da hieß der Geschäftsführer immer einfach nur Constantin. Er las sich den Abschnitt »Über uns« durch. Inhaltlich ein Feuerwerk des »Typischen«: »Constantin ist mit der *typischen* sowjetischen Küche groß geworden. Nichts tat er lieber, als seiner Großmutter beim Kochen zuzusehen, aber sie scheuchte ihn immer aus der kleinen, *typischen* Küche. Nach seiner Ausbildung an der sowjetischen Kochakademie träumte Constantin davon, in einer Hotelküche zu arbeiten. Als der erste McDonald's in Moskau eröffnete, bewarb Constantin sich – und bekam den Job nicht. Stattdessen arbeitete er dann als Koch bei Planet Hollywood. Heute betreibt die von ihm gegründete Bar-Wodka-Gruppe dank Constantins Geschmack und Abenteuerlust fast vierzig exklusive Restaurants und Bars in Moskau. Und wenn der Chef von McDonald's dann mal in dem Fünf-Sterne-Restaurant Submarine sitzt, gibt Constantin ihm die Hand und sagt: ›Danke! Danke, dass Sie mich damals nicht einstellen wollten!‹ Wir von der Bar-Wodka-Gruppe sind immer für unsere Kunden da, und wir denken uns ständig neue Konzepte für Sie aus.«

Der Bar-Wodka-Gruppe schien in der Tat so ziemlich alles zu gehören: *Penthouse*, *Playboy* (jeweils in Zusammenarbeit mit den amerikanischen Zeitschriften), Submarine, Bread (ein Restaurant, dessen Einrichtung einem vorgaukelte, man befände sich mitten in einem Laib Brot), Goldplate (mit goldenen Tellern), Sushi (mit nackten Kellnerinnen), Faith (da gab es Rindercarpaccio mit Blick auf die Kathedrale).

Ein Freizeichen. »Ja«, sagte eine Frau am anderen Ende.

»Hallo«, sagte Max. »Ich bin Redakteur beim *Gourmeterie Magazine*. Ich schreibe einen Artikel über Restaurants in Moskau, und ich wollte fragen …«

»Moment!«, unterbrach ihn die Frau. Offenbar hielt sie die Hand vor die Muschel, während sie mit jemandem im Hintergrund redete. Dann: »Wer sind Sie?«

»Max Rushmore, *Gourmeterie Magazine* …«

»Okay!«, sagte sie.

»Ich bin gerade in Moskau und wollte fragen, ob ich ein Interview mit Constantin führen könnte …«

»Haha!«, sagte sie und lachte staccato. »Das hätten Sie gerne, was?«

»Äh – ja«, sagte Max. »Das wäre wirklich klasse.«

»Ha!«, machte die Frau noch einmal. Dann war sie still, und Max hörte einen seltsamen, doppelten Klicklaut. Dann sagte sie: »Rufen Sie nächste Woche noch mal an!« und legte auf. Max betrachtete das Handy. Nächste Woche wieder anrufen. Super.

Fünf Minuten später klingelte das Handy. Dieses Mal war ein Mann dran. Seine Anweisungen waren bizarr. Max sollte um Punkt zehn am selben Abend kommen. Und zwar zu einem Lokal namens Blackout, »dem angesagtesten Schuppen in Moskau, der die gesamte Konkurrenz plattmacht«. Max sollte sich der Frau am Empfang als »Max, einfach nur Max« vorstellen. Sie würde ihn dann fragen, ob er Interesse an einem »Zungen-Häppchen« hätte, und er solle entgegnen: »Gerne, wenn die Zunge frisch ist.« Darauf würde sie sagen: »Heute leider nicht. Möchten Sie dann lieber etwas Tatar? Das ist die Spezialität des Hauses.« Worauf er antworten sollte: »Unbedingt, nur dafür bin ich nach Moskau gekommen.« Sie würde ihn dann in ein Hinterzimmer führen, wo Constantin oder, falls Constantin sich aufgrund unaufschiebbarer Geschäftsangelegenheiten verspätete, ein Stellvertreter ihn in Empfang nehmen würde. Das Allerwichtigste war, dass Max eine rote Nelke im Knopfloch tragen sollte. »Um unangenehme Verwechslungen zu vermeiden«, sagte der Mann und legte auf.

Okay, dachte Max. Geht doch. Schräg – aber okay.

Von seinem Platz unter dem Glasdach des GUM sah er dabei zu, wie der Himmel dunkler und trister wurde. Dann machte er sich zu Fuß auf den Weg. Er blieb bei einer alten Frau mit einem blauen Eimer voller einzeln in Plastik verpackter Blumen stehen. Rote Blüten. Nelken. Er kaufte eine, entfernte den Stängel kurz unter der Blüte und steckte sie sich ins Knopfloch. Da sah die alte Frau ihn an.

»Großer Abend, was?«, sagte sie.

Max zwinkerte. »Wird sich zeigen.«

Vor dem Kreml winkte er einen Wagen heran. Einen kleinen, blauen Lada. Sie überquerten die Moskwa. Schon aus der Entfernung sah Max die Statue von Peter dem Großen, dunkel und metallen, sperrig und etwas ulkig, auf dem Deck eines winzigen Schiffes. »Der Künstler war ein guter Freund des damaligen Bürgermeisters«, sagte der Fahrer, ein Professor der Kunstgeschichte, verbittert.

»Nicht besonders schön«, pflichtete Max ihm bei.

»Der Niedergang der Zivilisation, wie wir sie kennen«, sagte der Fahrer.

Der Professor der Kunstgeschichte ließ ihn an der Uferstraße heraus. Max lief am Wasser entlang. Er blieb kurz stehen. Betrachtete das Denkmal für Peter den Großen, ganz dunkel vor dem rabenschwarzen Himmel. Dann ging er weiter.

# KAPITEL 40

Schlag zehn drückte Max, ganz Angelsachse, auf den Klingelknopf. Er wartete, klingelte noch einmal. Dann summte es in der Tür, und er drückte sie auf. Er ging hinein. Blutrote Samtvorhänge versperrten ihm den Weg. Die Tür fiel hinter ihm ins Schloss, und er stand im Stockfinsteren.

»Kommen Sie«, erklang da eine Frauenstimme. »Durch die Vorhänge.«

Max tastete sich voran, bis er die schweren, weichen, nach Zigaretten und Rosenwasser riechenden Vorhänge fand. Vorsichtig trat er hindurch. Doch an seiner visuellen Wahrnehmung änderte sich zu seiner Überraschung nichts. Es war genauso dunkel wie vorher. Noch dunkler sogar. Ihm wurde schwindelig. Richtig schwindelig. Er hatte das Gefühl, keinen weiteren Schritt nach vorn tun zu können, ohne in einen Abgrund zu stürzen. Bildete er sich das nur ein?

Er hörte, wie sie sich bewegte, und bekam Angst.

»Willkommen im Blackout«, sagte sie. »Sind Sie Max, einfach nur Max?«

»Äh, ja«, sagte er und kam sich irgendwie vor, als hätte sie ihm seinen Text gestohlen.

»Hätten Sie Interesse an einem Zungen-Häppchen?«

»Gerne, wenn die Zunge frisch ist.«

»Heute leider nicht. Möchten Sie dann lieber etwas Tatar? Das ist die Spezialität des Hauses.«

»Unbedingt«, sagte Max, dem die Dunkelheit und die Absurdität des Wortwechsels anfingen, auf die Nerven zu gehen. »Nur dafür bin ich nach Moskau gekommen.«

»Gut«, sagte sie, und er spürte, wie sie seine Hand nahm und sie an eine warme, feste, senkrechte Oberfläche legte. Es dauerte einen Moment, bis er die Reihe unregelmäßiger Hubbel in der Mitte wahrnahm. Max erschrak, als er begriff, dass er ihren nackten Rücken berührte, dass die hubbelige Reihe ihre Wirbelsäule war. Er schloss daraus, dass sie kaum Kleidung am Leib hatte, ließ die Hand aber nicht wandern, um das herauszufinden. »Folgen Sie mir«, sagte sie. »Bleiben Sie in meiner Nähe.«

Das Gefühl, auf einen Abgrund zuzugehen, konnte Max nicht ganz abschütteln, auch wenn er sich nun etwas sicherer weiterbewegte. Er setzte einen Fuß vor den anderen und folgte ihr. Ihre Haut fühlte sich warm an. Das einzige Geräusch in der Dunkelheit war das Klackern ihrer Absätze.

Die Hostess führte Max in einen Aufzug, wie er vermutete, weil sie plötzlich stehen blieben und er das Gefühl hatte, nach oben zu gleiten. Er hörte Klappern und metallisches Schlagen. Mit einem Ruck hielt der Boden unter seinen Füßen an, und sie sagte wieder: »Kommen Sie.« Er war für die fühlbare Gegenwart eines anderen Menschen noch nie so dankbar gewesen, und er spürte, dass sie das merkte. Sie blieb so abrupt stehen, dass er fast mit ihr zusammenstieß, und klopfte sehr bestimmt an eine Tür (er konnte die Bewegungen ihrer Muskeln im Rücken spüren).

»Komm herein, meine Liebe«, erklang eine Stimme von jenseits der Tür, gefolgt von einem seltsamen, jaulenden Geräusch. Sie machte auf, und gemeinsam gingen sie hinein. Max spürte, wie sie sich umdrehte, er den Kontakt zu ihr verlor. Dann war ihre Hand an seiner. Strich seinen Arm hinauf. Fasste ihn beim Ellbogen und dirigierte ihn, sich auf einen großen, samtigen Sessel zu setzen.

»Sie können jetzt mit Constantin sprechen«, sagte die Frau, und Max war fast ein bisschen enttäuscht, als er hörte, wie sich das Klackern ihrer Absätze entfernte. Die Tür wurde geschlossen, das Klackern wurde immer leiser.

»Mr. Constantin?«, sagte Max.

»Wie gefällt Ihnen unser Konzept?«, erklang dieselbe tiefe Stimme wie vorher, abermals gefolgt von diesem seltsamen, unmenschlichen Jaulen. »Absolut logisch in einer Stadt wie Moskau! Diese Reizüberflutung! Dieses Überangebot! In weniger als einer Generation Kapitalismus haben wir schon alles gesehen. Alles! Im Westen ist das viel langsamer gegangen. Sie können diese plötzliche Übersättigung und das, was sie mit dem Homo sowjeticus und seinen Sinnen macht, nicht verstehen. Wollen Sie wissen, was das Geheimnis meines Erfolges ist?«

»Hm, ja, das würde mich schon interessieren ...«, sagte Max.

»Ja! Ich werd's Ihnen sagen! Wir spielen extrem mit Gegensätzen. Hier im Blackout zum Beispiel denken wir an Ödipus: Er kann nur sehen, wenn er blind ist. Auch das Minimalistische war gerade sehr angesagt, als wir eröffneten. Alles musste untertrieben werden.«

»Ja, sehr ... klassisch«, sagte Max.

»Entbehrung! Das ist der letzte noch unbesetzte Bereich der Unterhaltungsindustrie. Und das Blackout ist nicht unser letzter Streich. Der nächste wird ›Geschmacklos‹ heißen. Wir werden die besten Köche aus Paris herholen – wie Sie wissen, dürfen die meisten unserer Spitzenkräfte nicht mehr in den Westen reisen, darum sind wir ein bisschen patriotisch und holen uns die Michelin-Köche hierher. Und hier werden sie Abend für Abend die exquisitesten Menüs zaubern. Aber! Wenn die Gäste kommen, müssen sie noch in der Garderobe eine Tablette schlucken. Diese Tablette wird ihre Geschmacksnerven für mehrere Stunden betäuben.« Er kicherte. »Die Alternative wäre gewesen, ihnen am Eingang die Zunge rauszuschneiden.« Dann wieder das Jaulen. »Sie werden also köstlichste Speisen verzehren – aber sie werden sie nicht schmecken.«

»Verstehe«, sagte Max. »Sehr interessant.«

»Ich will nur hoffen« – auf einmal klang die tiefe Stimme niedergeschlagen –, »dass das Timing richtig ist. Wenn die Wirtschaft weiter den Bach runtergeht, dann werden Minimalismus und Entbehrung nicht mehr lange in Mode bleiben.«

»Aha«, sagte Max und fummelte in der Dunkelheit an seinem Stift herum.

»Danke«, sagte die Stimme und klang schwer. »Ich spüre Ihr Mitgefühl. Sie sind ein Mann, dem seine Mitmenschen am Herzen liegen. Ich spüre so etwas. Wir Gastronomen durchschauen die Menschen sofort – erkennen ihre Stärken, ihre Schwächen, ihre Moralvorstellungen. Also, zumindest erfolgreiche Gastronomen tun das. Und ich bin – wenn ich so frei sein darf, das zu sagen – der erfolgreichste von allen! Ah! Ihr Tatar ist da! Jetzt passen Sie mal auf, wie die Dunkelheit alles beeinflusst – den Geschmack, das Gefühl von Blut im Mund. Ja, Sie sind ein gütiger Mann, Mr. Rushmore. Darin liegt Ihre Stärke. Aber auch Ihre Schwäche. Und darum versuchen Sie natürlich, das zu verstecken. Im Dunkeln werden die Dinge deutlicher. Ist schon immer so gewesen.«

Max nickte und versuchte, so schnell zu schreiben, wie er nur konnte. Der Stift rutschte ihm in der Dunkelheit immer wieder vom Papier. Max hörte sich entfernende Schritte und wunderte sich, dass er den Kellner nicht hatte kommen hören. Und was war das für ein Schnüffeln? Fast kam es ihm vor, als würde die Dunkelheit sein Gehör narren. Blind tastete er vor sich nach dem Besteck und konnte dank der Klinge ein Messer ausmachen. Er legte es wieder weg und zog den Löffel vor. Er nahm ein bisschen damit auf und beförderte es zaghaft in seinen Mund. Das Einzige, was er schmeckte, war Blut: kalt und metallisch. Sofort rebellierte sein Magen.

»Sie spielen ein gefährliches Spiel, Mr. Rushmore«, sagte Constantin, nachdem Max sich still verhalten und ein paar Dinge notiert hatte.

»Wie bitte?«, sagte Max.

»Journalismus – ha! Ein gefährliches Hobby. Aber das meine ich nicht. Und das wissen Sie.«

Max schwieg.

»Oh ja!«, sprach sein Gegenüber weiter, und wieder erklang das Jaulen. Dieses Mal hörte es aber nicht auf, als er weitersprach, sondern hielt an. Ein tiefer, bedrohlicher Ton, der seine Worte unterstrich.

»VERDAMMT NOCH MAL!«, brüllte die Stimme, und Max fuhr zusammen, als eine Faust auf den Tisch vor ihm schlug und gleich darauf ein ganzer Chor unmenschlichen Stöhnens erklang. »Hören Sie auf, Spielchen mit mir zu spielen, Mr. Max Rushmore! Wissen Sie eigentlich, dass ein Drittel der weltweit produzierten Nahrungsmittel direkt in den Müll wandert? Und dass man mit dem Wasser für die Produktion dieser Nahrungsmittel ein ganzes Jahr die gesamte Erdbevölkerung versorgen könnte? Ekelhaft! Eine Schande, vor allem für ein Land wie meins, das weiß, was Hunger bedeutet. Von der Käseverbrennung will ich gar nicht reden! Und von dem Schweinefleisch. Vom Regime angeordnete Abscheulichkeiten! Das schreiben Sie aber nicht in Ihrem Artikel. Wenn meine Großmutter noch am Leben wäre ... Lebensmittelvernichtung! Ich halte das nicht aus!«

Max führte einen Löffel mit blutig schmeckendem Fleisch zum Mund und schluckte es, ohne zu kauen, herunter. Es war still, und dann sprach die Stimme weiter, in einem völlig veränderten Ton, ganz friedlich.

»Sie haben mir gerade eine neue Idee für ein Restaurantkonzept gegeben! Ich glaube, ich werde es einfach ›Taub‹ nennen. Was meinen Sie? Ich habe neulich gehört, die sowjetischen Wissenschaftler hätten während des Kalten Krieges einen ganz besonderen Hochfrequenzton entwickelt, der das menschliche Gehör außer Gefecht setzt. Den werden wir in dem neuen Restaurant konstant spielen! Dann müssen alle mit Händen und Füßen ihr Essen und ihre Getränke bestellen!«

Er lachte. »Wenn Sie mit einer Frau schlafen wollen, müssen Sie das wortlos tun. Und sich stattdessen ganz auf Ihre Hände konzentrieren. Auf Ihre Augen. Ihren Körper. Was meinen Sie? Das ist gut. Sehr gut. Aber am besten ist immer noch Ehrlichkeit. Darum geht es mir.«

»Ich sehe, was Sie meinen«, sagte Max.

»Das ist ja genau der Punkt!«, heulte die Stimme. »Im Blackout sehen Sie nichts, absolut nichts! Sie sind nicht nur gütig, mein Freund, Sie sind auch unehrlich. Vielleicht nicht, wenn es um größere Dinge geht. Aber bezüglich Kleinigkeiten ganz bestimmt. Ich kann mir vorstellen, dass Ihre Frau ganz schön darunter leidet. Aber darum geht es hier nicht. Hier geht es um Folgendes: Nur weil Sie etwas nicht sehen können, heißt das nicht, dass ich es auch nicht sehen kann. Ich sehe nämlich verdammt gut. Ich sehe Dinge, die Sie sich nicht mal vorstellen können. Ich freue mich für heute erst einmal, Ihre Bekanntschaft gemacht zu haben. Jetzt habe ich ein besseres Gefühl für das alles.«

»Okay«, sagte Max. »Vielleicht könnten wir uns ein bisschen darüber unterhalten, wie Sie dazu kamen, unter die Restaurantbetreiber zu gehen.«

»RUHE!«, bellte die Stimme. »Das können Sie alles im Internet lesen.«

»Man kann sich aber nicht auf alles verlassen, was man im Internet liest …«

»Wissen Sie was, Mr. Rushmore? Ich langweile mich. Ist Ihnen das gar nicht aufgefallen? Ich meine, was ist das denn schon – ein Restaurantbetreiber? Ein Fantast? Einer, der in die Seelen anderer sieht? Ein Geschäftsmann, ja. Ein Künstler? Irgendwie schon. Wobei ›künstlerischer Handwerker‹ es noch eher treffen würde … ja. Aber wir sind auch Theaterleute, mein Freund. Wir machen naives Theater, Konsumtheater. Die Schauspieler sind Amateure, jeden Abend eine neue Besetzung. Ganz schön frustrierend, wenn man mal echte Bühnenambitionen hatte. Die hatte ich. Habe ich noch immer. Leider bin ich nicht sonderlich begabt. Aber dafür bin ich reich. So gesehen sollten Sie diesen Abend als eine Art Vorsprechen verstehen, Mr. Rushmore. Ja, wissen Sie … Ich beobachte, ich warte, ich staune. Welche Rolle könnten Sie spielen? Übrigens, Mr. Rushmore: Vergessen Sie nicht, dass mir jedes einzelne Restaurant in der Stadt gehört. Wenn Sie jemals wieder in Moskau essen gehen wollen, hören Sie jetzt gefälligst auf, mit dem Tatar herumzuspielen, und essen Sie es auf. Bis auf den letzten Krümel.«

Noch bevor Max sich fragen konnte, wie sein Gegenüber hatte sehen können, dass er das rohe, seinen Magen bis aufs Blut reizende Fleisch lediglich auf dem Teller herumgeschoben und den Löffel öfters leer zum Mund geführt hatte.

Das Licht ging an. Blendende Helligkeit löste das Dunkel ab. Max blinzelte. Seine Augen tränten. Endlich konnte er wieder etwas sehen. Immer noch blinzelnd sah er sich um. Ein großer, schmuddeliger Raum. Der früher sicher herrschaftlich gewesen war. Ein grober Tisch. Groß genug für ein Bankett. Jeder Platz war eingedeckt, an jedem Platz stand ein Teller, identisch mit seinem, nur sauber geleckt, bis auf ein paar Blutspuren am Rand.

Am Platz ihm gegenüber saß ein schläfrig und satt aussehender Fuchs. Als Max sich erhob, knurrte er und fletschte die Zähne. Langsam und vorsichtig bewegte Max sich rückwärts zur Tür. Der Fuchs ließ ihn gehen.

Auch in der marmornen Eingangshalle war das Licht jetzt an und verriet, dass es sich eigentlich um ein ziemlich trostloses, marodes Haus handelte. Max ging die Treppe hinunter und durch eine Hintertür hinaus. Er atmete tief durch und schnaubte: »Wie krass ist das denn?«

In einer schmalen dunklen Gasse übergab er sich.

# KAPITEL 41

Nachdenklich bewegte sich Bob Diamond im Heimatmarkt durch die Gänge und nahm ordentlich verpackte Waren aus dem Regal. Gefriergetrockneten Fisch aus Kamtschatka. Sibirische Kiefernzapfenmarmelade mit einem roten Band ums Glas. Dicke Sahne aus Twer. Honig vom Landgut Tolstois. Er nahm jede Ware in seine großen Hände und drehte und wendete sie. Schüttelte den Kopf angesichts der Preise. Registrierte die grob bearbeiteten Fußbodenbretter und das Flohmarktmobiliar. Die frühstückenden Ehefrauen. Dann sah er wieder auf die Preisschilder. Vielleicht sollte er doch die Branche wechseln.

Dann, endlich, kam eine junge Frau in einer grün-weiß karierten Schürze auf ihn zu. »Mr. Diamond?«, sagte sie. Er nickte einmal kurz. »Constantin wartet. Wenn Sie mir folgen wollen …«

Sie führte ihn durch eine Tür, einen langen, dunklen Flur entlang zu einer bis oben mit Einmachgläsern gefüllten Vorratskammer. In der Ecke stand ein sehr hochgewachsener, sehr magerer Mann mit einem leichenhaften Gesicht und feuerroten Haaren und nahm fast gar keinen Raum ein. Der Russe war irgendwie zusammengefaltet, sein Kinn ruhte in seiner großen Hand.

Als Diamond sich vorsichtig in den Raum schob, streckte Constantin seinen unnatürlich langen Arm zur Begrüßung aus.

»Mein Freund!«, sagte er. Dann setzten die beiden Männer sich auf zwei wackelige Stühle. Ihre Knie berührten sich.

Die Kellnerin schloss die Tür, und sofort wurde es stickig in dem winzigen Verschlag.

»Was meinen Sie?«, fragte Constantin. Sein Lächeln offenbarte eine graue Zahnreihe. Bevor Diamond antworten konnte, fuhr er fort: »Heimatmarkt ist unser neuestes Mittagstisch-Konzept. Kommt extrem gut an. Als Mischung aus Lebensmittelgeschäft und Restaurant. Ganz schön amerikanisch, oder? Ja, die Amerikaner inspirieren uns immer wieder. Bei Heimatmarkt stammt alles aus der Region. Russische Kühe, russische Flüsse, russische Bäume. Man muss nicht mal Mobiliar kaufen! Das ganze Restaurant war früher unser Lager. Ist ein grandioser Geschäftsplan. Hier, probieren Sie mal: Sibirische Kiefernzapfenmarmelade …«

Bevor Diamond Einwände erheben konnte, hielt Constantin ihm schon den Löffel vor den Mund. Ganz automatisch öffnete er ihn. Der Kiefernzapfen war klein, von der Größe eines Rubelstücks. Weich. Süß.

»Schmeckt wie … der Wald«, sagte Diamond mit Bedacht.

»Genau«, sagte Constantin. »Ich bin sehr froh, dass Sie mir Bescheid gegeben haben. Ich bin in dem Fall ein gutes Stück weitergekommen. Ist eine sehr, sehr interessante Situation. Eine, auf die ich ohne Sie vielleicht gar nicht aufmerksam geworden wäre.«

Bob Diamond wollte widersprechen. Ihm wurde es zunehmend unangenehm in dem kleinen Raum. Er zuckte die Schultern. »Na ja, ich muss Ihnen ja nicht erklären, was für ein Desaster eine Schwemme von solchen Schwarzmarktsteinen für meine Branche wäre«, sagte er.

»Nein«, sagte Constantin und zwinkerte dabei wie ein Zauberer. »Gut, dass Sie den Ring gesehen haben, Sie haben ja wirklich ein Auge für so etwas …«

»Ja, bei dieser Ostranowa …«, sagte Diamond. »Purer

Zufall mit dem Restaurant. Aber das war eben der erste Schritt.«

Constantin schüttelte den Kopf. »Dass Menschen so korrupt sein können. Dass sie, nur weil sie entsprechenden Zugang dazu haben, die natürlichen Ressourcen ihres Heimatlandes so ausbeuten.«

Diamond zuckte die Achseln.

»Sie haben richtig daran getan, herzukommen. Wie Sie wissen, habe ich immer ein Ohr für Sie«, wiederholte Constantin. »Klar. Ich bin natürlich nur ein einfacher Restaurantbesitzer. Aber wie die Liebe geht auch Freundschaft sehr oft durch den Magen. Und ich habe sehr viele Freunde in diesem Land. Vielleicht genügt es, wenn ich in diesem Fall sage: Die Preise werden sich schon bald stabilisieren. Ganz sicher.«

»Sie haben also trotz ihres Todes Fortschritte gemacht …«, sagte Diamond. Constantin nickte.

Diamond erhob sich, Constantin tat es ihm nach. Mehrere Gläser fielen zu Boden und zersprangen. Diamond übergab Fuks einen weichen Lederkoffer. Constantin öffnete ihn. Im Licht der nackten Glühbirne funkelte sein Inhalt. In allen Farben des Regenbogens und mit einem rätselhaften blauen Schimmer.

»Mazal u'bracha«, sagte Diamond. »Ich verlasse mich darauf, dass Sie sich an die Abmachung halten und sie nicht auf den Markt bringen.«

»Mazal u'bracha«, sagte Constantin. »Natürlich nicht.«

Als Diamond weg war, sah Constantin noch einmal in den Lederkoffer. Er rieb sich die Hände. Er war ein gutes Stück weitergekommen; ein sehr gutes Stück sogar.

# KAPITEL 42

Am nächsten Morgen erwachte Max mit Kopfschmerzen und hörte einen Schwimmer seine Runden ziehen. Er stöhnte, drehte sich auf seinem nicht sonderlich komfortablen Plastikliegestuhl um und zog den Bademantel über den Kopf.

Der Mann auf der Liege neben ihm stöhnte ganz ähnlich: Die Schwimmhalle des Lermontow-Fitnesscenters war dafür bekannt, dass in Ungnade gefallene Ehemänner und andere wohlhabende, vorübergehend obdachlose Männer die Nacht hier verbrachten. Max tastete nach der Zugangskarte, die er gestern auf dem Weg nach draußen geklaut hatte. Sie steckte immer noch in der flaumigen Tasche. Er stand auf. Ein kurzer Aufenthalt im Dampfbad stimmte ihn auf den Tag ein. Ein echter Fuchs. War der Typ irre?

Er zog sich an, während der Hausmeister in der Herrenumkleide staubsaugte.

Dann trat er hinaus, stellte sich dem Tag. Das Wetter war deutlich besser geworden, wie Dunkirk gesagt hatte: sonnig, mild. Wenn auch nur vorübergehend.

Max hatte die Datsche der amerikanischen Botschaft schon immer absolut enttäuschend gefunden. Er stieg aus der Metro in einen klapprigen Elektrobus um und beobachtete die vorbeiziehende, halb leere Landschaft. Hochhäuser der Kommunisten und Bauplätze, auf denen mit den Hochhäusern der Kommunisten identische Gebäude nur halb fertig waren. Schicke, billige, nicht über das Erdgeschoss hinausgehende Ladenfronten; Fast-Food-Restaurants, deren mittelmäßige Menüs zwei Drittel vom Monatsgehalt eines durchschnittlichen Moskowiters kosteten. Japanisch, italienisch. »Demokratisches Essen« nannten sie das Fast Food, wenngleich Max nicht sicher war, was genau daran etwas mit Demokratie zu tun hatte: die überhöhten Preise oder die Enttäuschung.

Der Bus bog von der Schnellstraße in ein Wohngebiet ab. Hinter sechs Meter hohen Mauern ragten nur Spitzgiebel und italienisch anmutende Dächer der herrschaftlichen Villen hervor. In den letzten zehn Jahren hatte sich diese Gegend zu einem In-Viertel für Oligarchen entwickelt, die sich hier luxuriöse »Datschen« gebaut hatten und nun mit ihren Mercedes in die Stadtmitte zur Arbeit pendelten.

An der letzten Haltestelle stieg Max aus.

Er überquerte die Rasenfläche, die das Ende der Busroute markierte und auf der sich mehrere sehr proletarisch aussehende Familien mit Picknickkörben versammelt hatten, um sich auf den Weg zum Strand zu machen, an dem normale Familien im Sommer immer gepicknickt hatten, und steuerte sein Ziel an.

Die Datsche war das dritte Haus in der Straße und lag auf dem hinteren Teil des Grundstücks. Der vordere Teil war vom Architekten ignoriert worden, sodass Max sich seinen Weg durch kompostierende Kiefernnadeln bahnte. Während er sich dem niedrigen Gebäude näherte, sah er einige Botschaftsmitarbeiter mit ihren Frauen, versammelt um eine große, aus einem Baumstamm gearbeitete Picknickbank. Es war ein Buffet aufgebaut, zu dem anscheinend jeder privat beigetragen hatte. Den Frauen sah man auf den ersten Blick an, dass sie Amerikanerinnen waren: Jeans, Turnschuhe, die Frisuren provozierend schlicht. Ein trotziges Festhalten an der Nationaltracht.

Die Frauen, dachte Max, waren nicht weniger schmucklos als die Datsche. Halb war es eine Hütte wie auf einem Sommerlager für Familien im Mittleren Westen, halb wie aus Lincoln Logs zusammengebastelt. Max schlängelte sich zur Vorderseite des Gebäudes, über einen vernachlässigten Rasen bis zum Tennisplatz, der auch schon bessere Zeiten gesehen hatte. Er erwiderte das einladende Lächeln einiger Frauen, die ihn ansahen, als wollten sie sagen: »Hallo, wer bist du denn?« Suchend sah er sich nach Dunkirk um – vergebens.

Eine der Ehefrauen, offenbar die, die das Sagen hatte, kam auf ihn zu und fasste ihn beim Arm. »Ich bin Joyce Reed«, sagte sie. »Und Sie sind …?«

»Max Rushmore«, antwortete er schnell. »Ich suche Jim Dunkirk.«

»Uuuuuh!«, gurrte sie erfreut. »Jimmy! Der ist hier. Irgendwo. Möchten Sie etwas essen? Da drüben gibt es Pappteller, bedienen Sie sich. Getränke gibt es drinnen.«

Damit ließ sie ihn stehen. Max stieg die Stufen zu der Betonplatte hinauf, die die Veranda darstellen sollte, und betrat den lang gezogenen, dunklen Hauptraum der Hütte. Behördenmäßig wie immer, dachte er, als er sich umsah. Es standen auffallend wenige Möbel herum: Drei junge Männer saßen an einem langen Holztisch und hingen gebannt an den Lippen eines älteren Herrn, der von Heldentaten schwadronierte. »Ich bin bei dreiundvierzig Kriegen dabei gewesen«, schnappte Max auf. Der Held erklärte weiter, dass ihm sein neuestes Projekt, nämlich die Entwicklung von Shopping Malls im ländlichen Raum, viel mehr Spaß machte (»Wir sind ein Segen für die Leute da. Wir bringen ihnen … Leben!«, sagte er, und die Jungs nickten).

Drei junge russische Frauen, vermutlich die Freundinnen der drei jungen Männer, die dem wiedergeborenen Mall-Entwickler gebannt lauschten, saßen in einer Ecke auf schäbigen Sesseln. Komplett geschminkt, die Haare hochgesteckt, enge Hosen. Wie wilde Vögel in Gefangenschaft.

Vom Hauptraum gingen fünf Schlafzimmer ab, in denen – wenn seit seinem letzten Besuch nichts geändert worden war, und darauf hätte Max wetten können – jeweils zwei bis vier Betten standen und die ähnlich spartanisch und sommerlagermäßig wirkten wie die ganze Hütte. Es konnte sehr gut sein, dass Dunkirk in einem davon lag und sich von der ersten Partyphase erholte. Max beschloss, sich an der Sperrholzbar einen Drink einzuschenken, bevor er seine Suche fortsetzte.

Er stellte sich hinter einem Mann mit sandfarbenem Haar und einer recht jungen, recht attraktiven Amerikanerin an. Der Mann schenkte sich einen Plastikbecher fast randvoll mit Wodka, suchte Cranberrysaft und drehte sich zu seiner Hinterfrau um. »Kennen wir uns nicht irgendwoher?«, versuchte er etwas ungeschickt, mit ihr ins Gespräch zu kommen. »Wenn ja, dann war ich wahrscheinlich betrunken …« Max tat, als würde er nicht zuhören, als die junge Frau entgegnete: »Entschuldigen Sie bitte, aber ich finde, so etwas sagt man nicht zu einer Dame.«

Sie schenkte sich eine Cola ein und ging. Der Mann mit dem sandfarbenen Haar stand ein paar Sekunden da und blinzelte. Dann zuckte er die Achseln, nippte an seinem Drink und schlenderte davon.

Max tat es dem Mann nach: Er füllte einen Plastikbecher mit Wodka, gab einen Schuss Cranberrysaft hinein. Dann nahm er einen großen Schluck. Es brannte, und Max hatte das Gefühl, zum ersten Mal seit Tagen richtig wach zu werden.

»Max!«, hörte er und drehte sich um.

In einer der Schlafzimmertüren stand nun tatsächlich Jim Dunkirk. Er kam auf Max zu und klopfte ihm so heftig auf den Rücken, dass die Hälfte vom Wodka auf Max' Klamotten schwappte. Max war sich nicht sicher, ob der Gestank nach Alkohol von ihm oder von Dunkirk ausging.

»Komm, wir trinken einen. Wie gefällt dir unsere kleine Party? Ganz wie früher in der guten alten Zeit. Hast du Lust, Tennis zu spielen? Ich hole die Schläger.«

Wie üblich schaffte es Dunkirk, die Gesprächsführung zu übernehmen und gleichzeitig sich und Max Drinks einzuschenken. Ehe Max sich versah, war er halb betrunken, hielt einen Schläger in der Hand und marschierte Richtung Tenniskäfig.

»So, mein lieber Maxiboy«, sagte Dunkirk und lobbte den Ball übers Netz. »Worüber wolltest du reden?«

Max erwiderte den Lob und sagte: »Im Fall Ostranowa hat es ein paar interessante Erkenntnisse gegeben.«

»Ostranowa?« Dunkirks Schläger machte ein deutliches, rundes *Plock*, als er den Ball traf. »Nie gehört.«

Max konzentrierte sich für den Moment ganz auf den Ball, der mit einem Affenzahn auf ihn zukam. Als er seine Füße platzierte, um den Volley anzunehmen, hörte er Dunkirks Stimme über das Netz: »Und du am besten auch nicht.«

Max sah zu ihm auf und verpasste den Ball. »Was?«

Dunkirk fasste in die Tasche und gab den nächsten Ball auf. »Du hast mich schon verstanden.«

Max schlug den Ball mit viel zu viel Kraft zurück, er landete jenseits des Spielfeldes. »Aus!«, rief Dunkirk. »Trinkpause!«

Nebeneinander setzten sie sich auf die Bank neben dem

Tennisplatz. Dunkirk holte eine Wodkaflasche und zwei weitere Plastikbecher aus seiner Tennistasche und schenkte ein. »Muss ich das wirklich erklären, Maxiboy? Bestand dein Auftrag darin, sie zu finden? Nein. Das heißt, selbst wenn du sie findest, und das solltest du besser nicht tun, ist sie weiterhin verloren.«

»Aber sie hat grüne Augen«, sagte Max.

»Wer?«

»Ostranowa. Obwohl auf ihrer Sterbeurkunde braun steht.«

»Da war im Leichenschauhaus wohl jemand betrunken.«

»Aber ...«

»Was ABER, Maxiboy? Sie ist Expertin für Atommüll-Entsorgung! Wovor, meinst du, sollten wir Angst haben? Dass sie den Russen beibringt, wie man das Zeug sicher loswird? Du bist doch sonst nicht auf den Kopf gefallen.«

»Und was, wenn sie unter die Ökoterroristen gegangen ist?«

»Herrje«, sagte Dunkirk. »Na, dann will ich die erst recht nicht finden. Sollen die Russen sich doch um sie kümmern – das können die gut. Ökoterroristen! Mann, Max, du hast echt nie gelernt, dieses Spiel richtig zu spielen.«

»Das war kein echter Fall«, sagte Max, als ihm langsam die Wahrheit dämmerte. »Ihr habt bloß jemanden gebraucht, der die Sache abschließt.«

Dunkirk zuckte die Achseln. »Ja, na und? Das hab ich ja versucht, dir klarzumachen. Irgendjemand muss die Büroarbeit machen. Kapierst du das denn nicht?«

Mit finsterem Blick fuhr er fort: »So. Wenn ich jetzt noch ein Wort darüber höre, bist du schneller arbeitslos, als du ›Buh!‹ sagen kannst.«

»Aber ...«

»Ich meine das ernst.« Dunkirks Lächeln war erstorben. »Wir leisten hier gerade ziemlich heikle politische Basisarbeit mit den Russen. Es geht um nichts Geringeres als einen Dritten Weltkrieg, eine nukleare Katastrophe, kurz: ums Ganze. Ich hab doch erzählt, dass ich einen ganzen Regentag zusehen musste, wie russische Panzer Ballett tanzten, ja?« Er schüttelte den Kopf. »Glaubst du, das mach ich zum Spaß? Mannomann. Egal. Alles, was irgendwie unerwünscht ist, könnte uns um die Ohren fliegen, einfach so. Also halt die Klappe, nimm dein Geld und flieg wieder nach Hause.«

Er trank seinen Wodka und schenkte sich sofort nach. Er hob den Becher, und Max tat es ihm zögernd nach. »Prost.« Die beiden Männer tranken auf ex. Dann sagte Dunkirk: »Gut, jetzt, wo wir uns aufgewärmt haben, können wir ja ein Match wagen.«

Max verlor 30:0. Ein paar amerikanische Fernsehjournalisten, deren Tennisschläger Dunkirk und er sich geborgt hatten, nahmen ihn mit zurück in die Stadt. Er durfte im Kleinbus hinten bei der Ausrüstung sitzen. Sie setzten ihn am Neuen Arbat ab, und während Max in der Dämmerung auf dem Gehsteig stand, hatte er das Gefühl, gleichzeitig betrunken und verkatert zu sein. Hey, dachte er – was für eine passende Metapher für mein ganzes Leben.

# KAPITEL 43

Am nächsten Morgen erhielt Constantin einen interessanten Anruf. Das war recht ungewöhnlich für einen Mann wie Constantin, dem der Erfolg bisher einfach immer so zugeflogen war. Während die meisten Männer Tag für Tag mehr oder weniger vergeblich für ihren Erfolg ackerten, ihm hinterherrannten, waren Constantin materielle Güter praktisch in den Schoß gefallen – er hatte nur die Hand aufhalten und sie annehmen müssen. Das hatte natürlich seinen Preis: Er empfand fast täglich eine schier unerträgliche Langeweile. Wahre Liebe, das Einzige, das sein Leben irgendwie hätte interessant und lebenswert machen können, war ihm bisher nicht vergönnt gewesen.

Bisher. Aber jetzt glaubte er, eine zweite Chance zu bekommen. Wie viele Männer konnten von sich sagen, ein solches Glück zu haben?

Er legte auf und lächelte. Sah auf die Uhr. Zog sich an. Sein Fahrer wartete bereits. Constantin hievte sich auf die Rückbank des schwarz glänzenden Land Rover. Im Wageninneren empfing ihn der Duft von Leder. Constantin sah die Straßen vorbeiziehen. Moskau war eine Stadt, die man am besten vom Auto aus ansehen konnte. Durch dunkle Panzerglasscheiben war die Stadt nachts einfach wunderschön. Die gebogenen Boulevards mit ihren kahlen Bäumen. Die Wohngebäude mit ihren riesigen Torbögen und kleinen, blinkenden Lichtern. Die unverhofften Ausblicke.

Bei der französischen Botschaft stieg er aus. Er war angemessen spät dran. Ein prunkvolles Herrenhaus. Ein Stück pseudorussischer Luxuskitsch des 19. Jahrhunderts, das viel, viel teurer wurde als veranschlagt und den Architekten in den Selbstmord trieb. In einem langen, zugigen, blauen Ballsaal mit sich auflösendem Fischgrätenparkett wurde auf Tabletts Champagner gereicht. Riesige Kronleuchter warfen unregelmäßiges Licht. Die Männer trugen Anzüge, die Frauen schlichte Cocktailkleider.

Eine Frau fiel ihm besonders auf. Ihr knabenhafter Körper steckte in einem schmalen, weißen Etuikleid. Ihre Haut war gebräunt. Eine Perlenkette ruhte auf ihren hervortretenden Schlüsselbeinen. Schön war sie nicht. Aber ihre aufrechte Haltung und ihre grauen Augen strahlten etwas Stählernes aus. Würde sie ohne Reservierung in einem seiner Restaurants aufkreuzen, würde er ihr mindestens den drittbesten Tisch zuweisen. Etwas anderes würde er gar nicht wagen.

»Das Problem mit den Russen ist doch …«, hörte Constantin auf seinem Weg durch den Saal einen Mann zu einem anderen sagen, »dass sie maximal ein halbes Jahr im Voraus planen.« – »Ja, die haben gar kein normales Zukunftskonzept«, pflichtete der andere bei. Constantin brauchte nicht lange, um den Mann zu finden, den er suchte.

Gérard Dupres stand in einer Ecke. Er sah nervös aus. Als würde sein Magen ihm Probleme bereiten. Wenn der Mann nicht Constantins Rivale – ja sein Feind – gewesen wäre, hätte er in der Küche eine russische Hühnersuppe für ihn bestellt. Aber egal. Was zählte, war, dass Gérard Dupres hier war. In Moskau. Constantin war davon ausgegangen, dass die Notizen allein ausreichen würden, um ihm ein bisschen Angst einzujagen. Aber er war sich nicht sicher. Darum hatte er Rushmore geschickt dazu gebracht, Gérard einen Besuch abzustatten. Ihn wissen zu lassen, was bereits bekannt war. Ihn selbst raten zu lassen, was noch ans Licht kommen könnte. Constantin gluckste. Sein Plan schien Schritt für Schritt aufzugehen.

Constantin stellte sich neben den Franzosen. Reichte ihm seine Karte. Gérard Dupres nahm sie. Ganz lässig. Arrogant. Doch als er die Karte umdrehte, wurde er bleich. Gut, dachte Constantin und warf selbst noch mal einen Blick auf die Nachricht, die er eigenhändig auf die Rückseite der Karte geschrieben hatte. Er hatte sie wie immer mit »C.« unterschrieben. In den Augen des Franzosen stand Angst, als er Constantin ansah. Er nickte.

Da bekam Constantin eine Idee, die von seinem ursprünglichen Plan abwich, aber er konnte nicht anders, er musste einfach die Überraschung andeuten, die er vorbereitet hatte: »Wir zwei gehen nachher ins Fomenko-Theater. Ich habe etwas Großartiges vorbereitet! Ich glaube, es wird Ihnen gefallen. Ich glaube, Sie finden es ... interessant.« Aus dem Augenwinkel sah Constantin, dass die Frau in Weiß sich ihnen genähert hatte. Bis auf Hörweite? Nein, das glaubte er nicht.

Constantin überließ Gérard sich selbst und ging ein bisschen herum – schließlich musste er die Beziehungen zu seinen französischen Lieferanten pflegen. Seit dem Beginn der Sanktionen war ein Revierkampf zum Beispiel bezüglich Camembert ausgebrochen, in dem bereits mindestens drei Menschen ihr Leben gelassen hatten. Aber er behielt Gérard stets im Blick.

Was hatte Sonja bloß in diesem Wiesel von einem Mann gesehen? Ein schwacher Mann wie der passte doch eindeutig besser zu einer Frau wie seiner jetzigen Begleiterin, der stählernen im weißen Kleid. Egal. Alles würde sich bald lösen. Für ihn war es letztlich ein ganz normaler Arbeitstag, er musste noch seine Restaurants besuchen, Stichproben durchführen, unangemeldete Kontrollen, überall nach dem Rechten sehen.

Auf seinem Weg nach draußen ging er extra nah an der Frau in Weiß vorbei. Sie unterhielt sich gerade mit einem älteren russischen General. Er war in Ausgehuniform, seine Brust reich dekoriert mit Bändern und Orden.

Er neigte sich ihr sehr interessiert zu. Er hatte schlechte Zähne. Sie wich aus. Kühl. Desinteressiert.

Dann richtete sie sich wieder auf, ihr Blick wurde lebhaft. »Selbstverständlich komme ich«, hörte Constantin sie sagen. »Ihre Sammlung von Waffen aus dem Zweiten Weltkrieg ist bestimmt wahnsinnig interessant.«

# KAPITEL 44

Beim Aufwachen hörte er wieder, wie jemand seine Bahnen schwamm. Max' Kopf schmerzte. Er drehte sich auf dem nicht besonders bequemen Plastikliegestuhl um. Sein Nebenmann schnarchte. Er würde sich eine andere Übernachtungsmöglichkeit suchen müssen. Im Lermontow galt die unausgesprochene Regel einer Obergrenze von drei Nächten. Max stöhnte. Er setzte sich auf. Zu seiner Überraschung lag da ein Zettel auf seinem Liegestuhl. Max nahm ihn zur Hand: »Meine Sekretärin ruft Sie an. C.«

Noch bevor er sich auf diese Nachricht einen Reim machen konnte, klingelte auch schon sein Telefon.

»Max?«, sagte eine Frauenstimme, die ihm zwar bekannt vorkam, die er aber nicht einordnen konnte. »Max, einfach nur Max?«, schnurrte sie. Da ging Max auf, wer das war: die nackte Hostess aus dem Blackout.

»Ja«, antwortete er verärgert darüber, dass sie ihn unterbrach. Er dachte, sie würde nur anrufen, um ihm einzuschärfen, dass er jedes Wort für seinen Artikel vorher Constantin zum Einverständnis vorlegen musste.

»Constantin möchte sich noch einmal mit Ihnen treffen.«

»Oh«, sagte Max. »Das ist sehr nett von ihm, aber ich glaube, ich habe gar keine Zeit …«

»Er möchte, dass Sie zu einer ganz besonderen … Vorstellung kommen. Es geht da um eine neue Crossover-Sache, die er sich ausgedacht hat – um eine ganz besondere Begegnung von Zeit und Raum.«

»Mit Sondervorstellungen tun sich Monatszeitschriften

wie die *Gourmeterie* etwas schwer«, sagte Max. »Wir halten uns in der Regel an ganz normale, laufende Themen – Restaurants, Rezepte. Dinge, die unsere Leser theoretisch selbst ausprobieren können.«

»Die Sache findet im Fomenko-Theater statt. Es ist eine absolut einmalige Gelegenheit«, sagte sie. »Wir nennen es ›Midnight‹. Seien Sie spätestens kurz vor zwölf da.«

Da machte es bei ihm klick. Die Zeitmaschine. Sonja Ostranowa. Die Augen, die um Hilfe baten. Die Lippen, die »Midnight« sagten. Constantin. »C.«

Max schüttelte den Kopf. Das war doch alles total verrückt.

# KAPITEL 45

Bis Mitternacht waren es noch dreizehn Stunden. Max beschloss, sich auf eigene Faust ein bisschen umzusehen. Das Blackout war bei Tageslicht völlig unspektakulär. Ein heruntergekommenes Backsteingebäude auf der Roter-Oktober-Insel. Es war noch gar nicht lange her, da konnte man, wenn der Wind aus der richtigen Richtung kam, die hier produzierte Schokolade riechen.

Max ging um das Gebäude herum. Zwei weitere niedrige Häuser sahen verlassen aus, ein drittes warb damit, eine Banja zu sein. Ein winziges Kloster mit alten goldenen Kuppeldächern komplettierte das Hofmilieu. Die Mönche hatten nach vorne einen kleinen Garten angelegt. Dieser Teil des Grundstücks sah leer aus, als sei das letzte Gemüse der Saison bereits abgeerntet. Wieder spürte Max das seltsame Kribbeln im Nacken. Irgendetwas sagte ihm, er solle mal einen Blick hinter das Kloster werfen. Er bahnte sich seinen Weg zu den schiefen, unter Putz liegenden Mauern und drückte sich flach dagegen. Als er um die Ecke spähte, sah er ihn: den Mann mit den goldenen Zähnen. Zwar hatte er ihm den Rücken zugewandt, aber Max hätte ihn überall wiedererkannt.

In Nullkommanichts packte Max den Mann am Hals. Er roch nach Lachs. Max hielt ihm sein Taschenmesser an die Kehle. »Wer zum Teufel sind Sie?«, presste Max zwischen zusammengebissenen Zähnen hervor. »Und warum haben Sie den armen Aljoscha umgebracht?«

Der Mann seufzte nur. Seine Lage schien ihn nicht im Geringsten aus dem Konzept zu bringen. Das wiederum brachte Max ein wenig durcheinander. »Ihr Europäer seid doch alle gleich«, sagte er. »Der Junge ist nur in dieser Wirklichkeit tot. In einer anderen, die längst nicht so weit weg ist, wie du glaubst, ist er putzmunter. Da kann er nach Herzenslust fremde Grundstücke betreten und seine Nase in Dinge stecken, die ihn nichts angehen. Lass mich los! Darf ich dich auch was fragen?«

»Schieß los!«, sagte Max überrascht.

»Woher wusstest du, dass ich hier bin?«

Max schwieg.

»Ich werd's dir sagen. Ich habe dem Jungen den Diamanten abgenommen. Du hast einen, ich hab einen. Die beiden Diamanten sind miteinander verbunden. Darum kommunizieren wir miteinander. Telepathisch.«

»Warum wusstest du dann nicht, dass ich hier bin, du Schlauberger?«

Ganz plötzlich tauschten sie die Rollen. Max wusste gar nicht, wie ihm geschah, aber da hatte Goldzahn bereits seinen Hals gepackt und hielt Max nun wiederum das kalte Messer an die Kehle. »Ich wusste es schon«, sagte der Mann. »Aber ich dachte, du wärst vielleicht redseliger, wenn du das Gefühl hast, die Lage unter Kontrolle zu haben.« Er ließ Max los.

Max' Hals schmerzte. Goldzahn warf das Messer auf den Boden, Max hob es auf. Es wurde schlagartig kälter. Ein Wind kam auf. Max' Finger taten weh. Er fragte sich, wo die Mönche waren. Ob sie von irgendwo drinnen zusahen. Was sie tun würden, wenn Goldzahn ihn umbrachte. Wahrscheinlich gar nichts.

»Los«, sagte Goldzahn. »Wir setzen uns irgendwo hin.«

Sie gingen zum Gorki-Park. Vorbei am Eisernen Felix,

dem Gründer der Geheimpolizei Tscheka. Jahrzehntelang hatte er auf dem Lubjanka-Platz gestanden. Nach dem missglückten Putsch von 1991 war er entfernt worden. Aber nicht zerstört. Jetzt stand er in einem traurigen Garten, umgeben von anderen ausrangierten Sowjetstatuen. In letzter Zeit hatte es aber ein paar Initiativen gegeben, ihn wieder vor das berüchtigte Gefängnis zu stellen. Max seufzte.

Sie ließen das instand gesetzte Eingangsportal des Gorki-Parks hinter sich und setzten sich auf eine Bank. Wochenends war in diesem postsowjetischen Disneyland mit altmodischem Speiseeis und WLAN immer viel los. Max hatte einen guten Blick auf das Petanque-Feld. Keiner spielte. Von irgendwoher hörten sie Tangomusik. Dann brach sie ab. Mittag. Werktag. Nebensaison.

»Ich habe den Kredithai, dem du den Diamanten verkauft hast, in Nowosibirsk aufgespürt. Den Diamanten hat jetzt Samodelkin.«

»Und der Kredithai? Ist der jetzt auch putzmunter in einer anderen Dimension?«

Goldzahn zuckte die Achseln. »Was interessiert's dich?«

Max hob die Brauen: »Warte mal. Wenn mein Aljoscha-Stein jetzt bei Samodelkin ist – wieso kommunizieren wir dann trotzdem miteinander?« Goldzahn nickte, jetzt etwas sympathischer. »Die sibirischen Diamanten sind wie eine Familie. Und wenn ich mich nicht irre, hast du immer noch einen sibirischen Stein bei dir, oder? An deinem Taschenmesser?«

Max nickte kurz: Konnte das wirklich sein? Er schüttelte den Kopf. »Worüber reden wir jetzt eigentlich?« In einiger Entfernung wechselten sich zwei Mädchen damit ab, für Fotos zu posieren.

»Dieser Fuks«, sagte Goldzahn. »Constantin. Ist ein alter Freund von Samodelkin. Sie haben mal zusammen gearbeitet. Ich auch. Ich bin der Urenkel des bedeutendsten Häuptlings der Zeitreisenden. Wir sind ein alter sibirischer Volksstamm …«

»Ja. Schon gehört«, sagte Max. »Zeit als Landschaft und so …«

Goldzahn warf ihm einen giftigen Blick zu. Max fürchtete schon, auch er würde in einer Sekunde putzmunter in einer anderen Dimension weiterleben, doch die Gefahr zog vorüber, bevor Max überhaupt Angst bekommen konnte.

Goldzahn nickte langsam. »Eine Landschaft«, sagte er. »Ja. Sehr viel von unserer Weisheit ist natürlich verloren gegangen. Stalin hätte uns fast vernichtet. Mein Urgroßvater starb in einem Gulag. Beim Bauen eines Kraftwerks.« Er schwieg kurz. »Ich arbeite schon seit ein paar Jahren mit Samodelkin zusammen. Er sagt, wir können es wieder schaffen, die Landschaft der Zeit zu durchwandern, wie wir wollen. Aber für diese entscheidende Versuchsphase brauchen wir die Diamanten.«

»Verstehe«, sagte Max.

»Fuks behauptet, die Diamanten zu haben. Er sagt, er will sie uns geben – schenken! Aber ich habe da so meine Bedenken. Ich traue ihm nicht; im Gegensatz zu Samodelkin. Der ist in vielerlei Hinsicht noch ein Kind. Er baut Sachen wie ein Kind. Und er denkt wie ein Kind.«

»Warum sollte Fuks euch Diamanten schenken?«

»Genau das wüsste ich auch gerne. Darum wollte ich mit dir reden. Constantin hat mir eine Reihe von Anweisungen erteilt – zum Beispiel wollte er, dass du neulich in der Maschine nach Venedig sitzt. Und vor zwei Tagen wollte er dein Blut. Da bist du irgendwie entwischt. Und dann hast du deinen eigenen Weg zu Constantin gefunden. Er hat mir gesagt, ich soll mich jetzt nicht mehr um dich kümmern. Warum?«

Max schüttelte den Kopf. »Keine Ahnung.«

Goldzahn schüttelte den Kopf. »Eigentlich hätte er uns gestern die Diamanten geben sollen. Dann bat er um mehr Zeit.«

»Dann gib ihm doch mehr Zeit«, sagte Max.

Goldzahn ballte die Hände. »Das gefällt mir nicht«, sagte er. »Ich traue ihm nicht. Wenn wir die Diamanten verlieren, war das vielleicht unsere letzte Chance.«

»Woher kommen die Steine denn alle?«

»Aus Atomow. Da wurde bei Bauarbeiten ein Kimberlit-Schlot freigelegt. Der Bauunternehmer hat sich das Baugeld unter den Nagel gerissen und damit seine Grabungen bezahlt. Der Schlot war klein, aber von unglaublich hoher Qualität. Samodelkin sagt, wir können alle möglichen Schritte überspringen, wenn wir genug von den Diamanten bekommen.«

»Was ist mit dem Bauunternehmer?«

»Verschwunden. Wahrscheinlich in einem Fluss.«

»Und die Diamanten?«

»Sind weg. Die meisten wurden weltweit verkauft, bevor Fuks die Spur in Diamansk aufnehmen konnte. Ganz unten in der alten Mine, wo früher die Schleiferei war, hat jemand heimlich eine neue eingerichtet. Da wird geschnitten und geschliffen. Ganz schön clever. Es gibt da nämlich jede Menge professionelle Juweliere. Es wird lange dauern, herauszufinden, wer da alles mitmacht. Aber das ist jetzt sowieso zu spät. Die Schleiferei ist wieder geschlossen.«

»Keine Ahnung, was ich zu dem ganzen Mist sagen soll …«, sagte Max.

»Ich sag's dir: Du bist doch auf der Suche nach einer Frau, oder?«

»Ich frag jetzt nicht, woher du das weißt«, sagte Max und dachte bei sich: War er vielleicht auch in dieser Spirale gewesen? Hatte er Sonja dort auch gesehen?

»Und ich bin auf der Suche nach den Diamanten. Dann lass uns halt gemeinsam den Fuks beobachten.«

Max schlug ein. Er war sich nicht sicher, ob er eine andere Wahl hatte.

# KAPITEL 46

Den Rest des Tages verbrachte er in einem Zustand verkrampfter, kalter Langeweile. Max und Goldzahn – der sich weigerte, ihm seinen Namen zu nennen – wechselten sich ab. Immer zwei Stunden, während der andere sich aufwärmte. Max hatte den Verdacht, dass Goldzahn ihm einfach nicht genug Zeit geben wollte, sich zu weit zu entfernen. Aber etwas Interessantes passierte doch: Gegen 20 Uhr, als Max gerade Wache schob, betrat Gérard Dupres das Blackout. Er sah aus, als hätte er sich ein Herz gefasst.

Um zehn kam das erste Auto. Schwarz, glänzend. Es glitt. Wie ein Hai. Eine Frau in Rot stieg aus. Ein stämmiger Mann. Er bewegte sich langsam, mit Bedacht. Ein Mann mit Macht. Der Hai glitt davon und parkte. Eine Art Totenkopf auf Rädern nahm seinen Platz vor dem Eingang ein. Der Kühler des schwarzen Wagens sah aus, als würde er grinsen, fand Max – dem wieder ein klein wenig schwummerig war. Eine Frau in Gelb. Ein Mann, der der Zwillingsbruder des ersten Mannes sein könnte. Der Totenkopf rollte blitzend davon. Parkte neben dem Hai. Der Hof war schon bald voller Autos. Die Gäste von der B-Liste kamen zu Fuß. Ein paar Ausländer. Leger gekleidet.

Max reihte sich hinter ihnen ein. Der Türsteher sah ihn streng an. Ließ ihn rein.

Max erkannte den Eingangsbereich vom Vorabend wieder. Während die Ausländer – Briten, drei Frauen und zwei Männer – über ihre Reservierung im Café im Erdgeschoss sprachen und ihre Mäntel abgaben, erspähte Max die Tür zum Treppenhaus. Als die junge Frau an der Garderobe ihm den Rücken zuwandte, schlüpfte er hinter den Vorhang, drückte die Klinke herunter und die Tür auf.

Er ging die in der Mitte abgewetzten Steinstufen hinauf. Der Treppenabsatz war gefliest. Das Licht bräunlich. Eine Grünlilie im Topf schrie förmlich nach Wasser. Im zweiten Stock schlug Max den Weg durch den Flur ein. Er blieb vor jeder Holztür stehen und lauschte. Dann hörte er Stimmen die Treppe heraufkommen. Eine davon erkannte er von seinem Interview am Vorabend wieder.

Er öffnete die Tür, vor der er gerade stand, schlüpfte in den Raum und schloss sie wieder. Er schaltete das Licht ein und sah sich um. Ein Büro. Ein Schreibtisch im Sowjetstil, mehrere Metall-Aktenschränke. Eine ganze Reihe von Grünlilien. In einer Ecke befand sich ein Metallgitter. Abgeschlossen.

Max sprang zur Seite, als sich die Tür hinter ihm öffnete. Er krümmte sich vor Schmerz. Sein Bauch. Eine Faust. Ausstrahlender Schmerz. Grobe Hände zerrten ihn zum metallenen Bürostuhl. Fesselten seine Hände und Füße. Dann kam ein rothaariger, leichenblasser Mann herein. Gefolgt von einem Fuchs an der Leine.

»Ah!«, sagte er. »Mr. Rushmore. Ich bin so froh, dass Sie gekommen sind. Nur schade, dass Sie sich verlaufen haben. Oder wollten Sie uns um den Eintritt prellen?«

Max hätte ihn auch ohne sein Haustier an der Stimme wiedererkannt. »Hallo, Mr. Fuks.«

Constantin Fuks nickte, schickte die Leibwachen weg und begab sich auf die andere Seite des Schreibtischs. Er setzte sich auf den abgewetzten Stuhl der Sekretärin.

»Ich hatte so ein Gefühl, dass Sie hier sein würden«, sagte er. Er tippte auf den riesigen Diamanten an dem Ring an seinem kleinen Finger. »Samodelkin hat mir von den – sagen wir – Telepathie fördernden Eigenschaften der sibirischen Diamanten erzählt. Selbstverständlich fehlt es mir an der nötigen Disziplin, um zu meditieren und so weiter. Aber ich habe Sie einfach auf der Überwachungskamera beobachtet. Ein wirklich erstaunliches System – dieselbe Gesichtserkennungs-Technologie ist auch in der Moskauer Metro installiert. Wir leben in überaus interessanten Zeiten, Mr. Rushmore. Also, ich zumindest. Ich weiß nicht, wie hoch Ihre Lebenserwartung ist, so wie Sie hier herumflitzen, ohne zu wissen, was Sie tun und mit wem Sie es zu tun haben.«

»Haben Sie sie?«

»Sonja?« Constantin lehnte sich zurück und sah zur Decke. In der jämmerlichen Beleuchtung wirkte seine Haut grau. »Sie ist zu mir gekommen. Vor einem Jahr – nein, vor neun Monaten. Zwanzig Jahre hatten wir uns nicht gesehen. Länger. Wir kennen uns nämlich aus Kindertagen. Ich – ich habe das Gefühl, Ihnen das sagen zu können, Mr. Rushmore –, ich habe sie geliebt. Von ganzem Herzen. Ich habe seither nie wieder eine Frau geliebt. Sie hat mich nicht mal angesehen. Hat mich keines Blickes gewürdigt. Hatte nur Augen für diesen Wolkow. Aber der war natürlich untreu. Sofort. Durch und durch. Ich glaube, im Westen würden sie sagen: pathologisch. Dann, endlich, hat sie ihn durchschaut. Und ist ausgewandert. Ich hatte sie ziemlich lange aus den Augen verloren. Aber gut …«

Constantin lehnte sich nach vorn über den abgenutzten Schreibtisch. »Ich war damit beschäftigt, mein Imperium aufzubauen. Ich hatte das irgendwie im Gefühl, dass so etwas passieren würde.«

»Was ›so etwas‹?«, fragte Max.

»Dass sie zu mir kommen würde, wenn sie etwas wirklich

dringend bräuchte«, sagte Constantin. »Ich glaube, das habe ich immer gewusst. Und ich kann ihr helfen. Und genau das werde ich heute Abend tun. Natürlich hat sie versucht, mich auszutricksen. Papiere mit einer Toten vertauschen. Tsss. Ich bin drauf reingefallen. Können Sie sich vorstellen, wie sehr ich mich gefreut habe, als meine Sonjetschka dann in Fleisch und Blut vor mir stand? Vor zwei Wochen? Vor fünfzehn Tagen, um genau zu sein. Ich dachte, ich sehe ein Gespenst! Sie hat mir erklärt, was passiert ist. Und was sie im Rahmen ihrer Recherche alles herausgefunden hat.«

Constantin seufzte. »Aber ich glaube, selbst da hat sie mir nicht vertraut. Darum habe ich sie hierbehalten. Sicherheitshalber. Ich will nicht, dass sie mir noch mal entwischt!«

»Sie hatten sie gefangen?«

Constantin zuckte die Achseln. »Sie kommt in den Genuss meiner Gastfreundschaft, ganz gleich, wie sie sich dazu stellen mag.«

»Und was hat sie herausgefunden?«

»Ach ... Was glauben Sie? Hm? Was findet man wohl heraus, wenn man sich solche Dinge genauer ansieht? Unregelmäßigkeiten. Korruption. Unfähigkeit. Sittenlosigkeit. Gift. Der Franzose, den sie zu lieben glaubte, ist ein Gauner. Sonja hat wirklich schon immer einen entsetzlichen Geschmack gehabt, was Männer angeht.« Constantin schüttelte den Kopf. »Aber das Schlimmste an ihrer Schnüffelei ist: Ich glaube, dass es sie krank gemacht hat. Sehr krank.«

Er runzelte die Stirn. »Heute Abend werde ich sie für mich gewinnen. Schade, dass Sie nicht dabei sein können. Ich glaube, das wird ziemlich spektakulär. Wäre wirklich was für Ihre Zeitschrift – wenn es sie gäbe.«

Und damit erhob sich Constantin. Er schloss den Metall-Aktenschrank auf. Max sah reihenweise Nachtsichtbrillen darin. Militärqualität. Amerikanisch. Er hatte mit Geräten der zweiten Generation mit S-25-Photokathoden trainiert. Die waren gut, aber nicht sehr gut. Die, die Constantin aufsetzte, war dritte Generation. Das Beste, was es gab. Kaum hatte Constantin die Nachtsichtbrille festgezurrt, griff er nach unten. Er zog einen großen Sack aus dem Schrank. Constantin grunzte, als er ihn anhob. Von irgendwo im Gebäude war ein Schrei zu hören. Constantin lächelte.

»Wünschen Sie mir Glück, Mr. Rushmore«, sagte er. »Tut mir wirklich leid, dass Sie die Show nicht miterleben können.«

Nachdem Constantin gegangen war, versuchte Max, seine Hände zu befreien. Vergebens. Er sah zu dem verschlossenen Metallgitter. Es erinnerte ihn an etwas. Dann versuchte er, seine Füße zu befreien. Er stöhnte. Und meinte, auf der anderen Seite der Tür wiederum ein Stöhnen zu hören.

Dann sah er, wie der Türknauf sich drehte. Goldzahn lächelte golden. Er band Max los. »Er hat die Diamanten bei sich«, sagte Goldzahn.

»Halt«, sagte Max. Er knackte das Schloss am Metallschrank und holte zwei Nachtsichtbrillen heraus. An einer der Türen blieb Max stehen. Musik. Ein schwerer, wummernder Bass. Hohe, poppige Töne. Er nickte. »Du gehst«, sagte Goldzahn.

Max nickte. Er ging hinein und fand sich in vollkommener Dunkelheit wieder. Er zog sich die Brille auf und sah, dass er sich in einem langen Flur befand. Vorsichtig setzte er sich in Bewegung. Er gelangte zu schweren Vorhängen und schlüpfte hindurch. Dahinter waren Leute. Max blieb in der Nähe der Wand und beobachtete sie. Schöne Frauen saßen seltsam wenig darauf bedacht, welche Figur sie dabei machten, auf niedrigen, runden Bänken. Männer stolperten über sie und setzten sich. Irgendetwas an der Art, wie die Leute sich bewegten, wie sie interagierten, war merkwürdig. Ein großer, schwerer Mann setzte sich fast auf eine Frau, die das aber gar nicht zu bemerken schien.

Ein Paar kopulierte wenig filmreif. Eine junge Frau trat nur knapp neben eine Pfütze Erbrochenes. Max sah eine Kellnerin mit einem Tablett voller Getränke direkt auf ihn zumarschieren. Sie trug ebenfalls eine Nachtsichtbrille.

Ach, Blackout. Die Bar, in der man absolut nichts sehen konnte. Zum Glück kannte er den Weg hinaus.

# KAPITEL 47

Dreiundzwanzig Uhr fünfundfünfzig.

Max schwitzte, als das Taxi ihn an der Baustelle vor dem neu errichteten Fomenko-Theater absetzte. Der Wind heulte von der Moskwa herauf. Max nahm jeweils zwei Stufen auf einmal. Niedrig und weiß führten sie zu dem Würfel aus Glas und Stahl hinauf. Auf ihnen waren Fußabdrücke zu sehen.

Kaum drinnen, blieb Max stehen. Betrachtete die schicke weiße Marmorlobby. Das riesige Atrium. Die Glaswand mit Blick auf Moskau City. Das »neue« Moskauer Viertel. Gedacht als modernes Finanzzentrum. Die Wolkenkratzer waren fast alle fertig. Gebogen und verdreht, wie es jetzt modern war. Aber die meisten standen leer. Durch den Crash war der Bedarf an einem modernen Finanzzentrum verschwunden. Wenn überhaupt jemand die Hochhäuser bezogen hatte, dann Jugendherbergen und die eine oder andere Porno-Produktionsgesellschaft.

Max ging die Treppe hinunter. Die Lobby glich einem Amphitheater aus weißem Marmor. Zwei Männer in schwarzen Rollkragen gingen in ein Gespräch vertieft an ihm vorbei Richtung Ausgang. »Die anderen Regisseure und ich, wir sehen das und träumen sofort von griechischen Tragödien …«, sagte der eine. Der andere nickte. Dann sah er Max. »Sind Sie wegen der Sondervorstellung hier?«, fragte er. Max nickte. »Dann müssen Sie sich aber beeilen«, sagte er. Er zeigte auf eine Tür am unteren Rand des Amphitheaters. »Die sind in der Black Box.« Max dankte ihm.

Max öffnete die Tür und verstand, wieso dieser Raum Black Box hieß. Max befand sich in einem kastenförmigen Raum, in dem sämtliche Oberflächen schwarz waren. Ein schwarz gekleideter Türsteher materialisierte sich an Max' Ellbogen. »Sie sind sehr spät dran, Sir«, sagte er und reichte Max einen an der Wand lehnenden Klappstuhl.

Max setzte sich und betrachtete, nachdem seine Augen sich an das Dämmerlicht gewöhnt hatten, das Publikum. Es waren wohl zwei Dutzend Leute. Alle auf Klappstühlen. Mehr Frauen als Männer. Die Männer alle riesige Kerle. Die Frauen alle overdressed. Hier und da glitzerte etwas: ein prunkvolles Collier, ein übergroßes Armband.

Ein Scheinwerfer ging an. Ein Spot. Im Lichtkreis, auf dem schwarzen Boden der Bühne, lag ein Jagdgewehr. Jemand murmelte »Tschechow ...« Die Frau neben Max seufzte schwer.

Die schwarze, dem Publikum zugewandte Wand wurde langsam nach oben gezogen. Gab eine Wand aus Glas frei. Der Blick war spektakulär. Im Vordergrund der Fluss, dahinter – glitzernd, harsch und leer – Moskau City. Die Gestalten, die im Dunklen auf die Bühne kamen, zogen nicht viel Aufmerksamkeit auf sich. Dann gingen die Bogenlampen an. Tauchten sie in grelles Licht.

Ein Mann – ein grauhaariger, schlanker Europäer in einem feinen Anzug – saß an einem Tisch. Vollkommen regungslos. Ihm gegenüber saß eine dunkelhaarige Frau. Sie sah aus, als habe sie Angst. Gérard Dupres und Sonja Ostranowa. Jede Faser in Max' Körper spannte sich an. Zwischen ihnen, auf dem Tisch, stand ein Totenkopf.

Mehrfaches Klopfen. In Frack und mit Gehstock bewegte sich eine dritte Gestalt mitten auf die Bühne: Constantin.

»Guten Abend, verehrte Gäste!«, sagte er. Er hielt inne,

betrachtete jeden Einzelnen im Publikum. Als er Max sah, wirkte er überrascht. Aber nur kurz. Dann sprach er weiter.

»Sie langweilen sich. Nein!« Er hob die Hand, wie um Proteste abzuwehren. »Ich verstehe Sie. Absolut. Vielleicht besser als Sie sich selbst. Und ich sage Ihnen: Sie langweilen sich!« Pause. »Aber warum? Das Leben hat doch so viele interessante Dinge zu bieten. Theater zum Beispiel. Essen. Tanz. Liebe. Und trotzdem – manchmal verliert man einfach die Lust an dem allem. Das Verlangen. Den Appetit. Warum? Wer weiß das schon. Aber Sie sind mir wichtig, verehrte Gäste. So wichtig wie ich mir selbst. Und darum habe ich nachgedacht. Welche ultimative Hürde muss genommen werden, wenn man das Leben bis zum Allerletzten auskosten will? Wenn das Süße reinste Freude sein soll und das Bittere eine willkommene Abwechslung? Wenn Tränen zu unserem Genuss beitragen? Ja, liebe Freunde, das sind die Fragen, die ich mir in letzter Zeit gestellt habe. Und natürlich gibt es darauf nur eine Antwort: der Tod.«

Applaus. Ehrlicher Applaus. »Wir müssen mit dem Tode ringen, um das Leben zu verstehen. Aber nicht mit einem inszenierten Tod. Nicht mit einem anonymen Tod. Nein. Willkommen, meine Freunde! Das ist das neue Midnight. Was Sie auf der Bühne sehen, ist echt. Echte Gefühle. Echtes Leben. Echter Tod.«

Tosender Applaus. Hinter dem birnenförmigen Mann blinkten die Lichter von Moskau City. Wie eine Galaxie. Hell. Kalt. Gleichgültig.

Gérard hatte sich immer noch nicht gerührt. Sehr seltsam, fand Max. Constantin ging zu Dupres hin. Zeigte auf ihn. »Dieser Mann«, rief er, »hat Mütterchen Russland vergiftet. Und heute Abend habe ich ihn vergiftet. Im Moment ist er gelähmt, aber er lebt. Sein Gehirn funktioniert. Er weiß genau, was passiert. Hier!« Constantin gab ein Zeichen, und zwei Bühnenarbeiter drehten Gérards Stuhl so, dass er zum Publikum gerichtet war. Sein Blick sprach Bände. In seinen Augen stand das pure Grauen. Das Publikum erschauerte.

»Und hier!«, sagte er und legte die Hand auf Sonjas Kopf. »Hier ist die Romanze. Ich stelle Ihnen die Frau vor, die sein französisches Doppelspiel aufgedeckt hat. Die Frau, sollte ich wohl hinzufügen, die mir das Leben versüßt. Wenn sie mich nicht will, werde ich selbst in den süßen Tod gehen.« Er hielt eine weiße Tablette hoch. »Für Sie. Heute Abend. Auf dieser Bühne.«

Wieder Applaus. Sonja war dünn, viel zu dünn und hatte dunkle Ringe unter den Augen. »Kostja«, sagte sie und sah aus angstvollen Augen zu ihm auf. »Was tust du?«

Er ignorierte ihre Frage. Schnippte mit den Fingern, woraufhin ein Bühnenmitarbeiter mit einem großen, vollen Sack erschien. Er packte ihn auf den Tisch. Er griff hinein. Er hielt eine Handvoll funkelnder Steine in die Höhe. Ließ sie zurück in den offenen Sack rieseln. Zwischen seinen Fingern hindurch, ein atemberaubender Wasserfall. Alle Farben des Regenbogens sowie ein unheimlicher blauer Schimmer. »Und das«, sagte Constantin, »ist Reichtum. Jetzt haben wir alles, was wir brauchen.«

Das Publikum jauchzte. Sonja sah zu ihm, dann zu Constantin. »Was soll das alles?«

»Der Mann steht vor Gericht«, antwortete Constantin. »Wir sind seine Richter. Und das Publikum …«, er machte eine ausladende Geste Richtung Zuschauer, »wird entscheiden, ob wir ihn töten oder nicht.« Unbestimmte Stille.

»Also«, sprach Constantin. »Sie vergiften mit französischem Versuchsmüll unser Land. Ein spezieller Lagerbehälter wurde nicht gebaut. Warum? Weil der Bauunternehmer in einem Meteoritenkrater, in dem er graben sollte, Diamanten fand. Erstklassige Diamanten. Sie haben sogar einen davon gesehen. Ihr russischer Kontaktmann hat Ihnen einen davon geschenkt. Als Dankeschön für das gemeinsame dreckige Geschäft. Und Sie? Sie haben ihn Sonjetschka geschenkt. Dieses dreckige Geschenk! In einem brasilianischen Restaurant. Bob Diamond, ein Freund von mir und einer der Chefs des internationalen Diamantenkartells, saß am Nebentisch. Er sah den Ring an Sonjas Hand. Das war seine erste Spur auf dem Weg zur Lösung des Rätsels einer plötzlichen Schwemme von sibirischen Diamanten. Dominion folgte ihr …« Er zeigte auf Sonja. »Bis sie ihren eigenen Tod inszenierte. Dann folgte er meinem Freund Mr. Rushmore.«

Max sank ein wenig auf seinem Stuhl zusammen.

»Wie Sie wissen …«, Constantin wandte sich wieder dem Publikum zu, »habe ich ziemlich viele Kontakte. Und dank meiner Geschäfte habe ich auch viele Freunde. Ich höre viel. Und rede wenig.« Vereinzelter Applaus. »Aber ich glaube, jetzt ist es an der Zeit, etwas zu sagen. Und zu handeln. Wir könnten diesen Franzosen vor ein internationales Gericht stellen. Was würde dort passieren? Nichts. Das Gericht würde entscheiden, dass sein Unternehmen in dem Moment, in dem der von ihm nach Russland geschickte Abfall die Grenze passiert, nicht mehr dafür verantwortlich ist, was mit dem Müll geschieht … blablablaaa.« Er stampfte auf.

»Ich glaube, in dieser Situation sollten die Bürger das Gesetz mal selbst in die Hand nehmen.« Aufatmen.

»Du hast es gewusst«, sagte Sonja, den Blick auf Gérard gerichtet. »Als ich die Pläne für den Umzug nach Atomow gesehen habe, wusste ich, dass da was nicht stimmte. Meine Anfrage, Atomow zu überprüfen, wurde abgelehnt. Dann habe ich meine Cousine getroffen, und sie hat mir so einiges erzählt. Unter anderem von unserer Großmutter. Und da habe ich begriffen. Warum mein Baby gestorben ist. Ich musste etwas tun! Also bin ich nach Moskau. Rief Constantin an. Dann habe ich mir alles mit eigenen Augen angesehen. Den Atommüll. Mit Plutoniumgehalten, die ich noch nie in meinem Leben gesehen habe. Und der lag einfach so herum. In einer offenen Grube. Gleich neben einem halb fertigen Lagerbehälter.«

Sie sah ihn direkt an. Er schien mit den Augen zu sprechen. Und sie schien ihn zu verstehen.

»Du wusstest es nicht?«, sagte sie. »Aber das ist ja genau der Punkt. Du hättest es wissen müssen. Aber du wolltest es nicht wissen. Es war dir egal. Vice President. Tss.«

Wieder sprach er mit den Augen zu ihr. Flehte. Bettelte.

»Du hast es verdient, zu sterben, Gerry …«, sagte Sonja leise. »Ich werde dem nicht im Weg stehen.«

Mit einigem Rasseln hechtete eine sehr junge, schwarzhaarige Frau zum Gewehr. Kichernd legte sie es an und zielte auf Gérard.

»Natascha!«, sagte Constantin lachend. »Ach Gott! Leg das weg! Es ist nicht geladen. Du verdirbst uns die Show.«

Sie machte einen Schmollmund, rührte sich ansonsten aber nicht.

»Natascha! Ich kürze dir das Haushaltsgeld.« Er flüsterte Sonja ins Ohr: »Meine Frau. Ein vollkommen amoralisches Wesen. Ich werde sie entsorgen, wenn du erst mein bist.«

Sonja schauderte.

Constantin wandte sich an das Publikum. »Und jetzt!«, sagte er, nahm den Totenkopf vom Tisch und hielt ihn hoch, als wolle er mit ihm ein Gespräch führen. Mit der anderen Hand hielt er eine kleine weiße Tablette hoch. »Die Stunde der Entscheidung. Wer soll diese bittere Pille nehmen? Ich –

oder Gérard Dupres? Wir stimmen ab, und so wird es dann gemacht!«

Aus den Kulissen erklang eine Frauenstimme: »Lasst ihn gehen!«

Sämtliche Blicke richteten sich auf die Tür, in der kerzengerade eine dünne Frau mit knabenhafter Figur in einem weißen Cocktailkleid stand. Sie richtete eine Pistole auf Sonja. Eine altmodische Pistole. Eine Luger, dachte Max. Krass. Sah ganz so aus wie ein Original aus dem Zweiten Weltkrieg.

»Ich bringe sie um«, rief sie Constantin zu, »wenn Sie nicht tun, was ich sage.«

Voller Bewunderung sah Constantin sie an. »Herzlich willkommen, Madame!«, sagte er. »Was für eine Überraschung! Aber bitte. Selbst wenn Sie schießen könnten: Die Kanone da ist keine Waffe, sondern ein museales Ausstellungsstück.«

Eloise reagierte, indem sie auf den immer noch von Constantin in die Höhe gehaltenen Totenkopf zielte. Ein Schuss fiel, weiße Knochensplitter flogen, dann durchschlug die Kugel die Glaswand. Sie erbebte, dann zersprang sie. Zahllose Glassplitter regneten zu Boden. Ohrenbetäubend. Der von der Moskwa heraufwehende Wind erfüllte den schwarzen Raum. Feucht. Klirrend kalt. Gérard blutete.

Eloise richtete die Waffe abermals auf Sonja. Sie ging auf sie zu. »Mein Großvater hat mir das Schießen beigebracht«, sagte sie. »Mit einer Pistole wie dieser. Ein Kriegssouvenir.«

Angst huschte über Constantins Gesicht.

»Ich brauche Hilfe!«, rief die Französin. Im Saal gingen die Lichter an.

Constantin sah zu Max, stillschweigend kommunizierten sie.

Max erhob sich. »Ich kann ihn raustragen«, sagte er leise,

an die Französin gerichtet. »Ich weiß einen Weg nach draußen.«

Eloise betrachtete Max' kräftige, stämmige Gestalt. Sie nickte. Max ging auf die Bühne und schulterte Gérard. Eloise fuchtelte mit der Luger herum. Sonja gehorchte. Wie schlafwandelnd ging sie auf die andere Frau zu. Das Publikum war mucksmäuschenstill, bis auf vereinzeltes Zähneklappern.

Max ging voraus in die weiße Marmorlobby. Sonja folgte ihm, die Mündung von Eloises Pistolenlauf im Rücken. In der Tür zur Black Box drehte die Französin sich zur Bühne. »Die Diamanten!«, rief sie.

»Das sollten Sie besser nicht tun«, murmelte Max. Er hatte das Gefühl, Gérard würde sich ein wenig bewegen. Constantin nickte. Ein Bühnenarbeiter rannte zum Tisch und brachte den Sack zur Tür. »Den nehmen Sie!«, sagte Eloise zu Sonja. Der Bühnenmitarbeiter zog sich zurück.

Draußen vor dem Theater blieb Max im Bereich der Baustelle stehen. Er sah die Uferstraße hinauf und hinab. Ja, dachte er, es müsste ganz in der Nähe sein. Er marschierte weiter, die Frauen folgten ihm. Sie ließen die Baustelle hinter sich und stießen auf einen Brunnen. Drei spielende sowjetische Kinder. Aus Bronze. Im Brunnen war kein Wasser. Gérard stöhnte. Max stieg über den Brunnenrand. Ging zu dem gedrungenen Sockel in der Mitte, öffnete eine Tür. Sie war der Eingang zu einer langen Wendeltreppe.

»Kommen Sie«, sagte er. »Schnell.«

»Wo sind wir?«, fragte Sonja, als sie am Fuße der Treppe angekommen waren. Sie standen in einem höhlenartigen, nachlässig gefliesten Raum. Ihre Stimme hallte.

»Im Moskauer U-Bahn-Tunnelsystem«, sagte Max. »Ein Arbeiter hat mir mal den Eingang gezeigt.«

Eloise fuchtelte mit der Luger herum. »Los, weiter«, sagte sie. »Er braucht einen Arzt.«

Max schwitzte. Er setzte Gérard kurz ab. Ging an der Wand des runden Raumes entlang. Fand eine Metalltür. Mit der Schulter drückte er sie auf. Auf der anderen Seite sah er einen langen, weißen Bahnsteig. Er kehrte zu den anderen zurück. Gérard stöhnte wieder und streckte ein Bein aus.

»Gut«, sagte Max. »Sieht so aus, als würde die Wirkung des Mittels nachlassen.«

Er schulterte Gérard abermals, dann gingen sie hinaus auf den Bahnsteig. Die Haltestelle sah eher aus wie Dupont Circle in Washington denn wie Arbatskaja. Linie B. Gerüchten zufolge in den späten Sechzigern gebaut. Um hochrangige Regierungsmitglieder zu transportieren. Linie B verlief parallel zum öffentlichen Metrosystem, nur eine Ebene höher. Am Tunneleingang befand sich eine rote digitale Anzeige, auf der ein Countdown lief. Zwei Minuten. Ein kurzer, völlig leerer, gespenstisch fahrerloser Zug rollte exakt planmäßig herein. Die Türen des betagten, aber sehr gepflegten Zuges öffneten sich. Die Sitze waren gepolstert und mit schieferblauem Wollstoff bezogen. Max hatte ein seltsames Gefühl, als der Zug sich wieder in Bewegung setzte. Als sei ein Schatten hinter ihnen her über den Bahnsteig gehuscht. Und hinten auf den Zug aufgesprungen.

Drei Stationen später stiegen sie aus. Gérard gewann schnell die Kontrolle über seine Gliedmaßen wieder, konnte aber immer noch nicht sprechen. Ist auch besser so, dachte Max, als er ihn zur Stütze unter den Arm fasste. Wir brauchen hier jetzt kein Blutvergießen.

Gemeinsam humpelten sie zum Aufzug. Die Frauen folgten ihnen. Max dachte, Eloise hätte Sonja gerne erschossen, sich aber nicht getraut. Sonja sah extrem blass aus.

Der Aufzug war rundherum verspiegelt, sodass die kleine Gruppe ins Endlose vervielfacht wurde. Als die Türen sich wieder öffneten, standen sie vor einem verschlossenen Metallgitter. Max kickte es auf. Sie betraten eine Hütte voller Gärtnerzubehör. Uralte Laubbläser. Harken. Säcke. Ein Ölkanister. Die Holztür war abgeschlossen, aber altersschwach. Max knackte sie.

Draußen angekommen, sah er sich um. Sein Blick blieb an einem Schild hängen. Drei Gestalten waren darauf zu sehen. Eine Katze, ein Mann mit Gehstock und ein Teufel. »Es ist verboten, mit Fremden zu sprechen.« Die Patriarchenteiche. Sie waren im Zentrum.

Sonja stolperte. Max führte sie zu einer Bank. Gérard konnte jetzt ohne Hilfe gehen.

»Geben Sie ihm den Sack«, sagte Eloise.

Teilnahmslos reichte Sonja ihn Max. Gérard sah aus, als versuche er, etwas zu sagen. Aber er konnte nicht. Sonja schüttelte kurz den Kopf. Schloss die Augen. Max ging mit den beiden Franzosen ein paar Schritte zur Seite. Gab Gérard den Sack. Den bin ich los, dachte er.

»Folgen Sie uns nicht«, sagte Eloise.

»Gut«, sagte Max. Sie wandten sich ab. Arm in Arm verschwand das Paar in die Nacht.

Er ging zurück zu Sonja. Sie saß regungslos auf der Bank. Viel zu regungslos. Max suchte nach ihrem Puls. Nichts. Ein Schatten huschte durch die Nacht. Kalter Wind wirbelte einen Haufen farblosen Laubes auf.

Die Klosterglocken läuteten, als der für das Ausfüllen von Sterbeurkunden zuständige Neuling im Moskauer Hauptamt für innere Angelegenheiten in der Petrowskastraße das Formular erneut las. Der junge Mann kratzte sich am Kopf. Er nahm das Papier und ging damit den Flur hinunter zu Serjoscha, seinem Onkel und Mentor. Serjoscha war schon sein ganzes Leben Kontaktmann.

»Merkwürdig, oder?«, sagte der Neuling.

Serjoschas Büro war groß, ein langer Schreibtisch stand darin – eigentlich drei Tische, die ein T bildeten. Die Wände waren braun-grün, der Boden braun-grün. Die Deckenlampe flackerte. Serjoscha sah zu seinem Neffen auf. »Wovon zum Teufel redest du, Junge?«, fragte er.

»Guck doch mal«, sagte der Neuling und schob das Formular über den Schreibtisch. »Diese Frau hier – Daria Kedrowa – ist an einem Herzinfarkt gestorben. Genau wie die andere Frau – diese Amerikanerin.«

Serjoscha kratzte sich am Kopf. Nach zwanzig Jahren konnte man sich beim besten Willen nicht mehr an alle Leichen erinnern, mit denen man es zu tun gehabt hatte. »Wie hieß die doch gleich? Ostrowskaja?«

»Ostranowa!«, sagte der Neffe. »Guck mal, die sind sich total ähnlich – Größe, Gewicht, Haarfarbe. Nur die Augenfarbe ist unterschiedlich. Beide sind an einem Herzinfarkt gestorben. Und jetzt halt dich fest: Beide auf fast derselben Bank. Bei den Patriarchenteichen.«

Das Interesse des Onkels ließ schlagartig nach. »Ach«, sagte der ältere Herr. »Das erklärt alles. Das ist eine ganz merkwürdige Ecke der Stadt. Vergiss es – da passieren ständig seltsame Sachen.«

# EPILOG

Rose war nicht am Gate, als Max in Washington-Dulles ankam. Wahrscheinlich hatte sie sich verspätet. Er ging einen der defekten Rollsteige hinunter und setzte sich in die Nähe des Ausgangs zum Parkplatz. Vom Flugzeug aus hatte er gesehen, dass es ein klarer, sonniger Tag war. Hier unten war natürlich alles wie immer. Beige. Muffig. Ein Geruch wie von alten Gefriertruhen (er hatte einen hervorragenden Blick auf einen 7-Eleven).

Er seufzte, sah auf die Uhr, holte sein Handy hervor. Keine Nachrichten. Noch. Wenn sie erst den Wagen parkte, würde sie ihn anrufen, halb hysterisch, und sich entschuldigen. Er würde ihr sagen, dass alles gut sei, dass es ihm nichts ausmache, zu warten, schon gar nicht, wenn er auf eine schöne Frau wie sie wartete.

Max fielen alte Pizzareste zwischen der beigefarbenen Plastiksitzfläche und dem Metallgestell des Stuhls auf. Er überlegte, sich woanders hinzusetzen. Dann sah er, dass jeder der Stühle in der Reihe mit irgendeinem Fast Food garniert war. Irgendwie machte ihn das wütend.

Eine Woche zuvor hatte er seine Berichte abgeliefert. Alles war in bester Ordnung, überprüft und unterschrieben. Sonja Ostranowa, amerikanische Staatsbürgerin, war im Januar an einem Herzinfarkt gestorben. Dunkirk hatte ihm auf die Schulter geklopft und ihn nach Hause geschickt.

Er hatte gesagt, wer weiß, Maxiboy, vielleicht brauchen wir dich hier schneller wieder, als du glaubst. »Und vergiss nicht, die Belege einzureichen«, sagte Dunkirk, als Max ging. »Nicht dass du mir verhungerst.«

Bevor er die russische Hauptstadt verließ, hatte Max gesehen, dass die französische Botschaft eine Reisewarnung herausgegeben hatte. Zwei französische Staatsbürger waren in den frühen Morgenstunden in der Moskauer Innenstadt ermordet worden. Vermutlich hatte es sich um einen Raubüberfall gehandelt, der außer Kontrolle geraten war. Nun warnte man Touristen davor, in Moskau nachts mit Wertgegenständen auf die Straße zu gehen.

Max hatte acht Stunden Aufenthalt in Paris. Er verbrachte sie im Flughafen. Er hatte genug zu tun: Telefon aufladen, E-Mails abrufen. Von einer Telefonzelle aus rief er Rose an. »Ah!«, sagte sie. »Du bist's.«

»Hattest du jemand anderen erwartet?«, fragte Max.

Sie schwieg einen Moment. »Jim hat mich in letzter Zeit öfter angerufen.«

»Dunkirk?« Die alte Angst vermischte sich mit der neuen: Er hatte ihr immer noch nicht davon erzählt, dass man ihn gefeuert hatte.

»Ja, genau, Jim Dunkirk«, sagte sie etwas scharf.

Max zog sich der Magen zusammen. »Was hat er dir erzählt?«

Da klang Rose wieder fröhlich: »Wollte einfach nur reden, hat er gesagt. Er findet, wir können so gut miteinander reden.«

»Super«, sagte Max.

»War ein Scherz.« Rose lachte ihr glockenhelles Lachen. »Aber schön, dass du immer noch eifersüchtig werden kannst.«

»Großartig«, sagte Max. »Wirklich scheißgroßartig.«

»Ach, komm schon, Max.« Rose schlug einen leichten,

aber ernsten Ton an. »Du brauchst dir keine Sorgen zu machen. Weißt du, was Rex mir mal gesagt hat?«

»Streiten wir uns jetzt schon?«

»Nein.«

Trotz des Ozeans, der zwischen ihnen lag, wurde Roses Stimme unmittelbar, voll und rund und mit sämtlichen Gefühlen und allen Tönen und Zwischentönen der Liebe und der Unzufriedenheit übertragen. »Kurz bevor er starb, hat Rex bei einer der fürchterlichen Betriebsfeiern zu mir gesagt: ›Jim Dunkirk ist ein Gewinner. Und Max ist ein Verlierer. Halte dich an Max. Er wird nicht versuchen, dich zu verändern, auch wenn er dich nicht versteht.«

»Na großartig«, sagte Max. Er konnte sie förmlich die Augen verdrehen hören. Er vermisste sie.

»Ich hole dich vom Flughafen ab«, sagte sie.

Jetzt, während er in den Gedärmen seines Hauptstadtflughafens auf die Frau wartete, die er liebte, versuchte Max, den Blick von den Pizzaresten in den Stuhlritzen loszureißen. Er versuchte, sich stattdessen Roses Gesicht vorzustellen, wenn er ihr die Überraschung präsentierte.

Ein Juwelier am Flughafen Charles de Gaulle hatte den Diamant aus dem Taschenmesser entfernt und in einen schlichten Goldring eingesetzt. Wunderschön. Rose würde begeistert sein.

Beim 7-Eleven brannte irgendwas. Vielleicht ein Hotdog. Beißender Qualm breitete sich im Wartebereich aus. Max holte die kleine, weinrote Samtschachtel aus der Tasche. Sie öffnete sich mit einem sanften Klick.

Max' Herz setzte kurz aus, als er den Stein bewunderte. Alle Farben des Regenbogens und dann dieser gespenstische blaue Schimmer. Vielleicht würde er dazu beitragen, dass sie ihm verzieh – oder er sich selbst. Ein Alarm riss Max aus seinen Tagträumereien. Es regnete Wasser von der Decke. Wie aus kopfüber angebrachten Rasensprengern. Ein Mann kam aus dem 7-Eleven gerannt und rief: »Kein Feuer! Kein Feuer! Alles in Ordnung! Alles in Ordnung!«

Das Wasser tropfte ihm vom Kragen, und Max wollte die Schmuckschachtel schließen. Der Ring war weg. Der Alarm heulte immer noch. Der Mann vom 7-Eleven versuchte, den Rauch von dem verkohlten Hotdog mit seinem Hemd wegzuwedeln. Er schwenkte es. Wie eine weiße Fahne. Max ging herunter auf alle viere und suchte den Boden unter den Stühlen ab. Seine Taschen. Nichts. Absolut nichts. Die Deckensprinkler versiegten. Max' Herz raste. Wo war der Ring?

In dem Augenblick brummte sein Telefon. Eine Nachricht. Bestimmt von Rose. Wie viel Zeit blieb ihm noch, um den Ring zu finden? Wie hatte ihm das nur passieren können?

Die Absendernummer sagte ihm nichts. Er öffnete die Nachricht. Der Absendezeitpunkt lag fünf Jahre in der Zukunft. Technischer Aussetzer. Wo war der Ring? Wo konnte er bloß sein? Max überflog die Nachricht. Dann las er sie gründlich.

*»Lieber Max«*, stand da.

*»Ich sende Ihnen diese Nachricht aus der Zukunft. Ist das nicht großartig? Tut mir wirklich leid mit Ihrem Diamanten. Aber wir mussten ihn einfach haben! Wir haben zwar schon viele erstklassige andere, und damit konnten wir unsere Forschung bereits bedeutend vorantreiben. Aber ohne Ihren ging es einfach nicht.*

*Keine Sorge, Rose macht das nichts weiter aus. Sie trägt ja sowieso nie Schmuck. Ich habe sie gefragt. Bei der Cocktailparty, auf der wir uns nächstes Jahr begegnen.*
*Die besten Wünsche für Ihre Vergangenheit, Gegenwart und Zukunft!*

*Ihr Anton Samodelkin*

*Ein mitreißender Kriminalroman*
*über das neue Südafrika*

MICHÈLE ROWE

# KAP DER LÜGEN

KRIMINALROMAN

Das Revier von Detective Persephone »Persy« Jonas, einer Schwarzen, die sich nach oben gearbeitet hat, ist ein hartes Pflaster. Sie ermittelt auf den Straßen des Noordhoek-Townships südlich von Kapstadt, in dem sie selbst aufgewachsen ist. Als die Leiche eines Lehrers am Strand angespült wird, gerät sie in einen Fall, der tief in ihr früheres Leben reicht …

Ausgezeichnet mit dem Debut Dagger
der britischen Crime Writers' Association

*»Saugutes Krimidebüt!*
Für Sie

*Ein Algorithmus, für den es sich zu töten lohnt …*

## THORE D. HANSEN

# QUANTUM DAWN

### THRILLER

In einem Londoner Park baumelt die Leiche des gesuchten Wertpapierbetrügers Jarod Denver an einem Baum. Neben Denver sind knapp zwanzig Topleute der internationalen Finanzbranche innerhalb kurzer Zeit zu Tode gekommen. Bei der Durchsuchung seiner Wohnung stößt die eigensinnige Scotland-Yard-Ermittlerin Rebecca Winter auf eine Festplatte mit einem komplexen, aber unvollständigen Computer-Algorithmus. Ein Algorithmus, mit dem sich ein gigantischer internationaler Börsencrash herbeiführen lässt. Was zunächst nach kriminellen Machenschaften einiger skrupelloser Banker aussieht, entpuppt sich schnell als globaler Kampf um die Vorherrschaft des Geldes.

KNAUR

*Ein actionreicher Politthriller aus deutscher Feder*

JENS KUBO

# GEFÄHRLICHE SAAT

THRILLER

Djamal, ein Berliner Student, reist in das Land seiner Väter: den Irak. Doch diese Reise stürzt den jungen Mann in eine tiefe Sinnkrise: Sind seine westlichen Ideale die richtigen, wer ist er, wo ist er zu Hause und bietet nur die Religion den wahren Halt? In diesem Zustand der Verunsicherung ist er eine leichte Beute – nicht nur für die radikalisierten Muslime in Berlin …

In Berlin Mitte explodiert eine Bombe am helllichten Tag. Viele Unschuldige sterben. Dieser terroristische Anschlag erschüttert das ganze Land. Eine Sonderkommission erfahrener Spezialisten soll so schnell wie möglich die Terroristen stellen und weitere Anschläge verhindern. Und so treffen die Juristin Vivien Mainhardt, der BND-Agent Marc Bauer und der US-Agent Joe DiSanto in Berlin aufeinander. Doch für Vivien Mainhardt ist es viel mehr als ein Terroranschlag. Es ist ihr persönlichster Fall, denn ihre Tochter Nina ist die Freundin des gesuchten Djamal Khadim.